조창인 장편소설

가시고기

밝은세상

저자와의 협의에 의해
인지 첨부를 생략합니다.

가시고기

지은이 조 창 인
펴낸이 김 석 원
펴낸곳 도서출판 밝은세상
초판 1쇄 인쇄일 2000년 1월 5일
초판 86쇄 발행일 2000년 9 월 5 일
주소 140 - 133 서울시 용산구 청파동 3가 132 - 80
TEL (대표) 704 - 2818
      (편집부) 713 - 8728
FAX 704 - 2819
인터넷 WWW.BALEUN.CO.KR
출판등록 1990. 10. 5 (제 10 - 427호)
ⓒ 조창인, 2000, Printed in Korea

※ 잘못 만들어진 책은 교환해 드립니다.
값 7,500원

ISBN 89 - 8437 - 006 - 1 03810

가시고기

"

가시고기를 생각하면 아빠가 떠오르고,
내 마음속에는 슬픔이 뭉게구름처럼 피어오릅니다.
아, 가시고기 우리 아빠!

"

차례

제1장 하 늘

1

아빠는 멍텅구리입니다.

나는 지금 멍텅구리 아빠를 보고 있답니다.

창 밖에는 비가 옵니다, 부슬부슬. 비는 아침부터 내렸지요. 지금은 저
녁이구요.

아빠는 소아병동 뒤뜰 나무 의자에 앉아 있습니다. 의자는 푹 젖어 있
을 겁니다. 아빠도 의자만큼 푹 젖어 있겠구요.

아빠에겐 우산이 없습니다. 우산이야 구내 매점에서 얼마든지 살 수
있을 텐데, 괜히 비를 맞고 있는 아빠 때문에 난 무지무지 속이 상합니다.
약도 오르구요. 왜 비는 그치지 않는 걸까요.

비 내리는 날에는 창문조차 열지 못하게 하는 아빠죠. 내가 감기에 걸
릴까봐 걱정이 이만저만 아니랍니다. 하지만 아빠 자신은 흠뻑 비에 젖은
채입니다. 이유를 물으면 아빠는 틀림없이 말하겠죠.

"아빠는 어른이고, 다음이는 꼬마이기 때문이지."

난 얼른 고개를 끄덕일 겁니다. 그렇다고 아빠의 말에 속아 넘어갈 만큼 멍청이가 아니랍니다. 설마 빗방울이 미사일처럼 꼬마만 겨냥해서 떨어질 리가 있겠어요.

나는 알고 있습니다. 세상에서 일어나는 많은 일들을요.

다음달이면 3학년 여름방학이 시작되는데, 초등학생이 된 후로 학교에 나간 날을 몽땅 합쳐봤자 여섯 달도 안될 겁니다. 그렇지만 난 6학년 형들의 수학책도 혼자서 풀어버릴 정도로 똑똑하답니다. 어느 때는 내 자신이 아주아주 자랑스러워요. 하지만 내놓고 자랑할 사람이 없어서 가끔은 억울하다는 생각이 듭니다. 기껏해야 아빠인데, 아빠는 빙그레 웃으며 말하곤 하지요.

"공부는 중요한 게 아니란다. 살아가는 걸 열이라고 한다면, 그 중 하나쯤밖에 안되는 것이 공부지."

아빠한테 묻고 싶어요. 살아가는 것에 필요한 나머지 아홉은 무엇이냐고요. 하지만 마음먹은 대로 물을 수는 없답니다. 왠지 아빠 자신도 자세히 모르고 있다는 생각이 들기 때문입니다. 만일 아빠가 살아가는 것에 필요한 나머지 부분도 모조리 알고 있다면, 지금처럼 쓸쓸하고 힘없는 모습은 아니겠죠.

아빠는 슬픈 겁니다. 슬퍼서 먼 데 하늘을 바라보며 멍텅구리처럼 비를 맞고 있는 거겠지요. 비가 아빠의 슬픔을 씻어줄 수는 없을 텐데, 꼼짝도 않고 있습니다.

아빠가 점퍼 주머니를 뒤지고 있습니다. 뭘 찾는지 알 만해요. 담배입니다.

언젠가 내가 세상에서 미워하는 것들을 공책에 적어본 적이 있었지요. 모두 스물다섯 개였고, 담배는 열세번째를 차지했습니다.

아빠를 사랑해요. 그렇지만 담배 피우는 아빠는 싫습니다.

엄마는 담배 피우는 아빠한테 늘 짜증을 냈지요. 그래서 아빠는 담배를 끊어버렸구요. 그런데 내가 다시 입원하면서부터 담배를 또 피웁니다. 담배를 피우는 것과 끊는 것, 모두 아빠가 알아서 할 일이긴 하지만 난 정말 못마땅합니다.

그렇다고 엄마처럼 짜증을 낼 수는 없어요. 사랑하는 사람을 위해선 싫은 일도 참아낼 줄 알아야 한다고, 아빠가 말한 적이 있습니다. 내가 세상에서 제일 사랑하는 사람이 아빠고, 그러니까 아빠가 좋아하는 담배쯤은 참아야 한다고 생각해요. 물론 아빠가 내 옆에서 담배 연기를 뿜어낸 일은 없지만요.

우리가 아파트 20층에 살 때가 생각납니다. 아빠는 언제나 베란다로 통하는 유리문을 열고 나가 담배를 피우곤 했습니다. 엄마가 거실에서 담배 피우는 걸 금지시켰기 때문이죠. 베란다 난간에 기댄 채 담배를 피우는 아빠의 모습이, 난 마음에 들지 않았어요. 저 밑에서 커다란 손 하나가 불쑥 올라와 아빠 다리를 훌쩍 낚아챌 것만 같았지요. 난간이 뚝 부러지든지요.

나는 겁쟁이가 아닙니다. 겁쟁이라뇨? 의사 선생님들은 씩씩하다며 엄지손가락을 치켜세우는 걸요. 사실 우리 병실에서 나보다 주사든 약이든 잘 참아내는 아이는 없답니다.

그런데 높은 곳에서 아래를 내려다보면 그만 가슴이 콩알만하게 오므라듭니다. 나도 모르게 찔끔찔끔 오줌이 새어나올 것 같아요. 그네를 타거나, 하다 못해 미끄럼틀 위에 올라가는 것도 그래요. 한번은 에버랜드에 가서 '플래시 팡팡'이라는 놀이기구를 탔는데 까무러치는 줄 알았어요. 그때 결심했어요. 어른이 되어도 비행기는 절대로 타지 않겠다구요.

베란다에 서서 푸푸푸, 담배 연기를 뿜어대던 우리 아빠. 그때 내가 정말 싫었던 것은 까마득히 높은 20층도, 담배도 아니었을 거예요. 우산도 없이 비를 맞고 있는 지금의 아빠처럼 쓸쓸하고 힘없는 모습이었겠죠.

난 꼬맹이가 아닙니다. 그런데 아빠는요, 영락없는 꼬맹이 취급이에요.

내 앞에 있을 때면 세상에서 제일 용감한 사람이 바로 아빠인 것처럼 행동합니다. 돌아서면 금방 지금 같은 모습으로 날 속상하게 만들 거면서요.

난 백혈병에 걸렸습니다.

아빠는 한 번도 무슨 병인지 말해주지 않았지요. 앞으로도 그럴 게 뻔하구요.

우리 병실에는 온통 백혈병과, 백혈병과 사촌인 재생불량성빈혈 환자들만 있어요. 알고 싶지 않아도 저절로 알게 된답니다. 백혈병이 얼마나 끔찍한 병인지도요.

나는 키가 작은 편입니다. 백혈병에 걸린 2년 동안 다른 애들은 쑥쑥 자랐지만 난 그대로예요. 백혈병이 내 키를 나무 기둥에 쾅쾅 못박아둔 겁니다. 또 백혈병은 심술맞은 고양이 톰 같아요. 나는 새앙쥐 제리 꼴이구요. 아무리 도망쳐도 끈질기게 쫓아오는 고양이 톰처럼 백혈병은 나를 못살게 굴지요.

입원과 퇴원, 입원과 퇴원……

2년 전부터 계속 그러고 있습니다. 세어보진 않았지만 열 번도 넘을 거예요. 짧으면 일주일, 길면 두 달씩. 그리고 오늘로 다시 입원한 지 한 달하고도 보름이 지났답니다.

벌써부터 아빠한테 퇴원하자고 말하고 있어요. 아빠는 꿈쩍도 않습니다. 입원을 하든 퇴원을 하든 마찬가지일 텐데두요. 어쨌든 빨리 퇴원을 해야 할 겁니다. 아빠는 이제 빈털터리가 분명해요. 원무과에서 아빠를 부르는 일이 많아지고 있거든요. 병원비가 밀렸기 때문이겠죠. 정말 어찌려고 저러는지 모르겠어요, 아빠는.

아빠는 두 손을 점퍼 주머니에 넣고 있습니다. 결국 담배를 찾지 못한 모양입니다. 아까처럼 먼 데 하늘만 바라보고 있습니다. 낮고 짙은 구름이 가득 들어찬 하늘입니다. 꼭 아빠의 가슴속에 들어 있는 슬픔처럼요.

난 아주 나쁜 아이입니다. 슬픈 아빠를 더 슬프게 만든 나쁜 아들 말입니다.

아무리 아프고 힘들어도 그런 말은 하지 말 걸 그랬어요. 난 어째서 이렇게 생각이 모자란 아이일까요? 하지만 어쩔 수 없었답니다. 저절로 쏟아지던 코피처럼 저절로 튀어나온 말이었거든요. 아빠에겐 미안하지만 그 말은 내 생각 그대로였어요.

백혈병은요, 까딱 잘못하면 나를 죽일 수 있는 병이에요.

그 동안 실제로 죽는 아이들을 봤답니다. 자다가 죽은 아이도 있었구요, 고래고래 고함을 지르다가 갑자기 뚝 숨이 멈춰버린 아이도 있었죠. 내가 만일 죽게 된다면 자다가 죽은 아이를 닮았으면 좋겠어요.

백혈병에 걸렸다고 모두 죽는 건 아닙니다. 병원에서 시키는 대로만 하면 백혈병을 물리칠 수 있대요. 완치가 되어 건강하게 살고 있는 영재 누나처럼요. 하지만 난 요즘 자꾸만 자신이 없어요. 내 힘으로는 도저히 이길 수 없을 것 같아요.

기도하는 게 좋아요. 기도를 하면 시간이 아주 빨리 지나가거든요. 그 동안은 아픈 것도 잊어버릴 수 있구요. 그렇지만 옛날처럼 병이 낫게 해 달라고 기도하진 않아요.

하나님, 빨리 날 하늘 나라로 데려가 주세요.

난 매일매일 그렇게 기도하고 있답니다.

우리 주일학교 전도사님은 말했어요. 하늘 나라는 온통 황금길로 되어 있고, 아픔도 슬픔도 걱정도 없다고. 황금길이든 말든 그건 아무래도 괜

좋아요. 아픔도 슬픔도 걱정도 없다면 어서 빨리 그곳으로 가고 싶어요.

이젠 내 병이 지겨워요. 아빠도 그럴 거예요. 또 빈털터리 아빠를 위해서도 그편이 훨씬 낫다고 생각하는 중이죠. 하지만 내가 하늘 나라로 가버리면 아빠 혼자서 어떻게 살아갈까요? 엄마가 떠났을 때처럼 진탕 술만 먹을까요? 그게 무지무지 걱정이랍니다.

2

"선생님, 얼마나 더 아파야 죽게 되나요?"

모로 누운 다람쥐 꼴을 한 채 골수를 채취당하던 아이의 입에서 처음으로 흘러나온 말이었다.

아이는 비명을 지르지 않았다. 아이에겐 울부짖을 힘조차 남아 있지 않은 모양이었다. 그저 온몸을 부르르 진저리치고 있을 뿐이었다.

골수 검사가 시작된 이후 그는 줄곧 생각했다. 아이의 울부짖음이라도 들었으면 좋겠다고. 다른 아이들처럼 악다구니를 쓰며 몸부림치는 모습을 본다면 속이라도 시원하겠다고. 아니, 차라리 아이가 혼절해버렸으면 했다. 아이는 고통을 느낄 수도 없겠고, 그리만 된다면 그는 꾹꾹 눌러둔 눈물 중에서 한 방울쯤 흘려도 되리라.

소원대로 아이의 말을 듣게 된 셈이었다. 그러나 그는 서둘러 창밖으로 눈길을 던졌다. 주책없이 터져나올 듯한 눈물 때문만은 아니었다. 못 들은 척 딴전을 피우고 싶었다. 아예 문을 박차고 아이로부터 달아나고픈 심정이었다.

골수를 채취하던 레지던트의 손길이 한순간 멎었고, 시간의 흐름마저 뚝 끊어진 느낌이었다. 도리없이 그는 민윤식 과장에게로 시선을 옮겼다. 민 과장은 묵묵히 아이의 몸에 깊숙이 박힌 주삿바늘을 주시하고 있었다.

아이의 하얗게 타들어간 입술이 다시 움직였다.

"이젠 그만 아팠으면 좋겠어요."

생살을 뚫고 장골능이라는 엉덩이뼈 사이를 헤집고 들어가야 채취할 수 있는 골수. 아이는 비명을 질러대고, 지켜보는 보호자마저 울고 마는 참혹하고도 살벌한 고문. 재입원한 후 그 고문을 아이는 네 차례나 당했다. 그러나 앞으로도 얼마나 더 계속될지 알 수 없다는 사실이, 그를 암담하고 처참하게 만들었다.

대신 당할 수 있다면, 아, 정말이지 아이 대신 그 무엇이든 할 수만 있다면⋯⋯.

그러나 아무것도 아이를 대신해 할 수 없었다. 속수무책 아이의 고통을 지켜보며 아버지란 사실에 분노했고 절망했다. 아버지란 이름에 모멸감을 느꼈다. 아이의 눈길조차 마음놓고 받아낼 수 없었다.

아빠, 왜 내가 이렇게 아파야 하는 거죠?

아이는 단 한 번도 항의하지 않았다. 그럼에도 무수히, 그는 아이의 항의와 대면하곤 했다. 고통으로 일그러지는 아이의 얼굴에서, 한 움큼의 항암제에서, 아이가 반도 먹지 못하고 수저를 내려놓는 멸균식에서⋯⋯.

민 과장은 콧등에 걸린 안경을 만지작거리며 헛기침을 토해냈다. 잠시 후 아이의 어깨에 민 과장의 손이 얹혀졌다.

"주사가 많이 아프지? 조금만 참으렴. 곧 끝난다."

"주사 얘기가 아녜요. 정말예요. 이제는 그만 아팠으면 좋겠어요.

이만큼 아팠으면 죽어도 되잖아요. 죽으면 아픈 것도 끝이니까요."

아이의 얼굴에는 얼핏 체념의 기색이 엿보였다. 세상살이에 들볶이고 허우적댄 자들만이 지을 법한 표정이었다.

아이는 겨우 열 살이었다. 그러나 아이는 체념할 만했고, 또 충분히 그럴 자격이 있었다.

밤이 가고 아침이 찾아온다고 시간이 모두에게 공평한 것은 아니다. 단지 하룻밤이 그 누구에겐 전 생애보다 길 수 있다.

어쩌면 아이는 이미 천 년의 세월을 살아왔을 수도 있다. 천 년의 세월 동안 비바람과 어둠과 폭염과 혹한 속에서 등이 휘어버린 한 그루 느티나무가, 어쩌면 아이의 진짜 모습이리라. 어쩌면 아이는, 이제 더 이상 고통의 뿌리를 키워내기를 스스로 포기하고픈지도 모른다.

"아픈 것은 좋은 신호란다."

민 과장은 미소띤 얼굴로 아이를 내려다보며 말을 이었다.

"왜냐하면 네 몸속에 있는 나쁜 병균들이 공격을 받아 마구 소리를 지르는 것이기 때문이지. 음…… 만화 영화를 생각해보렴. 무시무시한 악당을 물리치기 위해선 그만큼 힘이 들잖니. 그렇지만 주인공이 지는 법은 없단다. 마찬가지로 넌 죽지 않아. 죽는 건 나쁜 병균들이지. 그러니까 아파도 조금만 참으면 되는 거야."

민 과장은 적절한 답을 찾아낸 셈이었다. 그걸 아이가 믿든 안 믿든.

그는 하늘을 올려다보며 다시금 찬찬히 주머니를 뒤졌다. 담배는 어디에도 없었다. 그게 당치도 않게시리 절망적인 생각을 불러일으켰고, 고개를 돌려 아이의 병실을 바라보게 만들었다.

창가에 그림자 하나가 얼핏 사라졌다. 아이였다. 골수 검사실에서 병실로 옮겨 진통제를 맞고 잠든 걸 확인한 지 고작 한 시간쯤 흘렀을 뿐이었다. 진통제의 효과조차 이제는 기대할 수 없게 된 것일까.

그는 벤치에서 일어나 걷기 시작했다. 멀리 가진 못했다. 아이의 시선이 닿을 수 없는 곳에 멈추고 소아병동 벽에 등을 기댔다. 소아병동과 암센터 사이에 나트륨 외등이 켜져 있었다. 레몬색 불빛 사이로 빗줄기가 병사들의 열병식인 양 일정하게 쏟아졌다.

암센터를 나서는 여자의 모습이 눈에 들어왔다.

소아병동 201호에서 함께 살아가는 여자. 자그마한 몸에 커다란 눈망울을 가진, 한 아이의 어머니. 여자의 아들 이름은 성호였고, 성호는 이틀 전부터 암센터 지하에서 방사선 치료를 받고 있었다.

여자는 관속 같은 방사선 치료실에 성호를 밀어넣은 직후일 것이었다. 성호는 관속 같은 그곳에서 엄마를 부르며 엉엉 울 테고.

여자가 고개를 숙인 채 한껏 게으름을 피우듯 더딘 걸음새로 소아병동을 향해 걸어가고 있었다. 비는 끊임없이 쏟아지고 여자의 자그마한 몸은 빠르게 젖겠지만 그게 뭐 대수랴. 소아병동과 암병동 사이를 오가는 날들이 잦아지면서, 뙤약볕이든 억수 장마든 여자에겐 진작에 타인의 하늘일 뿐이리라.

타인의 하늘. 자신의 하늘을 잃어버린 채 살아가는 매일매일.

그늘을 가려 걷는 것도, 우산을 펴드는 것마저도 도대체 한가하고 염치없는 짓거리일 수밖에 없는 어머니로서의 삶.

성호 역시 아이와 같은 병명이었다. 급성 임파구성 백혈병. 성호는 1차, 그의 아이는 2차 재발로 입원 치료중이었다.

그는 아이의 병실을 올려다봤다. 아이는 이쪽을 볼 수 없어도 이쪽에선 아이를 볼 수 있었다. 그러나 아이의 모습은 다시 나타나지 않았다.

　벽에 기대고 있던 그의 등이 주르르 미끄러졌다. 그는 두 손으로 머리를 감쌌고, 감싼 머리를 두 다리 사이에 묻었다.

　아이의 말대로, 얼마나 더 아파야 끝이 나는 걸까. 그리고 그 끝은 죽음 외에 달리 도달할 수 없는가.

　그는 요즘 불쑥불쑥 하나의 생각과 마주치곤 했다. 생각은 견디기 힘든 유혹의 속삭임처럼 그를 휘감았다.

　아이를 진정으로 돕는 길은, 끝없는 투병 속으로 몰아넣는 것이 아니라 편안히 아이를 떠나보내는 것이 아닐까.

* * *

　아이의 나이였을 적, 그 역시 한 아버지의 아들이었다.

　강원도 사북이었고, 아이의 나이쯤까지 그곳에 있었다. 하늘도 땅도 물도 온통 새까만 곳이었다. 사람들은 천지간 새까만 곳에 의지해 살아갔고, 아버지 또한 그 중 하나였다.

　그날이 언제인지 분명한 기억은 없었다. 다만 몹시 추운 새벽이었던 것 같았다. 그날이 언제인지는 몰라도, 그곳이 어딘지는 정확히 떠올릴 수 있었다. 국화빵 틀에서 찍어낸 국화빵처럼 똑같은 블록 벽에 슬레이트 지붕을 얹은 집들이 산비탈에 기대 늘어서 있었다. '나 - 12'라는 노란 글씨가 지붕 절반을 차지한 곳이 그의 집이었다.

　요란하게 울려대는 사이렌 소리에 눈을 떴다. 사이렌 소리는 막장에서 사고가 났을 때 비번인 광부들을 부르는 신호였다. '나 - 12'에서 사이렌 소리를 들은 것은 어머니와 그뿐이었다. 아버지는 3교대 밤작업에 들어가 있었다.

이틀 밤낮이 지난 뒤에 구조된 아버지는 매몰된 다섯 명 가운데 유일한 생존자였다. 그러나 왼쪽 다리는 영원히 막장에 묻어두고 돌아왔다. 대신 철커덕대는 플라스틱 의족을 얻었는데, 아이들은 아버지의 아들인 그를 놀려댔다.

"고무 다리 가짜 다리, 십리도 못 가는 공갈 다리."

아버지는 육개월치의 월급을 받고 광업소에서 쫓겨났다. 하지만 그들 가족은 여전히 '나 - 12'에서 살았다.

어머니는 첫기차를 타고 제천으로 갔다가 막차를 타고 돌아왔다. 어머니의 보따리 행상이 얼마나 오랫동안 계속되었는지는 기억에 없었다. 어느 날 첫기차를 타고 떠나선 영영 돌아오지 않았다는 사실 외에는.

아버지는 아침부터 술을 마셨고, 저녁이면 술에 취한 채 의족을 철커덕거리며 광업소로 찾아갔다. 그때마다 아버지는 그를 그곳까지 데려갔다. 그는 얼굴이 뽀얀 광업소 소장을 향해 의족을 휘둘러대는 아버지를 날마다 지켜봐야 했다.

어스름이 내리는 시간이면 그는 종종 후미진 곳에 숨곤 했다. 그러나 어김없이 찾아내 새끼 염소를 몰고 가듯 그를 앞장세우던 아버지였다. 하필이면 그날 여느 때보다 더 꽁꽁 숨어버렸을까. 아버지가 구태여 그를 찾지 않았는지도 모르겠다. 어쨌든 그날 이후로 그는 다시는 광업소에 갈 필요가 없었다.

왜, 어디로, 어떻게 떠났는지 아무도 말해주지 않았다. 그러나 아버지가 얼굴 뽀얀 소장에게 의족 대신 칼을 휘둘렀다는, 그래서 기약없이 콩밥을 먹어야 한다는 이야기가 한동안 사택 주위를 불길한 전염병처럼 떠돌아다녔고, 전염병 때문에 정든 집을 떠나는 듯 그는 먼 친척집으로 들어갔다.

그 아버지가 3년 만에 돌아왔다.

의족은 어쨌는지 목발을 짚은 채였다. 아버지는 왼쪽 바짓단을 둘둘 말아 허벅지 부근에 고무줄로 칭칭 감아놓았다. 누구라도 아버지가 외발인 걸 단박에 알아차릴 수 있었다. 그러나 누구라도 아버지가 콩밥을 먹었다는 사실은 쉽사리 짐작할 수 없을 거였다. 까까머리가 아니라 잿더미에 머리를 쑤셔박았다 막 빼낸 듯한 더벅머리였으니까. 어딘가를 한참 헤매다가 돌아온 모양이었다.

아버지를 따라 얹혀 지낸 친척집을 나와 기차를 탔다.

제천역 근처 여인숙에서 하루 밤낮을 보낸 뒤였다. 아버지는 줄창 그를 외면한 채 벽을 향해 돌아누워 있었다. 군데군데 쥐 오줌이 번진 천장에선 쥐들이 우르르닥닥 달음질을 쳤고, 그의 배에서는 연신 꼬르륵 소리가 났다.

마침내 아버지가 물었다.

"배고프냐?"

그가 고개를 끄덕이자 아버지는 몸을 일으켜 방을 나갔다. 삼십 분쯤 지나 아버지가 돌아왔고, 다시 삼십 분쯤 흘러 자장면 두 그릇이 방으로 들이밀어졌다. 자장면은 기막히게 맛있었다. 줄어드는 것이 안타까워 선뜻 젓가락질을 하기 힘들 만큼.

생애 처음이자 마지막인 자장면을 다 먹은 후였다. 아버지가 안주머니에서 누런 봉지를 꺼내며 물었다.

"잘 먹었냐?"

"예."

아버지가 누런 봉지에 든 좁쌀만한 알약을 한 움큼 그의 손바닥에 털어놓았다. 그리고 역시 자신의 손에도 알약을 올려놓았다.

"잘 먹었으면 이제 소화제를 먹자."

그러나 아버지 말대로 할 수 없었다.

그는 알고 있었다. 그것이 '나 - 12'호에 살 때 부엌 한구석, 식은 밥 위에 올려놓곤 하던 쥐약이라는 것을. 부엌 바닥에 발랑 뒤집혀 바둥대던 쥐들의 몸부림까지.

"자, 먹자."

아버지의 말이 다시 들렸고, 그는 정직하게 말했다.

"아부지, 이건 쥐약이잖아요."

아주 오랫동안 아버지는 아무 말도 하지 않았다. 그저 초점을 잃은 듯 퀭한 두 눈으로 그를 바라보았을 뿐이었다. 그는 쥐약이 올려진 손을 꼬옥 쥐었다. 손바닥에 땀이 배어 좁쌀 알약이 조금씩 녹아들고 있었다. 천장에선 끊임없이 쥐들이 우르르닥닥 달음질을 쳐댔다.

"먹기 싫으냐?"

아버지의 물음에 그는 다시 정직하게 대꾸했다.

"난 죽기 싫어요, 아부지."

아버지는 그의 손에서 쥐약을 걷어갔고, 다시 벽을 향해 모로 누웠고, 또다시 하룻밤이 맥없이 흘러갔다.

"애비로선 어쩔 수가 없다. 어떡하든 네 힘으로 살아가거라."

역전 파출소 앞까지 그를 데려간 아버지의 말이었다. 그게 마지막이었다.

혼자 힘으로 살아야 한다는 게 무슨 의미인지 그때는 미처 몰랐다. 그러나 아버지처럼 살지 않겠다는 생각은 들었다. 또 하나 우습게도, 다시는 자장면 따위를 먹지 않겠다고 이 악물기도 했다.

아버지를 이해할 수 없었다.

아버지를 이해하고 싶지 않았다. 아니, 증오했다. 아니, 아버지의 존재조차 기억에서 지우려 했다. 아버지 말대로 어떡하든 혼자 힘으로 살아야 할 고단한 세상살이였으므로.

아주 오랫동안 아버지를 잊었노라 생각했다. 그러나 아내가 임신 사실을 말했을 때, 낡은 앨범의 첫장을 넘기듯 아버지의 얼굴이 되살아났고, 귀퉁이가 해진 흑백 사진을 손에 쥔 양 아버지의 의미를 떠올렸다.

아버지가 된다는 사실. 그는 몹시 난감했다. 세월이 흘러 산부인과 대기실에서 그의 이름이 불리워질 때까지 혼미해 있었다.

강보에 싸인 핏덩이 아이를 처음 상면하는 순간, 그는 즉각 난감함과 혼미함 따위의 감정들과 작별을 고했다. 아이는 설렘과 감격으로 그의 품에 안겼다. 아버지가 된 거였다. 아버지가 되기를 간절히 소망하진 않았다. 그러나 살아야 할 숱한 이유들 대부분이 아이를 향해 흘러가리라는 예감이, 그를 관통했다.

아버지와 자식이라는 이름의 끈. 그건 참 기이한 감정의 교류였다.

아이의 투병이 계속되면서 그 감정의 교류는 한층 활발해진 셈이었다. 아이의 병세는 하루를 기준으로 오르락내리락했다. 오늘 좋은 듯하면 내일은 어김없이 악화됐다. 아이의 상태가 좋은 날은 그 역시 가벼운 마음으로 하루를 보낼 수 있었다. 아이의 병세가 악화되었다면, 제아무리 유쾌한 일이 있더라도 그에겐 부질없는 유쾌함일 뿐이었다.

아이가 삶의 구심점이었다. 태양을 중심으로 도는 태양계의 행성이 바로 그의 삶이었다. 만일 아이를 잃게 된다면 자신이 원심력에 의해 세상 밖으로 떨어져 버리리라는 것을 그는 알고 있었다. 살아야 할 숱한 이유들 대부분을 잃어버린 채, 세상 속에 뒤섞여 웃고 떠들고 노래할 수는 없는 노릇이었다.

그런데 아이는 물었다. 얼마나 더 아파야 죽게 되느냐고. 이만큼 아팠으면 죽어도 되지 않느냐고.

아이의 병실을 나선 이후 그는 줄곧 생각했다.

쥐약을 손에 쥐어주던 아버지와, 아이의 고통을 속수무책 지켜볼 뿐인 자신의 거리가 얼마쯤 될까. 파출소 앞에 자신을 남겨두고 절름거리며 멀어지던 아버지의 뒷모습처럼, 자신 또한 죽음의 문전에 아이 홀로 남겨둔 채 이미 등을 보이고 있는 것은 아닐까.

어제 저녁 무렵 문병 온 영재가 망설이다 제 경험인데요, 라며 말했다.

"투병중에 제일 견디기 힘들었던 건 육체적 고통이 아니었어요. 곁에서 간병하는 엄마의 지친 모습을 볼 때였어요."

그리고 그의 얼굴에서 그 옛날 어머니의 지친 모습이 엿보인다고 덧붙였다.

영재는 아이가 처음 입원했을 때 만났다. 당시 여고생으로 중증 재생불량성빈혈로 투병중이었다. 백혈병에 못지않은 난치병임에도 미소를 잃지 않던 소녀였고, 이제는 완치 판정을 받아 여대생이 되어 있었다. 영재는 아이가 재입원하면서 일주일에 한두 차례씩 찾아왔다.

"하나님께서는 모든 문을 닫아두시지 않아요. 반드시 어딘가에는 출구가 열려 있죠. 다움이는 결국 싸워 이길 거예요. 그리고 아주 잘살 거구요. 너무 힘든 일을 겪었고, 그런 만큼 살아 있다는 것이 얼마나 소중하고 눈부신지 저절로 알게 되겠죠. 그러니까 아저씨가 먼저 지쳐선 안되잖아요."

영재의 말대로 그는 지쳐 있었다. 스스로 한없는 나락으로 떨어지고 있음을 느끼는 요즈음이었다.

아이가 고통으로 몸부림칠 때마다 생각했다. 그만 우리의 삶도 여기서 끝을 내는 것이 옳지 않겠냐고. 세상에는 사람의 힘으로 도대체 맞설 수 없는 일이 있으며, 우리가 바로 그러한 경우라고.

"다움이 아빠!"

소리를 좇아 고개를 들었다. 자그마한 여자가 커다란 눈을 감았다 뜨며 서 있었다. 여자는 내처 소아병동으로 가지 않은 모양이었다.

그가 엉거주춤 일어서자 여자는 기다렸다는 듯이 물어왔다.

"왜 이러구 계세요?"

선뜻 대답하지 못하는 그였고, 손가방에서 손수건을 꺼내 내미는 여자였다. 손수건이 필요한 건 피차 마찬가지일 테지만 거절하지 않았다. 그는 잠시 손수건을 내려다보다 물었다.

"성호는 어때요?"

"닦으세요, 괜찮아요."

딴청을 부리는 아이처럼 여자는 잠시 입가에 미소를 지어 보였다. 그러나 이내 어깨를 늘어뜨리고 천천히 고개를 돌렸다. 고개를 돌린 그곳에 암병동이 버티고 있었다. 그곳 지하에는 아직 여자의 아이가 관속 같은 곳에 누워 있으리라.

어둠이 짙어졌고, 소아병동과 암병동 사이 외등은 더욱 빛났다. 레몬빛 불빛 사이로 빗줄기는 여전히 그 모양새대로 쏟아지고 있었다.

"싫다는 걸, 싫다고 떼를 쓰는 걸 때려줬어요. 때려서 억지로 밀어넣었어요."

여자의 볼을 타고 물방울이 주르르 미끄러졌다. 여자는 소리내지 않고 울고 있었다. 오랫동안 투병중인 어린 자식을 지켜보아야 하는 부모란…… 누구든지 소리내지 않고 우는 법을 알고 있었다.

"저 참 나쁜 엄마죠?"

그는 서너 차례 헛기침을 쿵쿵거리다 대꾸했다.

"성호도 엄마 마음을 알겠죠."

"정말 그럴까요, 정말?"

"힘내세요. 모든 게 다 잘될 겁니다."

사실, 모든 게 다 잘될 필요까진 없었다. 그건 억지였다. 헛된 소망이고 과도한 욕심이었다. 그저 아이가 병을 이기는 것, 그것 하나면 족했다. 그럼에도 그 하나가 모든 것과 같은 의미라는 걸 여자 역시 익히 알고 있을 터였다.

여자가 암병동을 바라보다가 자못 활기차게 말했다.

"그래요. 우리가 먼저 무너져선 안되겠죠. 다움이 아빠도 힘내세요."

그는 고개를 주억거렸고, 여자의 말이 이어졌다.

"그럼 들어가세요. 이렇게 비 맞고 계시는 거 보기 안 좋아요."

3

오늘은 기분이 그만입니다.

오늘 같은 날이 얼마 만인지 모르겠어요. 열도 많이 내렸고, 턱까지 차오르던 가쁜 숨도 괜찮아졌고, 열두 마리의 개구리가 들어 있는 것처럼 와글거리던 머릿속도 조용했습니다.

"모든 것은 마음먹기에 따라서 달라지는 거란다. 좋은 일을 생각하면 실제로 좋은 일이 생기게 마련이지."

내가 짜증을 부릴 때마다 아빠는 그렇게 말했고, 그 말이 오늘처럼 딱 들어맞은 적은 처음입니다.

비는 밤새 내린 듯했습니다. 깨어났다 잠들고 또 깨어났다 잠들고, 또 또 또……. 빗소리가 계속해서 들려왔고, 난 몇 번씩이나 기분 나쁜 꿈을 연달아 꿨답니다. 비가 오면 굉장히 우울해지고 짜증이 납니다. 나 말고 다른 환자들도 마찬가지일 거예요.

그런데 아침에 눈을 뜨니 쨍, 해가 솟아 있지 않겠어요. 왠지 좋은 일이 생길 것만 같았습니다. 그래서 좋은 일이 뭐가 있을까 고민하다가 은미를 떠올렸지요.

은미, 은미는요…… 언제나 머리 양쪽에 꽃핀을 꽂고 다니는 아이랍니다. 그렇다고 언제나 똑같은 꽃핀은 아니죠. 연보랏빛 채송화 모양, 새하얀 별꽃 모양, 주홍빛 장미 모양……. 은미는 꽃핀이 많기도 많은데, 아마 그걸 눈치챈 아이는 우리 주일학교에서 나뿐일 겁니다. 나뿐이라는 걸 생각하면 기분이 좋아져요.

안녕, 정다움. 은미가 작은 손으로 꽃핀을 만지작대며 인사를 할 때면, 내 가슴은 그만 가루로 변해 훌훌 날아가 버리는 것 같아요.

오늘 은미는 노오란 해바라기 꽃핀을 하고 있었지요.

지난주에 문병 온 전도사님한테 우리 다윗반 친구들이 보고 싶다고 말했죠. 은미를 만난 건 순전히 내 작전이 성공했기 때문입니다.

앞으로 나란히를 하듯 아이들이 병실로 들어섰고, 은미는 맨 끝이었습니다. 모두들 야단맞을 준비를 하고 있는 것 같은 얼굴이었어요. 병원이라는 곳이 친구들을 겁나게 만들었겠죠. 아니면 내 반질반질한 머리통과 하얀 얼굴, 그리고 정맥주사가 꽂혀 있는 팔뚝 때문이었는지도 모릅니다.

아빠가 봉봉주스를 하나씩 나눠주자 아이들의 얼굴이 조금씩 밝아졌습니다. 한 십 분쯤 지났을 거예요. 아이들은 완전히 제 얼굴을 되찾았지요. 은미 역시 그랬는지는 모르겠습니다. 난 은미를 제대로 쳐다보지 못했어요. 하필이면 맨 뒷자리를 차지한 은미 탓만은 아니었지만요.

전도사님과 아빠는 문가에 서서 한동안 이야기를 했습니다. 전도사님은 줄곧 한 손으로 턱을 받친 채였고, 아빠는 이야기하는 중간중간 입가에 희미한 미소를 지어 보였죠.

난요, 내 침대 주위에 늘어서 있는 아이들에게 최신작 사오정 시리즈를 들려줬어요. 아이들을 기쁘게 해주고 싶었거든요. 전도사님에게 미소를 지어 보이는 아빠처럼 말입니다.

전도사님이 다가와 아이들을 향해 말했습니다.

"얘들아, 우리 기도하자."

사오정 시리즈로 낄낄대던 아이들이 금방 시치미를 뚝 떼고 두 손을 모았습니다. 물론 나도 그랬구요.

오랫동안 기도하는 대회가 있다면 전도사님은 틀림없이 일등을 차지할 거예요. 하지만 오늘만은 전도사님의 기도가 몇날며칠 계속된대도 조금도 불만이 없었습니다. 왜냐하면 아무한테도 들키지 않고 은미의 노오란 꽃핀을 마음껏 바라볼 수 있었으니까요. 기도할 때 눈을 뜨는 게 나쁜 일인 줄은 알지만 하나님도 내 마음을 알아주실 겁니다.

"…… 하나님께서 사랑하시는 아들, 우리 다움이를 기억하옵소서. 다움이에게 치료하는 광선을 비춰 건강을 회복해주옵시고, 원컨대 빠른 시일내에 우리 곁으로 돌아올 수 있도록 은혜를 내리어주십시오. 예수 그리스도 이름으로 기도했습니다. 아멘."

기도가 끝나자 돌아갈 준비를 했습니다. 아쉽지만 내 욕심만 차릴 수는 없잖아요. 학원도 가야 할 거고 숙제도 해야 할 테니까요.

아이들이 하나씩 인사를 했고, 마지막은 은미 차례였지요. 은미가 침대 위에 책을 올려놓고는 말했어요.

"안녕."

정말이지 은미의 노오란 해바라기 꽃핀은 멋졌습니다. 그걸 꼬옥 말해 주고 싶었어요. 그런데 난 바보같이 아무 말도 못하고 말았죠.

그래도 지금 내 기분은 최곱니다. 난 책을 들어 아빠에게 보입니다.

"선물받은 거예요."

"이상한 나라의 앨리스. 이미 읽은 책이구나."

그래요. 벌써 읽었고 특별히 재미난 내용도 아니구요. 그렇지만 난 다시 한번 읽을 생각입니다.

"은미가 선물한 거예요. 해바라기 꽃핀을 한 앤데요, 아빠도 봤죠?"

"예쁘게 생겼더구나. 키도 크구."

은미는 키가 작아요. 아빠는 예은이랑 착각하고 있나봅니다.

예쁜 걸로 따지면 은미보다는 예은이 쪽이겠죠. 하지만 예은이는 별로 예요. 얼굴만 예뻤지 머리는 영 아니거든요. 성경 퀴즈 대회 때 예은이가 맞히는 걸 보질 못했어요. 은미는 척척 잘도 맞추죠.

정답을 또박또박 말하는 은미의 모습은 참 보기 좋았어요. 그러나 정답을 맞히지 못할 때도 있었죠. 은미가 모르는 건 다른 애들도 당연히 모르고, 그럴 때에만 나는 손을 들곤 했습니다.

은미가 아닌 예은이를 기억하고 있는 아빠 때문에 속이 상하지만 어찌겠어요. 은미에 대해 설명을 했죠. 침대 끝자리에 있었고, 떠날 때 마지막으로 인사를 한 애라고요.

아빠는 고개를 끄덕이며 노트북에 연결되어 있는 코드를 뽑습니다. 외출을 하려는 모양입니다. 마침 잘됐지 뭐예요.

"오실 때 꽃핀을 사다주실래요?"

"꽃핀?"

"여자애들이 머리에 꽂는 핀 말예요. 나도 은미한테 뭔가 선물을 해야되잖아요."

아빠가 반질반질한 내 머리통을 쓰다듬습니다. 아빠의 버릇입니다. 아빠는 내 머리칼 속에 손을 넣어 간지럼을 태우듯 흔들곤 했죠. 머리카락이 몽땅 사라져 버렸지만 아빠의 버릇은 계속되고 있어요.

나에게도 버릇이 있습니다. 아빠의 귀를 손으로 잡아야 안심하고 잘수 있어요. 아주 옛날부터요. 하지만 요즘엔 통 그럴 수가 없답니다. 아빠는 밤낮으로 일을 해야 하거든요. 내 병원비를 벌기 위해서죠.

"다움인 은미가 좋은 모양이지?"

"누구나 은미를 좋아해요."

"다움이가 특히 그렇겠구."

말해놓고 아빠는 날 빤히 쳐다봅니다.

아빠는 심술꾸러기 같은 데가 있어요. 지금처럼요. 내가 아빠라면 모른 척했을 겁니다. 실제로 난 몇 번인가 그랬어요. 아무리 궁금해도 아빠가 대답하기 곤란할 것 같으면 묻지 않았으니까요.

나는 아빠가 까먹지 않도록 다시 한번 말합니다.

"다른 핀은 안돼요. 꼭, 꽃 모양으로 된 게 필요해요."

4

"이번에도 두 차례나 날짜를 넘기셨군요."

송재성 계장이 정산서를 책상 위에 탁 내려놓았고, 그 서슬에 볼펜이 바닥에 떨어졌다. 볼펜은 또르르 그의 발치까지 굴러왔다. 그는 허리를 굽혔다. 뒷덜미에 송 계장의 시선이 창으로 꽂히는 것이 느껴졌다.

그는 책상 위에 볼펜을 올려놓으며 말했다.

"죄송합니다."

"죄송하다는 말로 될 일이 아니잖습니까?"

그는 시선을 내리깔고 정산서를 쳐다보았다. 송 계장이 볼펜으로 정산서 하단에 거푸 동그라미를 그려대고 있었다. 닷새에 한 번씩 지불해야 할 금액이 두 배로 부풀어 있었다.

"알아요, 알아. 선생님께도 나름대로 사정이 있겠죠. 그렇기로서니 매번 이러면 정말 곤란합니다."

매번이라니? 그리 과장할 것까진 없지 않은가. 2년 동안 병원비를 밀려보긴 최근 두 차례뿐이었다. 재산이랄 것도 없지만 갖고 있는 전부를 병원비에 쏟아부었다. 그럼에도 그건 송 계장이 상관할 바 없는 이편의 사정이고 부질없는 넋두리일 거였다.

그는 가라앉은 목소리로 말했다.

"빨리 해결하겠습니다."

"언제요?"

"다음 정산 때까지는 가능할 겁니다."

"가능할 겁니다라뇨? 그런 식으로 말씀하시면 섭섭합니다. 이제까지 봐드렸으면 우리로서도 할 만큼 했습니다."

"다음 정산 때까지 해결하겠습니다."

"틀림없습니까?"

"물론입니다. 잘하면 오늘 당장 해결할 수도 있습니다."

송 계장이 입 가장자리를 일그러뜨리며 웃었다. '오늘 당장'이라는 말이 믿기지 않는다는 뜻을 그렇게 내보인 셈이었다. 그는 마음이 다급해져 덧붙였다.

"오늘 받기로 약속한 돈이 있거든요."

"그래요. 잘됐으면 좋겠군요. 선생님 경우처럼 장기 입원 환자의 보호자로선 우리가 야속할지도 모릅니다. 아니, 야속하겠죠. 하지만 우리로선 보호자를 위해서라도 이렇게 하는 게 옳다고 생각합니다. 한 번 정산도 힘든데 그게 두 번, 세 번 미뤄져 보십시오. 그땐 정말 감당하기 힘들어지지 않겠어요. 하여튼 이번엔 확실히 약속을 지켜주셔야 합니다."

송 계장은 다짐을 받듯 볼펜으로 책상을 두드리며 말을 이었다.

"약속을 지키지 않으면 우리로서도 부득이 결단을 내릴 수밖에 없습니다."

"결단이라뇨?"

"모든 의료적 조치를 중지할 수밖에 없다는 뜻입니다. 우리도 그런 일이 벌어지지 않길 바라고 있습니다만……."

의료적 조치를 중지할 뿐 거리로 내몰진 않겠다는 것이었다. 그나마 다행이라고 여겨야 할까. 그러나 병원비를 정산하지 않는 한 결국 환자를 볼모로 잡고 있겠다는 의도였다.

　　　　　　　　　　　* * *

　치료를 중지한다면 아이는 얼마나 버텨낼 수 있을까.

　짧으면 삼개월, 길면 육개월.

　아이의 발병 사실을 처음 통보하면서 민 과장은 말했다. 당장 항
암 치료를 시작해야 한다고. 그는 반문했다. 다른 방법이 없겠느냐
고. 끔찍한 항암 치료가 과연 최선인가 하는 의문이 들었기 때문이
었다. 그러나 민 과장은 단호했다. 항암 치료를 받지 않았을 때의
상황을 경고했다. 그때 민 과장 입에서 흘러나온 말이 삼개월과 육
개월이었다.

　"항암 치료를 받을 경우 일단 완전 관해될 수 있을 겁니다. 그러
나 재발할 가능성은 오십 대 오십입니다."

　언제나 최선과 최악의 경우를 동시에 말하는 민 과장이었다. 어
느 쪽을 믿느냐는 보호자의 몫이었다. 어느 쪽이든 그건 보호자의
믿음의 분량일 뿐, 민 과장이 신경쓸 문제가 아니긴 했다.

　입원과 퇴원, 완전 관해와 재발이라는 진단이 되풀이되면서 두
해가 흘렀다. 어쨌든 민 과장의 말대로 항암 치료가 아이를 오늘까
지 버티게 한 셈이었다. 그런데 이제 와서 치료를 중단해야 한다
면……

　여진희와의 약속 장소로 향하면서, 버스와 전철을 갈아타고 시청
앞에서 광화문까지 걸으며, 그는 줄기차게 그 생각에 매달렸다. 송
계장의 결단이라는 말이 단단한 가시처럼 가슴 깊이 꽂혀 있었다.

　약속한 찻집으로 들어서자 창가에 앉아 있던 여진희가 손을 들
어 보였다. 그가 맞은편에 앉자 대뜸 물어왔다.

　"덥지 않나요?"

그는 무슨 뜻이냐는 눈길로 여진희를 건너다보았다. 여진희가 서너 차례 좌우로 고갯짓을 하고는 턱으로 창 밖을 가리켰다.

"보세요, 선배처럼 점퍼를 입고 있는 사람이 누가 있나. 여름이에요. 선배는 세월 가는 것도 잊었나봐요."

듣고 보니 목덜미가 땀으로 축축하게 젖어 있었다. 그는 멋쩍게 웃으며 점퍼를 벗어 노트북 위에 올려놓았다.

"선배, 안색이 좋지 않아요. 많이 야윈 것도 같구요. 너무 무리하지 말아요. 다움이 건강이 우선이긴 하지만 틈틈이 선배 자신도 돌보도록 해요. 가능하면 종합검사도 받아보구요."

몸무게가 부쩍 줄어들었고, 젖은 솜처럼 피곤함이 가시지 않았다. 간헐적으로 옆구리를 바늘로 찔러대는 것처럼 뜨끔뜨끔하기도 했다. 그렇다 해도 종합검사를 받아보라니, 참으로 한가한 소리가 아닐 수 없었다.

여진희가 커피잔을 입가에 가져가며 물었다.

"다움이는 좀 어때요?"

"그렇지, 뭐."

"무슨 병원이 그 모양일까. 벌써 몇 번째 재발이에요? 병원을 옮겨보는 게 어때요?"

"암세포가 끈질긴 거지 병원 탓은 아냐."

"소아 백혈병은 완치율이 높다면서요?"

"이번으로 재발은 끝이야."

그렇게 믿고 싶었다. 아니, 그렇게 믿고 있었다. 당장 해결해야 할 병원비가 가슴을 짓누르긴 해도, 아이의 재발은 정말이지 이번으로 끝이리라.

"그나저나 선배, 이발을 해야겠어요."

그는 고개를 주억거리며 여진희의 커피잔에 묻어 있는 붉은 립스틱을 쳐다보았고, 다시 여진희의 목소리가 이어졌다.

"제발 그 텁수룩한 머리 좀 짧게 깎아요. 여름이잖아요."

아이와 이발을 하러 간 적이 언제였던가.

아이는 이발하기를 몹시 싫어했다. 아이의 말에 의하면, 이발소 아저씨가 머리카락이 아닌 귀를 자를까봐 겁이 난다고 했다. 그런 아이를 구슬리고 타일러야 겨우 이발소까지 데려갈 수 있었다.

그러나 아이는 또다시 민머리가 되었다. 머리통을 겨우 덮을 정도로 자라난 머리카락이 항암 치료로 알뜰히 빠져버렸다. 아이는 더 이상 심각한 낯으로 거울을 들여다보지 않았다. 오히려 방긋 미소지으며 말하곤 했다. 아빠, 나 유승준하고 많이 닮았죠?

"선배, 나 차장 됐어요. 대우 딱지가 붙긴 했지만요."

"축하해."

"말로만요?"

"다음에 술 한잔 살게."

"휴우, 어느 세월에……."

여진희는 한때 몸담았던 월간 여성지에서 만난 후배였다. 그는 수석기자였고, 여진희는 수습이었다. 한동안 취재 현장에 동행시키며 실무를 가르쳤다. 아이템 개발과 인터뷰 요령, 기획 기사의 접근 방법에서 기사 작성까지. 여성지를 떠난 지 한참이 지났건만 그때의 인연이 지금껏 이어지고 있었다.

이제 그가 도와줄 것은 없었다. 어느덧 여진희는 각종 여성지에서 스카우트 제의를 받을 정도로 베테랑이 되어 있었다. 도움을 받는다면 오히려 이편이었다.

이번만 해도 그랬다. 그의 사정을 뻔히 알고 있는 여진희가 자서

전 대필을 연결해주었고, 오늘도 그 때문에 만난 거였다.

"이명희 부장이 선배보다 한 기수 아래죠, 아마?"

여진희가 테이블에 상체를 붙이며 물어왔고, 그는 의자 깊숙이 등을 기대며 고개를 끄덕였다.

"이 부장 그만뒀어요. 남편 따라 유학간다나요. 그래서 하는 말인데요, 그 자리에 선배가 다시 오면 어때요?"

"그 바닥 떠난 지가 언젠데, 그럴 자격이나 있겠어?"

"사장한테 선배 얘기를 했더니 일단 이력서를 가져오래요."

아내는 말하곤 했다. 기자일 바에는 일간지 정치부나 사회부 기자여야 되는 것 아니냐고. 월간지, 그것도 여성지 기자를 누가 알아주겠느냐는 항의였다.

아내의 항의는 점차 그의 직업에 대한 혐오로 발전했다. 아무도 알아주지 않는다면 돈이나 잘 벌어야 할 거 아니냐면서.

돈이라도 잘 벌기 위해서 아르바이트로 번역에 손을 댔으며, 결국 출판사로 자리를 옮기는 계기가 됐다. 출판사의 월급은 잡지사에 비해 부족했다. 그러나 근무 시간 외에는 여유가 있었고, 그 시간을 이용해서 번역을 할 수 있었다. 수년 동안 그는 번역에 매달렸다. 돈도 벌었고 아파트도 마련했다. 그 사이 아내는 떠났다.

IMF 여파로 출판사가 문을 닫았고, 이력서를 품에 넣고 이곳저곳 출판사를 기웃댔고, 실업의 날들이 이어지면서 그는 전적으로 번역에 매달렸다. 그럼에도 아르바이트를 할 적보다 수입은 줄어들었다. 출판 시장이 위축되어 있는 탓이었다.

아직도 점퍼 안주머니에는 이력서가 들어 있으므로 여진희에게 건네면 그만이었다. 아내에게 항의받을 일도 없어졌고, 안정된 직장과 보수도 필요했다.

그러나 그는 마음속으로 도리질을 쳤다. 여성지의 생리상 수시로 철야에 시달릴 것이 뻔했다. 아이를 간병인에게 맡기고 잠깐씩 얼굴을 비치는 꼴이 되리라. 아이에게도 그에게도 불가능한 일이었다. 자서전 대필 의뢰만 이어진다면 아이 곁을 떠날 필요는 없었다.

자서전 대필은 경험도 없었지만 선뜻 내키지도 않았다. 자신의 삶을 자신이 직접 글로 옮겨놓는 자서전. 따라서 대필이란 자체가 일종의 사기였다. 하지만 대필료로 제시한 금액을 외면할 수 없었다. 또한 사기보다 더한 일도 마다할 입장이 아니었다.

2천만 원. 퇴원할 때까지 병원비를 충당할 수 있는 금액이었다.

계약금으로 10퍼센트를 받고 대필을 시작했다. 의뢰인은 사업을 하는 정치 지망생이었고, 국회의원 선거가 1년 이상 남았음에도 석 달 안에 원고를 완성해야 한다고 못박았다. 정작 다급한 쪽은 그였다. 국회의원에 출마하지 못한다고 사람이 죽는 일은 없을 테니까.

정확히 45일이 걸렸다. 아이를 간병하는 일 외에는 밤낮없이 노트북 자판을 두드렸다. 누군가는 바둑을 목숨 걸고 둔다고 했다. 그가 그런 심정이었고, 아이의 목숨이 걸려 있다고 생각하니 잠조차 오지 않았다. 45일 만에 인터뷰와 자료 조사 과정을 거쳐 1천5백 장의 원고를 끝냈을 때, 10킬로그램 가량 몸무게가 줄어 있었다.

엿새 전에 원고를 넘겨주었다. 검토가 끝나는 대로 나머지 금액을 받기로 했고, 오늘이 그날이었다.

"숙녀를 앞에 두고 자기 생각에만 빠져 있는 건 실례예요."

여진희가 손등으로 탁자를 두드리며 눈을 흘겼다. 이어 어깨가방에서 핸드폰을 꺼내 탁자 위에 올려놓고는 그의 쪽으로 밀었다.

"차장 턱이에요."

그는 핸드폰과 여진희를 번갈아 쳐다보았다.

"지독한 사부님을 둔 덕에 차장까지 됐잖아요. 선배가 아니었다면 여진희는 아마 여성지에서 살아남지도 못했을 거예요."

"진희 씨, 이러지 마."

"이러지 마요, 선배."

말해놓고 여진희는 자신의 커피잔을 향해 고개를 숙였다. 그리고 잔에 묻은 립스틱을 검지손가락으로 반복해서 닦아냈다.

"하루 종일 사람들에게 시달리다 보면 멍해질 때가 있어요. 바보가 된 느낌 있잖아요. 선배 목소리라도 듣고 싶은데, 그러면 기운을 차릴 수 있을 것 같은데, 선배랑 통화하려면 수속 절차가 너무 복잡해요. 아시잖아요, 복잡한 건 질색인 내 성격."

* * *

"여 기자님에게 단단히 한턱 내야겠습니다."

의뢰인의 비서실장인 김삼중의 말이었다. 여진희가 그를 향해 한쪽 눈을 찡긋 감았다 뜨고는 대꾸했다.

"마음에 드셨나보죠?"

"회장님께서 대단히 흡족해 하시더군요."

"아주 잘됐네요."

"내가 보기에도 지난번 기사보다 이번 기사가 훨씬 좋더라구요."

여진희의 얼굴이 안타까울 정도로 굳어져 갔다. 김삼중의 말을 잘못 받아들인 탓이리라.

김삼중은 이제껏 그의 원고가 아닌 여진희의 기사를 두고 말한 셈이었다. 그리고 그는 비로소 알았다. 자서전 대필 때문에 여진희가 의뢰인을 두 번씩이나 기사화했다는 사실을.

여진희가 무릎 위에 올려놓은 어깨가방의 끈을 손가락에 감았다 풀었다를 되풀이하다 마침내 물었다.

"자서전 원고 말예요, 검토는 끝났나요?"

김삼중이 자신의 책상에서, 원고가 담겨 있을 봉투를 들고 와 탁자 위에 올려놓았다.

"원고 잘 봤습니다. 문장이 썩 좋더군요. 서정적이구요. 시를 쓰셔서 그런가보죠?"

처음 만난 자리에서 여진희가 그를 시인이라고 소개했다.

"그런데 말입니다……."

말끝을 흐리며 김삼중이 담배를 물더니 그에게도 권했다. 그는 가볍게 손을 내저었다. 김삼중이 길게 연기를 내뿜었다.

"우리 쪽에서 해준 이야기만 들어 있더군요. 다시 말해, 있는 이야기만 충실히 쓰셨다는 의미입니다."

"자서전이 그런 거 아닌가요?"

여진희의 말이었고, 김삼중이 고개를 저으며 말을 받았다.

"아니죠. 자서전에는 남다른 특별한 이야기가 들어가 있어야 합니다. 그래야 읽는 사람들이 감동을 받고, 그래야만 독자들의 존경심을 유발시킬 수 있는 거죠."

"있는 얘기를 충실히 썼는데 감동이 없다면, 그게 왜 쓴 사람 탓이죠? 그렇게 살아온 장본인에게 문제가 있는 거겠죠."

그는 여진희의 팔을 슬쩍 쥐고는 입을 열었다.

"무엇이 문제인지 구체적으로 짚어주셨으면 합니다."

"때때로 과장도 해야 하고, 필요하다면 없는 얘기도 만들어 넣었어야죠. 우리가 원했던 바는 그런 겁니다. 있는 얘기만 쓸 바엔 비싼 돈 들여가면서 뭐하러 다른 사람에게 맡기겠어요. 자서전은 문학 작품이 아닙니다. 문장력이니 서정성이니 하는 따위는 필요가 없다구요."

"말씀하시는 뜻을 알겠습니다."

"선생은 자서전의 기본을 무시한 겁니다."

김삼중의 말을 인정하고 싶지는 않았다. 그러나 굳이 자존심을 내세울 성질의 글도 아니었고, 설령 그러할지라도 꾹꾹 눌러두어야 마땅할 자존심이었다.

"고쳐보겠습니다."

"아뇨. 그럴 필요 없습니다."

"…… 부탁합니다. 다시 한번 기회를 주십시오."

"고생한 건 압니다. 그래서 나도 재차 기회를 주자고 했습니다. 하지만 어쩌겠어요, 회장님 뜻이 워낙 확고하니. 아무래도 시를 쓴 분이라 없는 얘기를 만들어 넣는 자체가 무리라고 판단하신 거죠."

당장 자리를 박차고 일어서야 옳았다. 그러나, 그러나 정말이지 그럴 수 없었다. 송 계장의 결단은 이제 가시가 아니라 비수가 되어 그의 가슴팍에 박혀 있었다.

"…… 재고의 여지가 전혀 없겠습니까?"

"이미 대필 전문 작가에게 부탁했습니다."

이번엔 여진희가 그의 팔을 잡았고, 김삼중을 향해 소리쳤다.

"당신들이 누구에게 맡기든 말든 좋아요. 우린 원고료만 받으면 되니까요."

"원고료요? 오케이 해야 지불하는 게 상식으로 알고 있는데……."

"천오백 매 원고를 쓰는 게 장난인 줄 알아요?"

"손해를 따지자면 피차 마찬가지잖소. 우리도 계약금만 날린 셈이니까."

5

정동교회 언덕을 내려와 덕수궁 돌담길을, 그는 타박타박 걸어갔다. 정오를 막 지난 햇살이 목덜미에 내려꽂혔지만 구태여 그늘을 가려 걷지 않았다.

대학 동창과 헤어진 직후였다. 그룹 홍보실에 근무하는 친구. 그와는 대학 시절 2년간 자취방에서 함께 생활하며 이물없이 지낸 친구 사이. 그러나 사회에 나와선 1년에 서너 차례 만났을 뿐이었다. 특별히 소원한 관계가 될 까닭이 있었던 것은 아니었다. 단지 서로의 생활 방식이 달랐고, 또 서로의 삶에 분주한 탓이었다.

친구는 삼계탕을 절반쯤 먹었을 때 말했다.

"생각나니, 이틀을 꼬박 굶고 나서 라면 여덟 개 끓여 먹었던 거? 하지만 그때가 좋았어. 그때가 그리워."

지독한 가난뱅이들이었다. 그런데 친구는 그 시절을 그리움으로 떠올리고 있었다. 가난한 과거를 추억거리로 삼기 위해선 한 가지 방법밖에 없으리라. 오늘의 풍요함이 있어야 비로소 가능한 일이었다. 바로 친구의 경우처럼.

친구는 가난에서 탈출하는 데 성공했다. 안정된 직장이 있었고, 분당 46평 아파트에 살고 있었고, 남대문 시장에 점포 두 개를 소유하고 있었다. 그런데 줄곧 앓는 소리였다. 친구의 말은 어김없이 IMF와 연결되어 있었다. IMF 때문에, IMF만 아니었다면, IMF가 문제야……. 친구가 졸지에 그 옛날의 가난뱅이로 되돌아간 듯한 착각마저 불러일으켰다.

그는 친구의 말에 계속해서 고개를 주억거렸다. 그 빌어먹을 IMF 타령은 집어치우라는 말이 목구멍까지 올라오는 것을 잘 참아내면서. 너한테 돈 빌리러 왔다, 아이 치료비가 없어. 그 말마저 꾸역꾸역 참아내면서.

"오늘은 헬스 클럽에 따로 안 가도 되겠는 걸."

친구는 물수건으로 땀을 훔쳐내며 말했다. 그러나 이내 친구의 얼굴은 뚝배기에 달라붙은 닭기름처럼 땀으로 번질거렸다.

"참, 아이는 어떠니?"

뒤늦게 생각난 듯이 친구는 물었다. 이것이 마지막 기회야. 그는 마른침을 삼켰다. 하지만 친구는 기다려주지 않았다.

"여하튼 건강이 최고야. 돈은 그 다음이라구. 다 먹었으면 일어나자."

친구는 구두끈을 맸고, 그는 달리 끈을 맬 필요가 없는 랜드로버였다. 삼계탕 두 그릇에 1만 4천 원을 지불한 그에게 잘 먹었어, 라며 툭 어깨를 치는 친구였다.

식당을 나와 그는 다부지게 마음먹고 입을 열었다.

"어디 가서 차 한잔 할까?"

"들어가 봐야 돼. 광고 대행사 사람들이 기다리고 있을 거야. 오랜만에 만났는데 미안하다. 대신 다음에 근사한 데 가서 한잔 살게."

그는 떠나가는 친구를 우두커니 바라보다 돌아섰다. 그리고 갈 곳을 정하지 않고 무작정 집을 나선 사람처럼 타박타박 걷고 있었다. 덕수궁 앞에 이르러 그는 은행나무 가로수에 등을 기대고 하늘을 올려다보았다. 그러나 이내 맥없이 고개를 떨구었다.

'하루에 열 번 이상은 하늘을 쳐다보자.

열 번 이상 하늘을 보지 못한 하루라면, 그 하루는 헛되게 산 날이다.'

대학 시절 책상 위에 붙여놓았던 다짐이었다.

헛되게 살지 않기 위해 그는 열심히 하늘을 바라보았다. 하늘을 바라보는 마음으로 생각을 가다듬고, 그 생각으로 몇 편인가 하늘을 소재로 시를 쓰곤 했다.

그러나 언제부터인가 단 한 번도 하늘을 보지 못한 날들이 한량없이 이어졌다. 영혼은 세월의 물살에 시달리며 어디론가 둥둥둥 떠내려갔다. 기슭을 떠난 한 알갱이의 모래가 하구의 모래톱에 쌓이듯, 한 여자의 남편이 됐고 한 아이의 아버지가 되었다.

진작에 그 여자를 떠나보냈으며, 아이마저 떠나보내게 될지도 몰랐다. 그리고 이제는 하늘조차 마음놓고 바라볼 수 없었다.

노트북 가방 옆주머니에 넣어둔 핸드폰이 울렸다.

여진희. 두어 시간 전 건네받은 핸드폰이므로 여진희 외에 달리 번호를 알 사람이 없었다. 핸드폰은 열댓 번 울리다 뚝 끊어졌다. 그제서야 그는 핸드폰을 꺼내들었다. 핸드폰을 물끄러미 바라보다 혼잣말을 중얼거렸다.

아이가 죽어가고 있어. 그런데 넌 어쩌고 있었지? 개나 먹으라고 던져줘야 마땅할 자존심 때문에 말도 꺼내지 못했어. 울며불며 매달리란 말야.

그는 핸드폰의 숫자 하나하나를 힘주어 눌렀다. 곧 친구의 목소리가 흘러나왔다.

— 금방 헤어져 놓고 웬일이야?

"…… 돈이 필요하다. 네가 빌려줬으면 좋겠다."

거기까지 말해놓고 그는 속말을 삼켰다. 너도 알잖니, 너 말고는 손을 벌릴 만한 사람이 만만치 않다는 거.

— 돈? 아이엠에프 전이라면 그럭저럭 여유가 있었는데, 요즘엔

돈이라곤 싹수도 못 보겠다. 나도 빚으로 근근이 살고 있어.

　차라리 친구의 말을 믿자. 덜 비참해지기 위해선 친구가 사실을 말했다고 생각하자. 그리고 감사하자. 왜 돈이 필요한지 묻지 않은 것에 대해서.

* * *

　암센터 혈액종양내과 과장실로 들어서자 민 과장이 말했다.

　"녹차 좋죠?"

　난 요즘 녹차에 푹 빠져 있어요. 그렇게 시작한 녹차에 대한 민 과장의 말이 한참 동안 이어졌지만, 그는 불길한 예감에 줄곧 시달려야 했다. 예전에도 민 과장에게 두 차례 녹차 대접을 받은 적이 있었다. 두 차례 모두 아이의 재발을 통고받았다.

　"어때요?"

　한 모금을 입에 문 그에게 민 과장이 물었고 좋은데요, 라고 대꾸했다. 녹차든 자판기 커피든 무슨 상관이랴. 그런 속도 모르고 민 과장이 다시 녹차 타령이었다.

　"지리산 우전 중에서도 최고로 알아주는 무향차입니다."

　민 과장은 녹차를 빌미 삼아 딴전을 피우고 있었다. 선뜻 본론으로 들어가지 못하는 이유가 무엇일까. 그는 망설임을 떨치고 입을 열었다.

　"무슨 일로 절 찾으셨습니까?"

　잠시 난감한 표정을 짓던 민 과장이 말했다.

　"백혈구 수치가 좀처럼 잡히질 않는군요."

　"얼마입니까?"

"이만 사천입니다."

재입원할 당시 악성 백혈구 수치가 6만이었고, 그중 90퍼센트가 백혈암세포였다. 항암 치료를 받으면서 조금씩 수치가 떨어지더니 어느 순간부터 꿈쩍도 하지 않았다. 2만 4천이라면 그간의 투약에도 불구하고 정상의 네 배에 가까운 수치인 셈이었다.

"항암제의 강도를 높이겠다는 말씀을 하시려는 겁니까?"

묻고 나서 그는 도리없이 푹 한숨을 내쉬었다. 민 과장이 짧게 고개를 가로저었다.

"결국 강도를 높여 투약해야겠죠. 그러나 문제는 약물 치료와 방사선만으로는 한계에 도달했다는 겁니다."

"그 정도로 악화됐습니까?"

"악화라기보다는 기존의 치료 방법으로는 더 이상 안된다는 의미죠. 완전 관해되었음에도 두 번씩이나 재발했어요. 유독 다움이에게만 일어난 드문 케이스라고 할 순 없죠. 앞으로도 그럴 가능성이 대단히 높구요. 재발, 재발을 반복하면서 다움이가 결국 견딜수 없는 상황에 처하겠죠. 기존의 방법에만 매달리다가는 머지않아한계 상황에 도달할 수 있다는 말씀입니다."

한계 상황. 시한부 삶의 선고.

벌써 몇 번인가 그런 식의 이야기를 들어왔다. 익숙해질 만도 했다. 그럼에도 달궈진 쇳덩이를 정수리에 올려놓은 양 그는 황급히 물었다.

"항암제도, 방사선도 안된다! 그러면 도대체 되는 건 무엇입니까?"

"조혈모세포 이식. 흔히들 골수 이식이라고 하지요."

"......"

"현재로선 최선의 방법입니다."

최후의 방법을 최선의 방법으로 돌려 말한 셈이라고, 그는 이해했다.

"조혈모세포 이식은 세 가지로 분류할 수 있습니다."

첫째, 자가 이식. 자신의 골수를 채취한 후 다시 이식하는 방법으로 아이의 경우는 해당되지 않는다.

둘째, 혈연 동종 이식. 형제나 자매 중에 조직적합성항원이 일치할 경우 환자에게 이식하는 것으로, 역시 형제도 자매도 없는 아이에겐 덧없는 이야기다.

마지막으로 비혈연 동종 이식. 타인으로부터 조직적합성항원이 일치하는 골수를 기증받아 이식하는 것. 성공 확률이 혈연 동종 이식보다 떨어진다.

"골수 이식은 긴 거리를 달려야 하는 마라톤과 같습니다. 이식을 받기 전에 대단히 고통스런 치료 과정을 겪어야 하고, 이식 후 한동안은 항암 치료 기간보다 몇 갑절 힘이 들 수 있습니다. 또 이식 부작용의 위험도 도사리고 있구요. 그러나 이제까지의 약물 치료가 실패한 이상, 담당의로선 이식을 권할 수밖에 없군요. 물론 일치하는 골수를 찾을 수 있느냐가 우선입니다만……."

"얼마나 고통스런 치료 과정을 겪어야 합니까?"

"지금보다 심하게는 열 배 강도의 항암제를 투여하게 됩니다. 방사선 치료도 경우에 따라선 국부가 아닌 전신 조사를 해야 합니다."

아이는 지금의 항암 치료도 제대로 견뎌내지 못하고 있었다. 그런데 열 배라니? 불가능한 일이었다. 아니, 잔인한 짓이었다. 더구나 전신 방사선 조사. 병이 완치된대도 아이로선 아버지가 될 기회를 영원히 상실할 수 있다는 의미였다.

그는 단호히 고개를 저어야 한다고 생각하면서도, 그러나 묻지 않을 수 없었다.

"성공 가능성은 어느 정도입니까?"

언제나 생존 가능성을 수치를 들어 설명하던 민 과장이었다. 사람의 생과 사를 수치로 표시한다는 것이 과연 온당한 처사일까. 의아해 하고 분개하면서도, 한편 그 수치에 매달려온 그였다. 그러나 민 과장은 그의 물음을 외면한 채 말했다.

"분명한 건 유일한 완치의 기회라는 겁니다. 이식한 골수가 성공적으로 자리만 잡는다면, 우리는 그걸 생착이라고 합니다, 그리고 이식 후 부작용만 극복된다면 백혈병의 공포에서 거의 완벽할 정도로 벗어날 수 있습니다."

민 과장은 분명 희망을 이야기하고 있었다. 하지만 그는 희망의 베일 뒤편에 도사리고 있는 절망을 바라보지 않을 수 없었다.

이식한 골수가 생착하지 않는다면, 혹은 부작용을 극복하지 못한다면……

민 과장이 무향차를 음미한 후 말했다.

"선생님이 이식에 동의한다면, 골수은행에 일치하는 골수가 있는지 의뢰해보겠습니다."

"동의하지 않는다면요?"

"지금의 치료를 계속할 밖에요."

"항암제도 방사선도 소용없는 치료를 계속하신다…… 그렇다면 선택의 여지가 없다는 말씀이군요."

"미리 밝혀두죠. 골수 이식은 치료비가 상당히 많이 듭니다."

"어느 정도입니까?"

"합병증 유무에 따라 달라질 수 있지만, 대략 삼사천은 예상해야
할 겁니다."

6

뾰족이 간호사 누나가 있습니다.

연필깎이에서 막 꺼낸 연필처럼 뾰족한 턱 때문에 내가 붙인 별명이지
요. 뾰족이 누나는 얼굴에 못지않게 마음도 뾰족합니다. 그 뾰족한 마음
으로 201호에 있는 사람들을 마구 찔러댑니다. 방금 전에는 아빠가 찔렸
구요.

아빠가 외출에서 돌아왔을 때입니다. 마침 뾰족이 누나가 성호의 혈압
을 재고 있었죠. 뾰족이 누나가 대뜸 아빠한테 소리쳤습니다.

"아저씨! 우리가 뭐 똥 치우는 사람인 줄 알아요?"

누구도 아빠한테 아저씨라고 부르지 않습니다. 다움이 아빠, 아니면 정
선생님이라고 하지요.

아빠는 아주 점잖은 사람입니다. 게다가 시인이구요.

우리 병실의 사람들, 의사 선생님과 간호사 누나들에게 아빠가 시인이
라는 것을 알려줬습니다. 아빠는 자신이 시인이라는 것이 별로인가봐요.
하지만 난 아빠가 무척 자랑스럽답니다. 시인은 아무나 될 수 있는 게 아
니잖아요.

뾰족이 누나는 그 잘난 턱을 치켜들며 말했습니다.

"아이를 돌보지 못하면 간병인이라도 둬야 할 거 아녜요. 아이가 세 번
이나 똥을 쌌어요. 아시겠어요? 한 번도 아니고 세 번씩이나."

아빠가 계속해서 뾰족이 누나에게 미안하다고 말했습니다. 다시는 그

런 일이 없을 거라는 말도요.

아빠는 바보입니다. 아빠가 뾰족이 누나한테 미안해 할 필요는 없었죠. 뾰족이 누나는 아빠의 아들에게 욕을 바가지로 퍼부은 뒤였으니까요. 그렇다고 내 엉덩이를 깨끗하게 닦아준 것도 아니었구요.

아빠가 내 쪽으로 돌아섰습니다.

"나도 모르게 설사가 나왔어요. 배가 아픈 것도 아니었는데요. 난 정말 몰랐어요. 사람들이 냄새가 난다고 해서 알았어요. 세 번 모두요."

아빠는 그냥 물끄러미 날 바라보고 있었죠. 화를 내지도 않구요. 하긴 화내는 아빠를 본 적이 없었어요. 아빠는 화낼 줄 모르는 사람이라고 난 생각했답니다. 그런 아빠가요, 이상해졌어요.

"미안해요, 아빠. 다시 안 그럴게요."

특별한 말도 아니잖아요. 아무 잘못도 없이 뾰족이 누나한테 야단맞은 아빠니까, 똥을 싼 나로선 당연한 말이었죠.

아빠는 갑자기 화를 냈어요.

"미안하다구? 미안할 짓을 왜 해? 그리고 네가 지금 몇 살이냐? 도대체 몇 살이기에 화장실도 제대로 못 가느냔 말야."

난 그만 숨이 탁 막혀버리는 것만 같았습니다. 아빠를 똑바로 쳐다볼 수도 없었어요. 할 수 없이 벽을 향해 돌아누웠죠.

정글에 사는 카멜레온은 등뒤까지 볼 수 있대요. 툭 튀어나온 눈알을 뱅글뱅글 돌릴 수 있기 때문이죠. 하지만 난 카멜레온이 아니니까 아빠가 어떤 모습인지 알 수 없었어요. 그렇지만 아빠가 날 지켜보고 있다는 것쯤은 느낄 수 있었죠. 그리고 한참 후에 병실을 나가는 것도요.

아주 슬펐어요. 슬플 때마다 나는 잠을 자려고 노력합니다. 노력한다고 매번 성공하는 건 아니죠. 그냥 눈만 감은 채 왜 아빠가 화를 냈는지를 생각했어요.

예전에도 똥을 싼 적이 있었고, 그보다 더 심한 실수를 하기도 했어요. 지긋지긋한 알약을 변기 속에 버리다 들킨 적도 있구요. 하지만 언제나 빙그레 웃어주던 아빠였죠.

엄마는 달랐습니다.

난 옛날부터 힘이 없어서 실수를 많이 했어요. 걸핏하면 넘어지고 손에 들고 있던 컵을 떨어뜨리고, 하여튼 엄마 말대로 칠칠치 못한 아이였죠. 내가 실수를 할 때마다 엄마는 마구 화를 냈어요. 한번은 새로 산 소파에 토해서 심하게 매를 맞기도 했죠.

엄마에 대해선 생각하고 싶지 않아요. 나한테 엄마는 필요없어, 오래 전에 그렇게 결심했죠. 물론 처음부터는 아니었지만.

유치원에 다닐 때였습니다.

어느 날부터 엄마의 모습을 볼 수 없었어요. 아빠는 엄마가 그림 공부를 하기 위해 프랑스로 갔다고 했죠.

아빠한테 지구본을 사달랬어요. 지구본에서 프랑스를 찾아냈답니다. 매일매일 프랑스를 바라보았지요. 눈을 감고 손가락으로 찍으면 거기가 바로 프랑스였어요. 첫번째 퇴원하고 집으로 돌아갔을 때 지구본을 옆집 사는 아이한테 주고 말았습니다.

* * *

"다움이 자니?"

깜박 잠이 들었나봅니다. 아빠의 손이 내 어깨에 얹혀 있었습니다.

아빠가 나를 번쩍 안아들고는 화장실로 들어갔어요. 그새 또 실수를 한 것이 아닐까, 얼른 엉덩이를 만져봤지요. 괜찮았어요.

늘 하던 대로 세면대를 잡고 섰습니다. 곧이어 따듯한 물줄기가 엉덩이에 쏟아졌어요. 뾰족이 누나가 휴지로 대충대충 닦아냈기 때문에 엉덩이 꼴이 말이 아닐 거예요.

아빠의 손이 간지러워 몸을 뒤틀자 아빠가 말했습니다.

"아빠가 왜 화를 냈는지 생각해봤니?"

난 결국 이유를 알아내지 못한 채 잠이 들었죠.

"세 번씩이나 실수를 했기 때문이 아니야. 다움이도 어쩔 수 없는 일이었다는 걸 아빠가 왜 모르겠니. 그래, 다움이는 아무 잘못도 하지 않았어. 그런데도 미안하다고 말했다. 다른 사람도 아닌 아빠한테. 아빠는 그게 싫었어. 아빠 마음을 알겠니?"

아빠 마음 다 알아요.

그렇게 말하려 했습니다. 하다 못해 고개라도 끄덕이려고 했어요. 그런데 자꾸만 눈물이 나오려고 해서 세면대만 아주 세게 잡았습니다.

언제인가 아빠는 말했죠. 몸이 아파서 우는 것은 괜찮다. 그건 부끄러운 게 아니야. 하지만 슬프다고 우는 건 남자답지 못한 일이란다.

아빠에게 말하고 싶어요. 몸이 아픈 것보다 마음이 슬픈 게 훨씬 힘들고, 그래서 눈물을 참기도 어렵다는 것을요. 아빠가 그걸 좀 알아줬으면 좋겠어요.

지금 나는 아빠의 팔을 베고 침대에 누워 있습니다.

아빠랑 함께 누워 있는 게 얼마 만인지 모르겠습니다. 아빠는 언제나 내 침대에 노트북을 올려놓고 보호자용 침대에 걸터앉아서 일을 합니다. 오늘은 웬일인지 노트북을 가방에서 꺼내놓지도 않았어요.

"아빠, 일 안해요?"

"오늘은 쉴까 하는데, 아빠가 일했으면 좋겠니?"

나는 아빠의 목을 꼬옥 껴안는 것으로 대답을 대신합니다.

아빠가 얼마나 열심히 일을 하는지 잘 알고 있어요. 난 깊은 잠을 자지 못해요. 하룻밤에도 몇 번씩 깹니다. 그때마다 노트북 자판을 두드리고 있는 아빠를 보곤 한답니다. 그래요, 아빠보다 열심히 일하는 사람은 세상에 없을 거예요.

가끔은 생각해봅니다. 아빠는 도대체 무슨 재미로 살까 하구요. 일만 하는 아빠에게는 일이 재미일까요?

나는 벌써부터 궁금했던 것을 묻습니다.

"꽃핀 사왔어요?"

"꽃핀?"

"아침에 사다준다고 약속했잖아요."

"은미한테 선물한다는 그 꽃핀? 아빠가 깜박했네."

"…… 괜찮아요."

하지만 내 입에선 폭, 한숨이 저절로 새어나왔죠. 내일이라도 은미가 문병을 오면 정말 큰일입니다.

아빠가 갑자기 몸을 일으킵니다.

"귀지가 있나 없나 보자."

"어제 팠잖아요."

"그래도 어디 보자."

아빠는 내 귀를 들여다보며 말합니다.

"굉장히 큰 게 있네. 너무 커서 나와줄지 모르겠다."

나는 얼른 손바닥을 펴서 가슴에 올려놓습니다. 귀지를 내 눈으로 직접 보기 위해서죠. 귀지는 분명 코딱지나 때처럼 지저분한 건데 왜 큰 귀지가 나오면 기분이 좋아지는지 모르겠어요.

"어, 이런 게 나왔네."

아빠가 손바닥에 올려놓은 건 귀지가 아닙니다.

꽃핀 두 개. 깨알만한 유리 구슬이 촘촘히 박혔고, 그 가운데 분홍빛 코스모스 한 송이가 활짝 피어 있는 모양입니다. 은미의 많기도 많은 꽃핀 중에서 이보다 예쁜 건 없을 겁니다.

역시 아빠입니다. 약속을 까먹었을 리가 없죠.

아빠는 나와 손가락 걸고 한 약속은 무엇이든지 꼭 지킵니다. 한 가지만 빼구요. 다시는 병원에 오지 않으마. 지난번 퇴원할 때 했던 약속이죠. 그렇지만 그건 아빠의 잘못은 아니랍니다. 어차피 아빠는 지킬 수 없는 약속을 한 거죠. 저절로 재발되었고, 내 병은 의사 선생님들도 고치지 못하고 있으니까요.

난 꽃핀을 눈 가까이 대고 바라보고, 아빠는 다시 눕습니다.

"다움이는 은미가 좋은 모양이구나?"

"참, 아빠는…… 누구나 은미를 좋아한다니까요."

"은미가 오기로 한 날이 언제니?"

"그거야 은미 맘이죠."

"은미가 안 오면 꽃핀은 어쩌지?"

"교회에 가면 만날 수 있어요. 은미는 주일학교에 빠지는 일이 없거든요."

"교회에 가려면 퇴원을 해야겠구나."

아빠는 짧게 한숨을 쉬고는 다움아, 하고 부릅니다. 그러나 한참 동안 말이 없는 아빠입니다. 난 계속해서 꽃핀을 보고 있어요.

아빠가 한 차례 더 내 이름을 부른 뒤입니다.

"우리 퇴원할까?"

거의 매일 퇴원하자고 졸라댔어요. 그때마다 들은 척도 하지 않던 아빠죠. 하지만 실제로 아빠의 입에서 퇴원이라는 말이 나오자 가슴이 철렁합니다.

난 재빨리 생각해봅니다. 아빠의 생각이 변한 이유에 대해서요.

갑자기 치료가 끝나버린 걸까요? 아니면 병원에서도 더 이상 방법이 없는 걸까요? 모르겠어요, 모르겠어요. 중요한 건…… 그래요, 아빠의 생각이 또 변할 수 있다는 거지요.

"퇴원해요. 내일 당장요. 그렇게 하는 거죠, 아빠?"

끝끝내, 아빠는 대답이 없습니다.

제2장   하 지

1

'그대가 헛되이 보낸 오늘은, 어제 죽어간 이가 그토록 살고 싶
어하던 내일.'

아이의 침대 상단 벽에 검은 볼펜으로 씌어 있는 글이었다.

누가 썼는지 알 수 없었다. 언제부터 그 자리를 지키고 있었는지
도 모를 일이었다. 또 얼마나 많은 환자가 침대에 누워 그 글씨를
올려다봤을지 역시 짐작할 수 없었다.

재입원한 그날 아이가 물었다.

"아빠, 무슨 뜻예요?"

그는 제대로 설명하지 못했다. 아니, 딴전을 피우고 말았을 것이
다. 다만 그 글을 벽에 써놓으며 오늘을 헛되이 살지 말자고 다짐
했을 그 누구인가를 떠올렸다. 그리고 다시 생각했으리라. 그 누군

가 지금도 그 다짐을 떠올리고 있을지, 혹은 이미 어제 죽어간 이가 되어버렸는지에 대해서.

죽음. 이 세상과의 작별.

문을 열고 불쑥 나서듯 그렇게 죽음의 순간은 온다. 그가 알고 있는 죽음들은 늘 그러했다. 군 시절 목격했던 오발 사건, 두 건의 교통사고. 폐암으로 긴 세월 투병했던 친구 아버지의 죽음 또한 한 순간에 이루어졌다.

그는 죽음 뒤 저 세상에 대한 아무런 확신이 없었다. 그러나 아이는 달랐다.

"난 아빠가 교회에 나갔으면 좋겠어요."

또 아이는 심히 걱정스러운 낯으로 말하곤 했다.

"하나님을 믿지 않고선 천국에 갈 수 없어요. 사람들은 모두 죽잖아요. 죽고 나서 나랑 만나지 못하게 돼도 아빠는 괜찮아요?"

아이가 저 세상에 대한 소망을 갖고 있는 것은 차라리 잘된 일이었다. 그 소망이 현재의 고통을 감소시키거나, 적어도 이 세상과의 작별에 대한 근심을 덜어줄 테니까.

아이가 교회에 나가기 시작한 것은 처음 완치 판정을 받았을 때였다. 석 달간 2인 병실에서 함께 생활한 영재의 영향이었으리라.

그는 벽에서 시선을 거둬 아이를 바라보았다.

새벽녘에야 겨우 잠이 든 아이였다. 아이는 밤새 앓았다. 열이 40도 가까이 올랐고, 호흡 곤란 증상을 보였으며, 수도 없이 토했다. 그 와중에도 그는 아이가 토해낸 내용물을 살폈다. 항암제가 그대로 나온 것이 확인되면 아이에게 재차 한 움큼 약을 먹였다.

스물두 개의 알약. 아이가 그 갯수만큼만 살 수 있다면, 더도 덜도 말고 스물두 살 청년의 날을 맞이할 수 있다면 그 이상은 바라지 않겠노라고, 그는 무수히 속말을 중얼거렸다.

물 한 모금 마시고 한 알의 항암제를 삼키고…… 삼십 분쯤 그렇게 겨우 다 먹이고 나면 미처 십 분을 참지 못하고 이내 토해내고 말았다.

아이는 진저리를 쳤다. 약만 안 먹으면 괜찮아질 거라며 사정을 했다. 그는 냉정해져야 한다며 어금니를 악물고 똑같은 짓거리를 반복했다. 무엇을 위한 냉정함인지 스스로 혼미해 하면서도 멈추지 않았다.

아이가 몸을 뒤척였다. 아이의 입에서 낮은 신음소리가 흘러나왔다.

어제도 그제도 계속해서 퇴원하자고 성화인 아이였다. 그때마다 그는 단호히 고개를 저었다. 하지만 머지않아 아이의 성화에 못 이기는 척 퇴원을 결정할 날이 다가오고 있는 느낌이었다.

정산을 약속한 날이 이미 지났고, 어제 오후 어김없이 송 계장의 호출을 받았다. 원무과로 가면서 그의 머릿속에 들어차 있는 것은 당장의 입원비가 아니었다. 그 입원비의 열 배가 넘는 액수였다. 3천에서 4천.

유일한 완치 기회인 골수 이식. 이식을 받지 못한다면 아이는 결국 무너지고 말 거였다. 그러나 당장 입원비를 마련할 길조차 막막했다. 광막한 사막에서 길을 잃어버린 듯했다. 어디로든 가야 하지만 어디로도 갈 수 없는 처지가 바로 그 자신이었다. 부끄러운 아버지였고, 무능한 아버지였다.

원무과로 들어선 그를 향해 송 계장이 대뜸 말했다.

"내일부터 모든 치료를 중단하겠습니다."

"죄송합니다. 빠른 시간내에 모두 정산하겠습니다."

송 계장은 피식 웃음을 터뜨리고는 고개를 돌렸다. 그깟 돈 때문에 아이를 죽일 셈이냐는 비아냥거림이 담긴 웃음으로 여겨졌다.

그는 거푸 사정을 했다. 그러나 송 계장은 줄창 외면한 채였다. 바짓가랑이라도 붙잡고 늘어져야 할 판인데, 어느 순간 왈칵 화가 치밀었다.

"치료를 중단하겠다니, 아이더러 죽으라는 소립니까?"

그제서야 고개를 돌린 송 계장이 말했다.

"그러니까 약속을 지켰어야죠…… 병원을 운영하는 우리 입장을 생각해봐요. 선생님이 우리라면 언제까지 처분만 기다릴 수 있겠습니까?"

"부탁합니다. 조금만 더 시간을 주십시오."

"참 답답하군요. 이미 충분한 시간을 드렸지 않습니까?"

"집을 내놓았습니다."

내놓을 만한 집은 이미 날아간 뒤였다. 아이의 첫입원으로 32평 아파트를 처분하고 전세로 옮겼고, 지난해 전세를 월세로 바꿔가며 병원비를 충당했다. 집을 내놓았다고 한 것은 월셋방의 보증금을 두고 한 말이었다. 보증금 5백만 원에 월 30만 원의 다세대주택 반지하 단칸방이었다. 그 보증금 중 밀린 월세 석 달치를 제한다면, 이제까지의 입원비에도 미치지 못할 터였다.

송 계장이 절레절레 고개를 흔들더니 입을 열었다.

"집이라는 게 하루아침에 팔리는 것도 아니고…… 할 수 없죠. 일단 보증인을 세우시는 수밖에요."

보증인을 세우지 않는 게 병원의 방침이라고 했다. 그러나 이편 사정을 고려한 특별 조치라고 송 계장은 덧붙였다.

"재산세 십만 원 이상을 납부하는 보증인 두 명이 필요합니다."

한 명도 아닌 두 명이라는 사실에, 그는 기가 질렸다. 사람을 두루 사귀는 재주가 없는 그로선 당장 보증인 두 명을 구하기가 만만치 않았다. 그렇다고 내색할 수는 없는 노릇이었다.

모레까지 시한을 주겠다는 송 계장의 말을 등 너머로 들으며 원무과를 나왔다.

2

난 성호가 싫습니다.

사람을 미워하는 게 아주 나쁜 일인 줄은 알아요. 그렇지만 싫은 건 싫은 겁니다.

성호는 나와 같은 3학년입니다. 나는 몇 번인가 진짜 3학년이 맞냐고 물었죠. 솔직히 성호처럼 멍청한 3학년은 처음이거든요.

성호한테 체스 두는 법을 열 번도 넘게 가르쳐줬어요. 그런데 아직까지 말을 옮기는 법도 제대로 몰라요. 참 답답한 앱니다. 체스뿐만이 아니랍니다. 체스보다 훨씬 쉬운 게 레고 만들기인데, 성호는 레고 만들기에서도 멍청하기는 마찬가지예요.

성호에게는 해적선 레고가 있습니다. 무지무지 근사한 레고죠. 10만원도 넘는 아주 비싼 거예요. 아무리 비싸고 좋은 거면 뭘 해요? 해적선이 아니라 난파선처럼 만들어놓는 걸요. 게다가 애꾸눈 선장을 배 꽁무니에 놓아두는 거예요. 바보가 따로 없다니까요.

난 말해줬습니다. 해적선에서 제일 높은 건 애꾸눈 선장이고, 부하들을 지휘하기 위해선 배 앞쪽에 있는 게 맞다구요. 설명서에도 그렇게 나와 있지요.

성호는 멍청이일 뿐만 아니라 고집불통예요. 자기 거니까 자기 맘대로 한다나요. 멋대로 하라죠. 어차피 난 레고가 없고, 레고의 주인은 성호니까요. 그렇지만 조금 전 성호가 애꾸눈 선장으로 내 머리통에 한 방 넣은 건 참을 수 없어요.

다시는 성호와 놀지 않기로 결심했죠. 하지만 오래 가지 못할 게 분명해요. 그런 결심이 한두 번이 아니었거든요. 우리 병실에서 성호 외에는 내 상대가 없어요. 내 침대 옆에는 두 살짜리 사내아이가 있고, 성호 옆에는 이틀 전에 새로 입원한 새침데기 중학생 누나가 있지요.

"다움아, 수박 좀 먹어보렴."

성호 엄마가 수박 두 쪽을 담은 접시를 들고 옵니다. 고맙습니다. 하지만 난 입을 다문 채 성호한테 얻어맞은 머리통만 만지고 있죠.

"성호가 방사선 치료를 받고 있어서 그래. 다움이 네가 이해하렴."

나도 방사선 치료를 받은 적이 있습니다.

발목, 무릎, 허리, 팔, 가슴, 이마에까지 안전벨트가 채워지는데, 갑자기 내가 꼭 고장난 로봇이 된 것 같았어요. 곁엔 아무도 없었구요. 방사선을 발사하는 기계의 불빛만 보였죠. 마이크를 통해 의사 선생님 목소리가 들리긴 했지만 굉장히 무서웠어요. 머릿속엔 왜 그렇게 생각이 많아지는지, 그것도 온통 나쁜 생각들만요.

"성호는 다움이랑 레고 만들기를 계속하고 싶은가본데……."

"난 별로예요. 레고는 너무 시시해요."

"그럼 체스를 두지 그러니?"

저 바보랑요? 그러나 난 조용히 고개만 젓습니다. 성호 때문에 성호 엄마를 기분 나쁘게 만들 것까지는 없잖아요. 사실 성호 엄마는 굉장히 좋은 분이거든요.

성호 엄마가 내 머리를 쓰다듬고는 돌아섭니다.

명청이 성호에게 부러운 게 딱 두 개가 있어요. 하나는 해적선 레고이고, 다른 하나는 바로 성호 엄마입니다.

하나님한테 화딱지를 낸 적이 있습니다. 하나님은 모두에게 공평하다면서, 왜 나한테는 성호 엄마 같은 엄마가 없느냐구요.

그러나 난 또 생각했지요. 잘난 척 같지만 난 성호보다 백 배쯤 똑똑해요. 나보다 백 배쯤 명청한 성호에게도 뭔가 나보다 나은 게 있어야겠죠. 그래야 공평한 하나님이 될 테니까요. 그래서 하나님은 명청한 성호한테 해적선 레고도 주고 좋은 엄마도 줬나봐요.

아무리 그래도 불만입니다. 똑똑한 것과 좋은 엄마, 만일 하나님이 둘 중에 하나를 고르라면 난 좋은 엄마 쪽을 고르고 싶어요.

내 마음을 알면 아빠는 무척 속상해 할지도 몰라요. 하지만 나도 할말은 있답니다. 좋은 엄마가 있다면 아빠 혼자만 고생하지 않아도 될 테니까요.

3

번역을 시작한 이래 참으로 많은 책을 출판해왔다. 소설, 에세이, 전기, 처세에 관한 너절한 잡문에서 생활 실용서까지.

출판사의 의뢰에 의한 번역물들이었고, 무엇을 의뢰하든 개의치 않고 원고를 건네주었다. 그는 친절하고 순종적인 번역가였다. 적어도 출판사 입장에선 그랬다. 거절해본 적이 없었다. 마감 시일을 넘기지도 않았다.

두 권의 소설 역시 출판사에서 의뢰한 거였다. 그러나 의뢰한 출판사가 졸지에 공중 분해되면서 한푼도 받지 못했다. 원고는 두 달째 노트북에 저장된 채로 있었고, 마악 일곱번째 출판사에 디스켓을 넘긴 후였다.

"정 선생도 알겠지만 요즘 출판 시장이 완전히 갔수다. 소설은 더하구."

한때 그에게 편집장 자리를 제의한 적이 있던 명인출판사 홍인수 사장의 말이었다. 이런 식이라면 볼장 다 본 셈이었다. 여덟번째 순례의 길을 떠날 수밖에. 그는 노트북 가방을 어깨에 걸며 말했다.

"번역할 게 있으면 저에게 맡겨주십시오."

"그러겠소. 있다면 말이오…… 팔십 퍼센트에 가까운 출판사가 문을 닫았고, 나머지도 그저 목숨 붙어 있는 걸 다행으로 여기는 실정이라오. 오죽하면 한 권이라도 출판을 자제하는 그만큼이 이익이라고들 하겠소."

사장실을 지나 막 편집부를 나서려는 순간 벌컥 문이 열렸다. 그는 걸음을 멈추고 문을 연 장본인을 건너다보았다. 이편에서 뭐라기도 전에 저편에서 손을 내밀었다.

"어이, 정호연! 도대체 몇 년 만이냐?"

이국성. 국문과 출신으로 학과는 달랐지만 문리대 한울타리에서 동인 활동을 함께 한 친구였다. 대학을 졸업한 이후 이국성의 결혼식장에서 잠시 마주친 것이 마지막이었다.

이국성이 방금 나왔던 사장실로 그를 이끌었고, 곧 이국성의 출현 이유를 알 수 있었다.

"처남, 왔어?"

그러니까 홍 사장이 이국성의 매형인 셈이었다. 잘하면 이곳에서 부질없는 순례를 끝낼 수도 있겠구나, 그는 얼른 마른침을 삼켰다.

이국성이 그들의 인연을 홍 사장에게 소개했고, 답례처럼 그는 이국성의 평론에 대해 이야기했다. 동인 활동에 가장 적극적이었던 이국성은 시인이 아니라 평론가로 지난해 문학지의 추천을 받았다. 그때의 약력에 의하면 이국성은 본교 대학원 박사 과정에 있었다.

이국성이 자못 정색을 하고 물어왔다.

"몇 년간 자네 시를 통 보질 못했어. 안 쓰는 건가, 발표를 미루는 건가?"

"못 쓰는 거지."

달리 대답할 말이 없다는 뜻이었고, 더는 묻지 말라는 속셈이기도 했다. 그러나 이국성은 전혀 그럴 생각이 없는 모양이었다.

"자네 같은 친구가 못 쓰면 도대체 시는 누가 쓸 수 있지?"

웃을 도리밖에 없었다. 솔직히 그 역시 간간이 의문에 사로잡히곤 했다. 시를 안 쓰는 건지, 못 쓰고 있는 것인지.

시를 안 쓰겠다고 다짐하진 않았다. 그러나 안 써도 그만이라는 생각을 한 적은 있었다. 시 자체가 살아가는 이유였던 시절이 있듯, 살아가야 할 또다른 이유를 만났다면 정말이지 그만 써도 좋을 시였다. 살아가야 할 또다른 이유는 아내였다. 아이였다. 그들과 더불어 이루어가는 삶이었다.

홍 사장이 잠시 그를 응시하다가 물었다.

"이제까지 발표한 시가 몇 편이나 되오?"

"대략 오륙십 편 정도는 될 겁니다."

스물여섯 되던 해, 열세 편의 시로 문학지 신인상을 수상하였다. 그리고 3년 남짓 일간지를 비롯해 각종 문학지에 제법 많은 시를 발표했고, 때로 분에 넘치는 찬사를 받곤 했다.

"우리 출판사에서 시집을 꾸미는 게 어떻겠소? 오히려 잘만 꾸미면 쏠쏠한 재미를 볼 수 있는 게 시집이라구. 괜히 소설 번역에 힘빼지 말고 내 말대로 하는 게 어떻겠소?"

한창 시에 몰두할 무렵, 몇 군데에서 시집 출판을 제의받았다. 그는 극구 사양했다. 시집으로 묶기에는 미흡한 시들이라는 것이 당시 그의 생각이었다. 그리고 시를 쓰지 않은 채 수년이 흘러갔다. 이젠 아무도 주목하지 않을 것이었다. 아니, 그의 이름 석 자마저 새까맣게 잊고 말았으리라.

홍 사장은 베스트셀러에 시집이 서너 권씩 올라가는 요즘의 출판 풍토에 대한 이야기에 열을 올렸다. 그는 어땠냐면, 홍 사장이 과연 자신의 시를 읽어보기라도 했을까, 하는 의문에 사로잡혀 있었다.

"우선 간질간질한 시를 한 스무 편만 써요. 왜 있잖소, 소녀 취향에 맞는 시들. 그리움이니 사랑이니 이별이니 눈물이니 하는 것들 말이오. 요즘엔 그런 시집들이 나가요. 문학입네 하고 폼 잡는 건 내놓는 그 즉시 반품이지."

그는 힐끔 이국성을 바라보았다. 이국성이 그를 향해 이를 드러내며 웃었다. 재빨리 외면했지만 달리 시선 둘 곳이 없는 그였다.

"간질간질한 시를 전면에 배치하고, 제목을 근사하게 뽑고, 표지에 꽃 한 송이 심플하게 얹으면 되는 거요."

홍 사장의 말을 이국성이 받았다.

"호연이의 취향과는 상당한 거리가 있겠는데요, 매형. 삶의 깊은 성찰을 통해 우러나온 게 이 친구의 시거든요."

"누가 기존의 시를 두고 하는 말인가? 전략적으로 스무 편 정도 만들자는 거지. 성찰의 높이를 낮춰서 말야. 안 그렇소, 정 선생?"

"글쎄요, 그 간질간질한 시를 과연 내가 쓸 수 있을지 의문이네요."

"간단히 생각해요. 심각할 필요없어요. 그리고 정 선생 능력이면 사나흘 만에 뚝딱 만들어낼 수 있을 텐데 뭘 그러슈."

인근 찻집으로 자리를 옮긴 직후 이국성이 물어왔다.

"정말 시집을 낼 생각이냐?"

그는 홍 사장에게 확답을 하지 않았다. 그렇다고 거절한 것도 아니었다. 갈림길에서 이쪽저쪽을 우두망찰하고 있다고나 할까.

하루를 살면 하루치의 치욕과 마주하는 나날이었다. 어찌하여 이렇게까지 비참해진 것일까. 세상과의 불화가 날로 깊어지는 느낌이었다. 그럼에도 그는 세상과 화해하고 싶었다. 타협이라고 해도 좋았다. 그 화해와 타협으로 아이를 살릴 수 있으리라 믿고 싶었다.

"도대체 원하는 게 뭐야? 단순히 시집을 꾸미겠다는 거냐, 돈이 필요한 거냐?"

"시집도 내고 돈도 된다면 괜찮은 일이지."

그가 심드렁하게 대꾸하자 이국성은 반쯤 입을 벌리고 쏘아보다 말했다.

"그 동안 이상하게 변했다, 너. 옛날의 너라면 상상할 수도 없는 일이야. 그런 제의를 받았다는 자체를 불쾌하게 여겼을 테구."

"홍 사장 말대로 간질간질한 시 몇 편 만드는 일이다. 그게 뭐 그리 대단하겠어?"

"내가 왜 시를 포기하고 평론으로 돌았는지 알기나 해? 정호연 바로 너 때문이다. 기를 쓰고 발버둥쳐봐도 너보다 잘 쓸 수는 없다고 인정한 거지. 그랬다. 네 시는 기막히게 좋았다. 신경질이 날 정도로. 그런데 이제 와서 시시껄렁한 시나 쓰겠다구? 날 실망시키지 마라…… 그간 왜 침묵하고 있었는지 모르겠다. 어쨌든 다시 시를 써라. 시시껄렁한 게 아닌, 예전처럼 진짜 시를 말이다."

"예전과 같은 시를 쓸 수 있을지 의문이다. 간질간질한 시 몇 편 만들자고 들면 못할 것까지는 없겠지만, 하여튼 난 말이다, 당분간 이 될지 앞으로도 내내 그러할지 모르지만 시를 쓸 생각이 없다."

"시를 쓰지 않겠다…… 이유가 뭐냐?"

이유? 아이가 병들어 죽어가고 있다. 그런데 그 아이 곁에서 태연하게 시상을 떠올리고 그걸 시적 언어로 표현할 수 있겠니? 하지만 돈이 되고 그 돈으로 아이를 치료할 수 있다면, 시시껄렁하다 못해 더한 짓거리도 나는 할 수 있다.

그러나 그는 침묵을 택했고, 이국성은 동인 활동을 하던 친구들의 근황을 줄줄이 늘어놓았다. 이야기가 주춤한 사이, 그는 이국성을 굳이 찻집으로 데려온 본론으로 들어갔다.

"시집들을 팔고 싶어. 네가 사줬으면 좋겠다."

동인지를 내던 시절, 이국성은 그의 자취방을 자주 찾아왔다. 그가 소장한 시집들을 보기 위해서였다. 그리고 몇 차례인가 시집들을 자신에게 팔 것을 제의했다.

밥을 굶으면서 사 모은 시집들이었다. 시집을 얻기 위해 학기중에도 막노동판을 기웃댔다. 여름엔 고깃배를 탔고, 겨울엔 첩첩산중 산판을 헤맸다. 2천여 권의 시집 속에 묻혀 있는 것이 곧 행복이라고 믿던 시절이었다.

대부분 초판본이었고, 희귀본에 속하는 시집도 여러 권 있었다. 30년대 카프 계열 시인의 육필 시집과 전쟁중 발간된 요절 시인의 유고집은 서너 권 정도 겨우 현존하는 것으로 알려져 있었다.

이국성이 물었다.

"시집을 팔겠다? 뭔가 대단히 작심한 것 같다. 정말 다신 시를 안 쓸 생각이냐?"

"네가 소장하고 있는 편이 더 나을 거야. 네 연구에도 적잖이 도움이 될 테구."

그리고 셋방을 처분하고 나면 더 이상 간직할 만한 공간도 없었다. 그게 현실이었다.

4

모든 게 귀찮아요. 마구마구 짜증이 납니다.

침대 밑에 커다란 구멍이 뚫려 있어서 내 몸이 무작정 그 구멍 속으로 빨려 들어가고 있는 것만 같아요. 별들을 먹어치운다는 우주의 블랙 홀처럼요. 이럴 땐 아무 생각도 하지 않는 게 제일이죠.

하지만 내 머릿속 생각 주머니에는 온통 생각들로 와글와글해요.

진희 고모 때문입니다. 고모가 찾아오는 날에는 별별 생각을 다 하게 된다니까요.

진희 고모는 친척이 아닙니다. 아빠의 후배죠. 후배가 꼭 여자만 있는 건 아닐 텐데, 후배라면서 찾아오는 사람은 여자인 고모뿐입니다.

난 어른들하고 금방 친해진답니다. 어떤 말을 할 때 어른들이 기뻐하는지 알고 있지요. 하지만 고모랑은 잘 안돼요. 애꾸눈 선장의 몸통에 부하의 머리통을 끼워놓은 레고처럼 어색해요. 어쩌면 우리는 끝까지 친해질 수 없을 거라는 생각이 들기도 하구요.

고모는 벌써 한 시간이 넘게 내 침대에 걸터앉아 있습니다.

나는 나대로, 고모는 고모대로 그냥 멍청히 시간을 보내고 있지요. 사실 우리는 별로 할말이 없는 사이예요. 게다가 난 지금 기분이 엉망진창이랍니다. 고모가 온 이후 다섯 번이나 토했거든요. 토해봤자 노오란 물밖에 나오지 않아요.

"참 귀여운 머리핀이네."

고모가 '이상한 나라의 앨리스' 위에 올려놓은 꽃핀을 집어듭니다. 요리조리 살펴보다가 고개를 갸웃거리며 날 쳐다봅니다. 고모한테 분명히 말해두어야 한다는 생각이 들어요.

"선물할 거예요."

"누구한테?"

"친구요."

만일 영재 누나가 물었다면 은미에 대해 오랫동안 이야기했을 겁니다. 영재 누나랑은 마음이 통하니까요.

"한번 해봐도 되겠니?"

안돼요, 안돼!

갑자기 목에 생선 가시라도 걸린 것 같아요. 내가 더듬대는 사이 고모는 꽃핀 하나를 들어올려 귀밑머리 위에 꽂습니다.

"어때, 예쁘니?"

나는 고개를 끄덕입니다. 그렇지만 대단히 슬퍼요. 일기장에서 선생님의 글씨를 발견했을 때처럼요. 다움이가 좋은 결심을 했구나. 결심을 지킬 수 있도록 노력하렴. 무슨 결심을 했는지는 생각나지 않아요. 아무튼 그 뒤부터는 절대로 일기에다 나만의 비밀을 적어놓지 않아요. 그건 바보 천치나 하는 짓이지요.

고모가 핸드백에서 손거울을 꺼내 자신의 모습을 들여다봅니다.

꽃핀을 제일 먼저 머리에 꽂아야 할 사람은 바로 은미예요. 하지만 난 생각을 바꿨습니다. 고모가 한번 해본다고 닳아 없어질 꽃핀도 아니니까요. 또 꽃핀이 은미에게 어울릴지, 고모를 통해 미리 알아보는 것도 나쁘진 않겠죠.

꽃핀이 꼭 필요하지도 않을 것 같은 짧은 커트 머리의 고모예요. 그렇지만 짧은 머리 속에서도 분홍빛 코스모스는 근사합니다. 안심이 됩니다. 꽃핀은 은미처럼 긴 머리카락에 제일 잘 어울릴 거고, 은미는 고모보다 훨씬 멋진 모습이 될 테니까요.

고모가 꽃핀을 풀어 원래 있던 자리에 내려놓습니다. 그리고 손목시계를 들여다보고는 짧게 한숨을 내쉽니다. 아빠를 기다리는 겁니다. 언제나 고모는 나를 핑계로 아빠를 만나러 오곤 하죠.

아빠는 요 며칠 계속해서 외출을 하고 있답니다. 무슨 일이 그리 바쁜지, 아침 일찍 나갔다 어두워져야 돌아오지요. 이제 막 두 시가 지났으니까 아무래도 고모에게 말해줘야겠어요.

"아빤 저녁때나 올 거예요."

"아니, 지금 오시는 중이란다."

"고모가 어떻게 알아요?"

"조금 전에 통화했거든."

아빠가 병실로 전화한 것은 고모가 오기 전이었죠. 그때 아빠는 말했어요. 늦어질지도 모르겠다구요.

어른들이 거짓말쟁이라는 것쯤은 알고 있습니다. 하지만 고모처럼 금방 들통날 거짓말을 하는 어른은 없지요. 왜냐하면 어른들은 속임수의 명수이고, 그 속임수를 알아차리려면 시간깨나 걸리거든요.

고모를 빤히 쳐다봤어요. 고모가 방긋 웃으며 말합니다.

"믿지 못하겠거든 아빠 핸드폰으로 연락해보렴."

"핸드폰요?"

고모는 핸드폰 번호를 또박또박 일러줬습니다. 하지만 단 하나의 숫자도 머릿속에 담아둘 수 없었어요. 아니, 기억하고 싶지 않았죠.

벽을 향해 돌아누웠습니다. 갑자기 아빠의 아들이 아니라는 생각이 들었습니다. 화가 나서 머리가 펑 터져버릴 것 같아요.

난 늘 은미를 쬐금만 생각하려고 합니다. 하루 종일 은미 생각만 하고 싶지만, 생각하는 거야 내 자유고 어려운 일도 아니지만, 아빠한테 분명 미안한 일이 될 거예요. 아빠는 내 생각만 하니까 나도 아빠 생각만 해야 되지 않겠어요?

그런데 내가 틀렸나봐요. 아빠의 아들인 나한테는 핸드폰 샀다는 이야기도 하지 않았으면서 고모한테는 번호까지 잘도 가르쳐준 아빠니까요.

아빠가 왜 그랬을까요. 아빠한테는 고모가 그렇게 중요한 사람일까요.

"우리 아빠를 어떻게 생각해요?"

"…… 무슨 말이니?"

"아빠를 사랑하느냐구요?"

"사랑?"

호호호. 웃음소리가 자기 듣기에도 컸던지 고모가 얼른 입을 가립니다. 그리고 살짝 눈을 흘기며 말합니다.

"사랑이라는 말은 어른들이나 쓰는 거야. 꼬마는 이렇게 물어야지. 좋아하느냐구."

"난 꼬마가 아녜요. 그리고 좋아하는 것과 사랑하는 것은 달라요. 아주 많이요."

"어떻게 다르지?"

"아빠가 그랬어요. 강아지를 좋아할 수는 있어도 사랑할 수는 없다구요."

아빠는 또 말했지요. 사랑은 자신이 갖고 있는 걸 다 줘도 아깝지 않은 거라구요. 목숨까지요.

아빠의 말이 맞다고 생각해요. 강아지를 위해서 죽을 수는 없는 일이니까요. 예수님도 우리를 사랑한 거지 좋아한 게 아니랍니다. 좋아한 거라면 일부러 십자가에 매달려 죽을 필요까진 없잖아요.

"다움이는 내가 아빠랑 친한 게 좋으니, 싫으니?"

난 사실대로 말하지 않았어요. 고모의 자존심이 쓰레기통에 던져넣은 휴지처럼 될 게 뻔하니까요. 그렇지만 진실은 알아야 하지 않겠어요? 그래서 꾹 참고 있던 말을 꺼냅니다.

"우리 아빠랑 결혼할 건가요?"

"왜 그런 생각을 했지?"

"정말 아빠가 고모랑 결혼하게 되나요?"

"……."

"미리 말해두지만, 아무래도 난 괜찮아요."

갑자기 내 자신이 훌쩍 커버린 것 같습니다. 하룻밤 새 하늘까지 자라난 자크의 콩나무처럼요. 속임수의 명수인 어른처럼요.

고모는 웃고만 있습니다. 내 속임수를 뻔히 알고 있다는 듯이요.

5

"오늘이 하지예요, 선배."

맞은편 벤치에 앉아 있던 여진희가 긴 침묵을 깨고 말했다.

황혼이었고, 기나긴 하지의 하루가 저물고 있는 셈이었다. 고단한 하루였다. 이국성에게 시집을 넘기고 몇푼 받아 밀린 병원비를 정산하였다. 시집들을 1톤 트럭에 실어 떠나보낼 때, 그의 일부분이 그렇게 속절없이 사라지고 있다는 생각이었다.

"안데스 산맥 어딘가에 발데미르라는 산이 있어요. 하짓날에는 인근에 살고 있는 부족의 남녀들이 발데미르산 정상에 올라간대요.

황혼이 저물기 전에 그곳에 도착해 황혼을 향해 자신의 사랑을 고백하면, 그 사랑이 반드시 이뤄진다고 믿기 때문이라나요. 그 말이 사실이라면 사랑이란 의외로 간단한 거예요. 그렇지 않아요, 선배?"

그는 고개를 주억거리다 황혼을 외면했다. 내년 하지를 다시 볼 수 없을지도 몰랐다. 아이와 그, 모두.

여진희가 긴 한숨을 토해내며 말했다.

"네 시간을 기다린 끝에 선배를 만났어요. 그리고 다시 한 시간이 흘렀구요. 그 동안 선배는 딱 세 마디밖에 하지 않았어요. 잘 지냈냐, 어떻게 왔어, 밥은 먹었니…… 너무하다고 생각하지 않아요?"

"그랬나? 미안해."

"미안할 짓은 처음부터 하지 않는 거예요. 내가 첫 인터뷰 섭외에 실패했을 때 선배는 그렇게 말했어요. 그때 난 속으로 생각했죠. 잘난 척하지 마라, 언젠가 당신도 미안하다는 말을 할 때가 있을 테니까. 그렇지만 선배 밑에서 일하는 동안 한 번도 그 말을 듣지 못했어요. 요즘은 너무 많이 들어서 탈이지만…… 선배랑 결혼할 거냐고, 다움이가 묻더군요."

여진희는 고개를 돌려 옆얼굴을 드러냈다. 황혼의 잔광이 여진희의 프로필을 옅은 띠처럼 감싸고 있었고, 눈 주위가 미세하게 흔들렸다.

"그 녀석이 좀 엉뚱한 데가 있어."

미안해, 라고 덧붙이려다 그는 멋쩍게 웃고 말았다.

"선배는 어떻게 생각해요?"

"……."

"아직도 다움이 엄마를 잊지 못했나요? 그런 거예요, 정말? 난 얼마나 더 기다려야 될까요?"

"진희 씨! 결혼에 실패한 사람이야, 난."

"단지 그게 문제인가요?"

"알잖아, 다른 일에 신경쓸 여유가 없다는 거."

"선배 머릿속에 다움이밖에 없다는 거 너무 잘 알아요. 하지만 다움이가 완치된다면요, 그땐 어쩔 거죠?"

"진희 씨는 참 좋은 사람이야…… 지금까지 그래왔던 것처럼 좋은 친구 사이로 지내고 싶어."

문득 그는 말하고 싶어졌다. 누군가를 다시 사랑할 수 있다면, 정말이지 그런 일이 다시 생긴다면 바로 여진희일 것이라고. 그러나 그는 침묵을 택했다. 여진희 역시 오랫동안 말이 없었다. 그들은 각자 하나의 섬을 차지한 채 있었고, 섬과 섬 사이를 가득 메운 것은 침묵의 바다였다.

여진희가 일어섰다.

"다움이가 완치될 때까지 기다려달라, 선배가 그렇게 말해주길 바랐어요…… 다움이가 그러더군요. 강아지를 좋아할 수는 있어도 사랑할 수는 없다고. 그래요, 나도 이젠 강아지 꼴은 집어치워야겠어요."

여진희가 핸드백에서 봉투를 꺼내놓고는 멀어져 갔다. 하지의 긴 긴 태양빛이 사라지고 어둠이 점령군처럼 밀려왔다.

그는 봉투를 집어들었다. 백만원권 수표 두 장과, 자서전을 의뢰한 측에서 발행한 영수증이 들어 있었다. 여진희가 그 돈을 받아내기 위해 김삼중과 얼마나 격렬한 말다툼을 벌였을지 가히 짐작되었다.

6

"골수 기증에 대한 인식이 제대로 되어 있지 못한 게 우리 실정입니다. 참으로 딱한 노릇이지요."

외래 진료실 창구 앞 대기 의자에서 한 시간 이상 기다린 후 대면한 민 과장의 첫말이었다.

조직적합성항원 일치자를 찾기 위해 혈청학적 검사와 유전학적 검사의 과정을 거쳐야 했다. 1차 검사에서 일치자는 일곱 명이었다. 2차 때 세 명으로 줄어들었다. 그리고 최종적인 관문인 3차 검사 결과를 들을 차례였다.

"성덕 바우만 군의 골수 이식이 세상에 알려지면서 많이 나아졌다고는 하지만 아직도 멀었어요. 조직적합성항원의 일치 여부를 검색할 수 있는 샘플이 너무 부족해요. 미국의 경우는 삼백만 종류의 샘플을 확보해놓고 있어서 언제든 기증을 받을 수 있습니다. 삼백만까지도 필요없죠. 우리나라는 단일 민족이니까 십오만 정도의 샘플이면 거진 공여자를 찾을 수 있을 것으로 보고 있습니다. 하지만 고작 삼만 남짓의 샘플에 불과합니다. 그나마 성덕 바우만 군의 이식을 보도한 매스컴에서 공여자가 후유증을 앓고 있다는 식의 근거 없는 이야기를 퍼뜨린 통에, 공여자는 물론 샘플 확보도 쉽지가 않아요."

이어 민 과장은 분별없는 언론의 보도 태도에 분통을 터뜨렸다. 그는 연신 손가락 마디를 뚝뚝 꺾었다. 한때 기자인 적이 있다고 밝히지 않은 게 다행이었다. 그러나 그런 생각 자체가 얼빠진 한가함이었다.

"결과가 나왔습니까?"

"왜 아이를 하나만 두셨을까…… 특별한 이유라도 있었나요?"

민 과장의 느닷없는 되물음에 그는 선뜻 대꾸하지 못했다. 민 과장도 딱히 특별한 이유가 궁금한 것 같지는 않았다.

"가장 이상적인 이식은 혈연간에 이루어지는 겁니다. 거부반응이 적을 뿐더러 동일한 항원을 찾기도 쉽죠. 멘델의 유전법칙에 의하면 형제 자매 네 명 가운데 하나는 같은 항원을 갖고 있으니까요."

당분간 아이를 갖지 않기로 해요.

신혼 여행지에서 아내가 한 말이었다. 아이에 얽매여 자신의 계획을 수정하고 싶지 않다고 했다. 그러나 의지와는 달리 아내는 신혼 삼개월 만에 덜컥 임신을 하고 말았다. 그런 아내에게 둘째를 기대할 수 없었다.

그 역시 달리 요구하지 않았다. 한 아이만을 바라보고 사랑하는 데에도 늘 부족했다. 사람이 사랑할 수 있는 부피란 일정한 거라고 생각해왔는데, 그 부피를 둘로 갈라낼 확신이 없는 거였다.

그는 마음속으로 도리질을 치다 물었다.

"공여자를 찾지 못한 겁니까?"

"최종적으로 맞는 샘플이 없군요. 대단히 유감스러운 일입니다."

푸, 물풍선이 터지는 듯한 소리가 그의 입에서 흘러나왔다. 그리고 입꼬리를 일그러뜨리며 웃었다. 결국 이런 꼴이 될 거면서 그 야단법석을 떨었던가.

그러나 골수 이식이 불가능해졌다면 무슨 희망이, 어떤 가능성이 남았단 말인가. 아이를 살릴 수 있다는 믿음 하나로 여기까지 달려오지 않았던가. 이제 와서 끝이라니……

"검사를 해볼 만한 친척이 있습니다. 형제는 아니지만, 그래도 한 핏줄이니 일치할 확률이 높지 않겠습니까?"

그에겐 일 점 혈육도 없었다. 그러나 아내 쪽엔 상당한 인척이 있었다. 그들을 만나 아이의 상태를 설명하고 검사를 부탁하는 일이 상당한 곤욕일 테지만 맥없이 물러설 수는 없었다.

민 과장은 머리를 흔들었다. 친형제가 아닌 이상 일치할 가능성이 거의 없다고 했다. 따라서 괜한 수고를 할 필요가 없지 않겠느냐는 의미였다.

"이젠 어째야 합니까?"

"계속 치료를 해야죠."

"아무런 희망도 없는 치료를 계속하라구요? 치료를 받아봤자 어차피 죽을 게 뻔한데, 그래도 죽는 순간까지 끔찍한 항암 치료를 계속하라는 말씀인가요? 이식이 최후의 방법이 아니었던가요?"

그는 민 과장을 노려봤고, 민 과장이 안경을 벗어 자연스럽게 그의 눈길을 피했다.

"좋습니다, 기존의 방법으로 치료를 계속 받는다고 합시다. 얼마나 더 살 수 있습니까? 육개월입니까, 일 년입니까?"

"……"

"대답을 못하시는군요. 아니, 제가 너무 멀리 잡은 겁니까? 그러면서 계속 치료를 받으라니 너무 잔인하지 않습니까? 아이의 입장에서 한번쯤 생각해줄 수 없습니까?"

"강요할 수는 없군요. 보호자께서 선택하십시오."

민 과장, 아니 현대 의학이란 게 늘 그 모양이었다. 도대체 무엇을 선택하라는 것인가. 가야 할 길에 이미 동그라미를 쳐놓고 환자와 보호자의 발목을 쥐고 있으면서. 혈액암의 권위자인 민 과장 역시 의사일 뿐이었다. 현대 의학의 범주에 속한 의사. 따라서 선택의 결과는 현대 의학의 한계지 민 과장이 책임질 문제는 아니었다.

"퇴원하겠습니다."

민 과장이 재빠른 손놀림으로 안경을 쓰고는 빤히 쳐다보았다. 같은 말을 되풀이할 필요는 없었지만 그는 기어코 반복했다.

"어차피 마찬가지 결과라면 당연히 퇴원해야 옳은 거 아닙니까?"

"신중히 생각하십시오."

"이제껏 충분히, 지나칠 정도로 신중했습니다."

아이의 투병 이후 단 한 차례도 보호자로서 선택하지 못했다. 완전 관해되었다면 그런 줄 믿었고, 재발됐다면 또 재발인 줄 알았다. 항의하거나 하다 못해 분통조차 터뜨리지 못했다. 속절없이 현대 의학이 잡아끄는 대로 움직여왔다. 아이 역시 그랬다. 아이에게는 오로지 강요와 금지만이 있었을 뿐이었다.

이번만큼은, 그래봤자 마지막이겠지만, 아이의 소원대로 퇴원하고 말리라. 그리하여 아이에게 강요와 금지가 없는 다른 세상을 보여주리라. 먹고 싶은 것을 맘껏 먹게 해주고, 하고 싶다면 무엇이든 뜻대로 하게 해주고, 가고 싶어하는 곳으로 한 점 망설임도 없이 떠나리라.

민 과장이 단호한 어조로 말했다.

"퇴원이 아이의 한계를 앞당길 수 있습니다. 아니, 그럴 겁니다."

"압니다, 너무 잘 압니다. 그렇다고 남은 시간마저 항암 치료의 끔찍한 고통을 계속해서 겪게 할 수는 없습니다. 이 년이 넘도록 고통 속에서만 살아온 아이입니다. 이제는 아이가 진정으로 기뻐할 수 있는 날이 단 하루라도 있어야 하지 않습니까?"

최후의 순간에 도달하기 전까지, 어쩌면 아이는 고통 없는 나날을 보낼지도 모를 일이었다. 마지막 때를 알고 화려하게 타오르는 촛불처럼.

"선생님 심정은 이해하지만 당장 퇴원은 불가능합니다. 백혈구 수치가 문젭니다. 이대로 치료를 중단하면 수치는 걷잡을 수 없을 정도로 높아질 겁니다."

민 과장의 말은 항암제의 강도를 높여 관해를 시도하자는 뜻이었다. 관해가 된대도 재발할 것이었다. 민 과장도 알고 있었고, 그 또한 모를 리 없었다. 그러나 관해 시도로 시간은 벌 수 있었다. 악성 백혈구의 수치가 제어 불능으로 기승을 부릴 때까지의 시간이었다.

그는 길게 한숨을 토해냈다.

"필요한 조치를 해주십시오."

7

"먹기 싫다잖아, 이 바보야!"

성호가 손에 쥐어준 수박을 바닥에 내던졌다. 여자는 망연히 성호를 쳐다보다가 바닥에 흩어진 수박 잔해를 손으로 긁어모았다.

아이를 그렇게 버르장머리없게 키워선 안된다고, 문병 온 누군가 말했다. 맞는 말이었다. 버르장머리없는 아이는 버르장머리를 반듯하게 고쳐놓아야 한다. 그래야 장차 사람 구실을 할 것이다. 그러나 당장 내일을 기약할 수 없는 아이에게 버르장머리가 뭐 그리 대수일까.

아이가 슬그머니 그의 손을 잡으며 나직하게 말했다.

"성호 참 못됐죠?"

"아파서 그러는 거지, 못된 건 아냐."

"피, 내가 성호보다 훨씬 더 아파요."

아이의 말이 옳았다. 성호는 회복 단계였다. 완치 관해가 확인된 뒤였고, 중추신경계 예방 치료를 받고 있었다. 그에 비해 아이는 고통의 꼭지점 위에 있었다.

마지막 관해 치료가 시작된 지 닷새째였다.

아이에겐 지옥의 나날들이었다. 지옥의 불길 속이었다. 빈크리스틴, 프레드니손, 엘아스파라지나제, 도노루비신 등이 평소보다 강도 높게 투여되면서 부작용이 복합적으로 나타났다. 아이는 줄곧 고열과 구토, 근력 약화, 근육통, 위궤양, 췌장염, 피부 발진 따위의 증상에 시달렸다.

'이곳에 들어오는 모든 자들은 소망을 포기하라.'

단테의 '신곡'에 나오는 지옥 입구에 붙어 있는 경고문이었다. 그랬다. 소망이 존재하지 않는 곳이 바로 지옥이었다. 지옥은 그의 내부에도 있었다. 자괴감과 분노만이 우글우글할 따름이었다. 그럼에도 그는 소망이 삭제된 치료를 속수무책으로 지켜보았다.

"됐어요, 아빠. 잠이 막 몰려와요."

그는 아이의 무릎 관절을 주무르던 손을 멈추고 턱까지 시트를 올려 덮어주었다. 아이가 시트에서 손을 빼내 그의 귓불을 잡으며 물었다.

"아빠! 정말 이번 치료만 받으면 퇴원하는 거죠?"

마지막 관해 치료에 들어가기 전 그는 아이에게 퇴원을 약속했다. 달리 방법이 없었고, 아이가 퇴원의 희망으로 끔찍한 치료를 견뎌낼 수 있길 바랐다. 그리고 아이는 벌써 몇 번인가 같은 말을 되묻고 있었다. 자신에게 허락된 유일한 희망인 양, 그렇게 확인하고 또 확인했다.

"또 재발되면 어떡해요?"

"이제 재발은 없단다."

"퇴원하면 다시는 병원에 오지 않는 거죠?"

"다시는 병원에 오지 않을 거다."

그는 크게 고개를 끄덕였다. 사실이었다. 그러나 아이를 기다리고 있는 건 완치가 아니라 죽음이었다. 죽음이 불쑥 문을 열 때까지 기다릴 도리밖에 없었다.

"고마워요."

아이는 그의 볼에 입을 맞추었다.

"이렇게 많이 아팠는데 그냥 죽으면 굉장히 억울할 거 같아요. 그죠, 아빠?"

아이의 얼굴에 모처럼 미소가 떠올랐다. 입술이 하얗게 갈라지고 곳곳에 물집이 터진 얼굴로 천진하게 웃고 있었다. 아이는 미소를 띤 채 눈을 감았다.

그는 아이의 반질반질한 머리통을 한 차례 어루만지고는 화장실로 들어갔다. 문을 걸어 잠그고 수도꼭지를 틀어놓은 채, 얼룩이 번진 거울을 바라보며, 그는 울었다.

아이가 말한 적이 있었다. 그만 죽었으면 좋겠다고. 아직 희망이 먼 바다의 등대불처럼 남아 있던 때였다. 등대불을 길라잡이 삼아 폭풍의 바다를 헤치고 무사히 뭍에 닻을 내릴 수 있으리라고 그는 믿었다.

이제는 온통 암흑과 절망의 바다뿐이었다. 그런데도 뒤늦게 아이는 살고자 애쓰고 있었다. 그게 억울했다. 그게 억울하고 분해서, 그는 수도꼭지를 틀어놓고 꺼억꺼억 울음을 토해냈다.

화장실에서 나왔을 때 아이는 잠들어 있었다.

그는 침대에 걸터앉아 신문을 집어들었다. 저금리 정책으로 시중의 뭉칫돈이 증권가로 몰리고 있다는 기사가 일면 톱이었다. 그러나 실업 증가율이 지난달보다 오히려 상승했다는 기사가 옹색하게 그 옆자리를 차지하고 있었다.

훌렁훌렁 신문을 넘기던 그는 문득 손길을 멈추었다. 한순간 그의 눈을 파고드는 그 무엇이 있었다. 천천히 앞장으로 되돌렸고, 얼음 송곳으로 가슴팍을 찔린 듯한 격렬한 통증에 사로잡혔다.

문화 동정란이었다. 전시 일정을 알리는 단신과 쪽사진이 눈에 들어왔다.

아내였다. 쪽사진 속의 아내가 그를 향해 웃고 있었다. 아니, 세상을 향해, 아침 이슬을 머금은 나팔꽃마냥 활짝.

제3장 산 길

1

성호 엄마는 오랫동안 날 바라보고 있습니다. 반쯤 바람이 빠진 풍선 같은 모습으로 아무 말 없이 보고만 있어요. 성호가 또 엄마 속을 썩였을까요. 신경질을 부리고, 닥치는 대로 집어던지고 했을까요.

내가 먼저 말을 걸어볼까 생각해봅니다. 성호 소식이 궁금하거든요. 아무래도 꾹 참고 있는 편이 낫겠지요.

성호는 201호를 떠난 후 통 소식이 없습니다.

깊은 밤이었죠. 고함소리에 놀라 깨어났어요. 성호야, 정신차려! 성호 엄마가 소리쳤고, 침대에 누운 채로 높이뛰기를 하는 것처럼 성호의 몸이 튀어올랐어요. 성호의 입에서는 개펄의 방게처럼 거품이 방울방울 솟아올랐지요.

의사 선생님들이 달려왔고, 성호는 곧바로 중환자실로 실려갔어요.

나도 중환자실에 두 번 들어간 적이 있습니다. 갑자기 정신을 잃었는데 눈을 떠보니 벌거벗은 채 중환자실에 누워 있었어요. 하지만 하룻밤과 이틀밤을 지내고 다시 일반 병실로 돌아왔죠.

닷새째 성호는 소식이 없어요. 대신 성호 엄마가 찾아온 겁니다.

다시는 성호를 볼 수 없을지도 모른다는 생각이 들었습니다. 어제부터였고, 나는 계속 후회하고 있답니다. 하나님에게 용서를 빌었어요. 성호를 미워한 것에 대해서요.

성호는 멍청하고 고집불통이고, 툭하면 내 머리통에 한 방 넣었지만 좋은 점도 많았어요. 내가 몹시 아팠을 때죠. 성호가 내 손을 꼬옥 잡아준 것이 기억납니다. 그때 간호사 누나 몰래 내 약을 먹어주기까지 했어요. 약이 병을 낫게 해주는지는 알아요, 성호도 나도요. 하지만 당장 우리를 아프게 만드는 것은 바로 약이랍니다.

성호가 중환자실로 가기 며칠 전 우리는 약속했어요. 퇴원하면 같이 에버랜드에 가기로요. 성호는 신나게 놀이기구를 타겠죠. 놀이기구가 별로인 나는 물개쇼를 볼 테구요.

나는 다섯 밤만 자고 나면 드디어 퇴원입니다.

아빠가 퇴원해서 가고 싶은 곳을 말해보라고 했어요. 요즘 아빠는 툭하면 그런 식으로 묻곤 한답니다. 먹고 싶은 게 무엇이냐, 갖고 싶은 거 있으면 말해보렴, 하고 싶은 건 또 뭐지?

바다에 가고 싶어요. 내가 유치원에 다닐 때 여름 휴가를 보낸 동해의 바다 말예요. 아빠는 퇴원 기념으로 나를 바다에 데려가기로 약속했어요. 울고 싶을 만큼 아플 때마다 아빠와의 약속을 생각하며 참고 있습니다.

엄마가 우리를 떠난 후론 가보지 못한 바다랍니다. 내가 계속해서 아팠으니까 반드시 엄마 탓이라고 할 수는 없죠.

그래요. 엄마가 우리 곁에 있었다고 해도 달라질 것은 없었겠죠. 바다 말고도 무엇이든지요. 언젠가 엄마를 만난다면, 꼭 이 사실을 말해줘야겠어요. 엄마는 내 말뜻을 금방 알아차릴 테죠. 그리고 후회할지 몰라요. 어쩌면 우리에게 용서를 빌지도요.

정말 그런 일이 생길까요? 정말 그런 일이 생긴다면 어떻게 해야 할지 고민중이에요. 사실 내가 고민할 문제가 아니긴 해요. 아빠 생각이 중요해요. 아빠가 오케이 하면 나도 오케이죠. 하지만 아빠가 엄마와 함께 살기를 원하지 않는다면 내 생각도 같아요.

성호 엄마가 쇼핑백에서 커다란 상자를 꺼내 내 머리맡에 놓습니다. 해적선 레고. 성호가 제일 아끼는 거지요.

"우리 성호가 다움이한테 주는 선물이란다."

내 가슴에 커다란 돌덩이가 쿵 내려앉은 것 같습니다. 누군가 생각 주머니 속의 모든 생각들을 훔쳐가 버린 듯 멍한 느낌입니다.

레고 놀이에 싫증이 난 걸까요. 아니면 친구한테 소중한 선물을 주고 싶은 걸까요. 성호의 마음을 도대체 알아낼 수가 없습니다.

난 한참이 지나서야 겨우 묻습니다.

"성호는요?"

"우리 성호는 퇴원했어. 갑자기 퇴원하는 바람에 너한테 인사도 못했단다. 미안하다는 말을 이 엄마한테 전해달라는구나."

성호 엄마는 느리고 낮은 목소리로 말하지만 떨고 있는 게 분명해요.

"병이 다 나은 건가요?"

"그럼, 다 나았단다. 다움이도 약 열심히 먹고 건강해져서 퇴원해야 한다."

"성호처럼요?"

"그래, 성호처럼."

말해놓고 성호 엄마는 계속해서 고개를 끄덕입니다. 뒷다리를 붙잡힌 방아깨비처럼요. 그러다 와락 나를 껴안습니다.

"다움이는, 다움이는 건강해져야 한다. 무슨 일이 있어도, 무슨 일이 있어도…… 그래서 아빠를 기쁘게 해드리렴."

내 반질반질한 머리통에 따듯한 눈물 한 방울이 떨어진 게 느껴집니다. 다시 한 방울, 또 한 방울.

얼마나 많은 시간이 흘러갔을까요. 그 동안 나는 생각하고 또 생각했어요. 잠깐만이라도 내가 진짜 성호였으면 좋겠다구요. 그러면 성호 엄마가 당장 울지 않아도 될 테니까요.

성호 엄마는 내 뺨을 한참 어루만지고는 일어섭니다. 그리고 멀어져 갑니다.

"아줌마!"

성호 엄마는 걸음을 멈췄지만 돌아보지는 않습니다. 나한테 들키고 싶지 않은 무엇이 있기 때문이겠죠.

할말이 아주 많아요. 성호에게도, 성호 엄마에게도. 하지만 제대로 생각이 나지 않아요. 난 더듬거리며 겨우 말합니다.

"성호한테요, 레고 고맙다고 말해주세요."

성호를 다시는 볼 수 없듯이 성호 엄마를 만나는 일도 없겠죠. 성호 대신 해적선 레고가 남았지만 앞으로 레고 놀이를 할 수 있을지 모르겠습니다. 그리고 성호와 함께 에버랜드에 가기로 한 약속도 잊어버리는 게 좋겠어요.

레고 상자를 보고 있으면 눈물이 날 것 같습니다. 눈을 감아버렸어요.

이제부터는 매일매일 성호를 위해서 기도해야겠어요. 하나님을 믿지 않고선 갈 수 없는 하늘 나라지만 성호만큼은 특별히 허락해달라구요. 성호에겐 그럴 자격이 충분히 있다고 생각해요. 이 땅에서는 계속해서 아프기만 했잖아요. 그리고 병에 걸린 게 성호의 잘못도 아니구요.

2

이삿짐이랄 수도 없었다.

가전제품과 가구를 중고 매매센터에 넘긴 후였고, 남아 있는 대부분도 버릴 것들이었다. 집주인의 연락을 받은 즉시 90년형 그레이스를 50만 원에 구입했다. 그레이스에 실어야 할 분량이 이삿짐의 전부인 셈이었다.

까마득한 시간을 거슬러오른 듯했다. 고아원을 벗어나 처음 서울 땅을 밟았던 그때. 일자리를 따라 이곳저곳 기웃대던 고단한 유랑의 세월. 그래도 희망이 먼 바다를 향해 열려 있는 등대불처럼 반짝거리던 시절이었다.

그때처럼 다시 떠돌아야 할 테지만 희망은 존재하지 않았다. 처음부터 희망은 그와 아이의 삶에서 삭제된 부분이었을까. 그걸 예전엔 미처 몰랐고, 알았다 해도 너무 늦어버렸다.

아이에게 허락된 시간까지는, 그는 어쨌든 살아갈 것이었다. 희망이라는 어설픈 추상명사로 먼 훗날을 바라볼 이유는 없었다. 오늘을 살면 족했다. 그리고 어느 날 손을 맞잡고 지상의 마지막 순간을 함께 하면 되는 거였다. 그 순간이 고요했으면 좋겠다고 생각했다. 고통에 몸부림치지 않고, 한밤중에 내리는 함박눈처럼 고요하게, 은밀하게 다가왔으면 했다.

그는 짧게 한숨을 내쉬고 짐 꾸리기에 다시 매달렸다.

아이의 반코트가 손에 잡혔다. 지난 겨울 두번째 완치 판정을 받은 후, 절망의 터널을 빠져나온 듯한 기분으로 백화점에서 고급 양복 한 벌 값을 지불하고 구입한 옷이었다. 2, 3년을 내다본 탓에 다소 헐렁했지만 아이에게 잘 어울렸고, 아이 역시 여간 마음에 들어

하지 않았다.

아이가 다시 코트를 입어볼 수 있는 날이 찾아올까. 고작 몇 달 남은 겨울이 천년보다 더 아득한 세월로 여겨졌다. 하지만 그는 선뜻 쓰레기 봉투 속으로 집어넣을 수 없었다. 반코트를 시작으로 아이의 겨울옷을 빠짐없이 박스에 담기 시작했다. 정작 자신의 겨울옷 모두를 버리고 난 후였으면서도.

정리해놓고 보니 고작 박스 세 개였다. 세상 미련도 이처럼 단출하게 정리될 수 있다면 죽음도 그리 힘든 일만은 아닐 터였다.

박스 둘은 아이의 옷가지, 동화책, 장난감 따위로 채워졌다. 나머지 하나도 그의 몫은 아니었다. 서너 차례의 이사를 다니면서도 차마 버리지 못한 채 남겨둔 아내의 옷가지였고, 이제 주인에게 되돌려줄 참이었다.

아내를 마주한다는 사실. 가능하다면 피하고 싶었다. 그건 그의 권리였다. 깊은 상처에도 세월이 지나면 새살이 돋는 법이었다. 이제껏 가슴속에 묻어둔 얼굴이라면 마지막 순간까지도 그리할 수 있었다. 그리움과 안타까움과 열망의 시절은 흘러가 버렸다. 그러나 아내의 귀국을 확인한 후로 폭풍의 바다 위에 떠 있는 나룻배처럼 사정없이 흔들렸다.

엄마를 만나는 건 아이의 권리였다. 아이가 자라나 스스로 엄마의 존재를 찾아나설 수 있는 날들은 오지 않을 거였다. 또한 아내 역시 동일한 권리를 갖고 있으리라. 자신의 선택으로 아이를 떠났을지라도, 아득한 이방의 땅에서 이따금씩 한숨지었을 테니까.

그는 어젯밤 체스를 두다 아이에게 넌지시 물었다.

"엄마 보고 싶지 않니?"

아이에게선 대답이 없었다. 멍한 표정으로 그를 쳐다보고만 있었다. 머리가 좋고 상상력도 뛰어나다고, 그런데 가끔 무엇엔가 넋을 빼앗긴 듯 멍한 표정을 지을 때가 있노라고, 아이의 담임 선생은 말했었다.

그와 아내 사이에 일어난 일들을 아이에게 말하지 않았다. 그러나 영리한 아이였고, 내놓고 아내에 대한 이야기를 꺼내지 않는 아이였다.

"엄마가 프랑스에서 돌아왔다."

아이는 고개를 떨구고 체스판 위에 말들을 늘어놓았다.

"엄마를 만나야겠지?"

마지막 폰까지 위치를 정한 후에야 아이가 되물었다.

"아빠는요?"

"다움이가 만나고 싶으면 만나는 거지, 아빠 생각은 중요하지 않단다."

"난요, 아빠가 중요해요. 그리고 난요, 엄마를 만나고 싶지 않아요."

"엄마가 다움일 많이 보고 싶어할 거야."

"아뇨, 아빠가 틀렸어요. 엄마는 날 보고 싶어하지 않아요."

아이가 나이트를 전진 배치하며 고개를 저었다. 검을 빼들고 공격 선봉에 선 나이트처럼 단호한 고갯짓이었다.

그러나 아이는 패배했다. 체스 실력이 그보다 서너 수 위임에도 간단한 노림수에 맥없이 무너지고 말았다. 아이는 금방이라도 눈물을 쏟아놓을 듯 화를 냈다. 마치 간단한 수를 읽지 못한 실수를 자책하듯이.

그는 지난밤 혼미한 꿈속을 헤맸다. 아내의 꿈이었다.

아내는 아름다웠다. 그에게 처음 다가왔던 스물둘 처녀처럼 눈부셨다. 그러나 그는 그 꿈의 어느 부분에선가 베개에 얼굴을 묻고 흐느끼다 깨어났다.

3

해병대를 만기 제대하고 4학년에 복학한 그해였다.

스물여섯 살이 되도록 연애는 물론 짝사랑조차 경험하지 못한 그에게 한 여자가 찾아왔다.

동인 중 누군가가 그의 시를 대학신문에서 주최하는 문학상에 투고했다. 회화과에 재학중인 여자가 신문에 게재된 그의 시에 삽화를 그렸다.

여자는 그의 시가 마음에 들어 이틀 밤을 꼬박 새워 삽화를 그렸노라고 말했다. 다른 시를 보고 싶어하는 여자에게 다른 시들을 보여주었다. 그 후로 여자는 자주 그를 찾아왔다. 비가 오고 바람이 불어서, 커피가 마시고 싶어서, 괜스레 슬퍼져서……. 그렇게 만남이 잦아졌고, 그는 처음으로 사랑이라는 불가사의한 감정에 빠져들었다. 세월과 만남이 더해가면서 마침내 여자는 아내가 되었다.

아내는 처가와 악전고투를 거듭했지만 결혼 허락을 받아내진 못했다. 지독히 쓸쓸한 예식이었다. 전직 도지사인 장인은 끝내 참석을 거부했고, 장모는 결혼식과 장례식을 착각이라도 한 듯 마칠 때까지 연신 눈물을 찍어냈다.

아내는 신혼 여행지에서 친정과의 결별을 선언했다. 그러나 대부분의 사람들이 살아가는 방법을 알지 못했던 아내의 입장으로선 고난의 시작이었던 셈이다. 당시 그는 월간 문예지 편집부에 근무했고, 아내는 알량한 월급으로 한 달을 견뎌야 한다는 사실을 이해하지 못했다. 시간이 지나면서 분개하기 시작했다.

"돈이나 걱정하면서 구질구질하게 살게 될 줄은 몰랐어요."

그는 두 배의 월급이 보장되는 여성지 기자로 서둘러 자리를 옮겼다. 틈틈이 다른 잡지에 익명으로 외부 원고를 쓰거나 번역에 손을 대면서 생활은 그런 대로 안정이 됐다. 그러나 문학과의 거리는 지구와 달 사이만큼 아득해졌다. 그 아득한 거리 때문에 마음 상해할 필요는 없었다. 아내야말로 그가 기댈 새로운 언덕이었다. 삶의 의미였고, 구원의 깃발이었다.

시상을 떠올리고 가다듬고, 적절한 시어를 찾기 위해 밤을 지새울 여유조차 없긴 했다. 그리고 시는 안 써도 그만이라고 생각했다. 세상에는 숱한 시인들이 있으므로 그 홀로 시를 쓰지 않는다고 문제 될 건 없었다.

아내는 달랐다. 그림에 대한 갈증에 시달렸다. 아이가 태어나면서 갈증이 잦아드는 듯싶었지만 긴 세월은 아니었다. 너 때문에 내가 할일을 못해. 아내는 아이에게 푸념을 쏟아부었다. 남편이라고 예외일 수는 없었다. 당신 만나 내 꼴이 이게 뭐죠?

하나를 사랑한다는 것은 하나의 후회를 만드는 일이기도 하리라. 그러나 후회 때문에 사랑하지 않고 살아가는 건 한결 고단할 테지만, 그 사실이 아내에게 얼마나 적절한 위안이 되었을지는 모르겠다.

셰익스피어는 말했다. 결혼은 문 밖에서 문 안을 기웃거리는 것인데, 사실 문 안에는 아무것도 없다고.

결혼을 후회한 적이 있었다. 하지만 결혼의 상대로 아내를 택한 것 때문에 후회한 것은 아니었다. 고단한 순례자가 잠시 뒤를 돌아

보는 심정과 흡사했고, 누구나처럼 한 가정을 책임져야 하는 가장
으로서의 숙명적인 갈등인 셈이었다.

아이가 세 돌이 지났을 때 아내는 대학원에 입학했다. 그리고 몇
년 동안의 갈증을 단숨에 해갈하려는 듯 그림에 매달렸다. 그의 서
재가 아내의 작업실로 바뀌었고, 자주 친구의 화실에서 밤을 새우
며 작업을 했다. 그 즈음 친정 출입을 시작했다.

아침에 출근하면서 아이를 놀이방에 맡기고 퇴근길에 데려오는
날들이 잦아졌다. 아이는 말수가 적어졌고, 혼자 노는 데에 익숙해
졌다. 어느 날인가 아이가 아무 말 없이 다가와 그의 등을 쓰윽 쓰
다듬고는 돌아갔다.

"다움이가 아빠한테 할말이 있나보구나?"

아이는 웃으며 고개를 저었다. 아빠가 곁에 있다는 사실을 등 한
번 쓰윽 쓰다듬는 것으로, 그렇게 아이는 부모의 존재를 확인하고
또 안심하고 싶은 모양이었다. 그때 처음으로 부부싸움을 했다. 어
렵사리 지나쳐온 자신의 유년 시절을 아이가 되밟고 있다는 느낌
때문이었다.

아내가 설악산으로 떠났던 4박 5일의 스케치 여행에서 돌아온
그날 밤이었다.

샤워를 마치고 식탁에 앉은 아내에게 그는 토마토 주스를 건넸
다. 아내는 단숨에 토마토 주스를 마셨고, 토마토의 으깨진 찌꺼기
가 달라붙어 있는 유리컵을 한참 응시하다 입을 열었다.

"생각해봤는데요, 우리 헤어지는 게 낫겠어요."

낡은 냉장고의 모터 소리는 림스키코르사코프의 '왕벌의 비행'처
럼 요란하게 들려왔고, 가스 레인지 위에 올려놓은 찌개는 가장자
리를 타고 흘러넘쳤다.

"이혼해요, 우리."

아이의 방 문이 열렸다. 아이가 그들을 물끄러미 쳐다보다 문을 닫았다. 그는 아이의 방에 시선을 고정한 채 물었다.

"왜 그런 생각을 했지?"

"…… 남자가 생겼어요."

그는 놀라지 않았다. 아니, 적어도 놀란 기색을 겉으로 드러내진 않았다. 그따위 일로 놀라고 싶지 않다는 일종의 오기였을까.

"뭐라고 말해봐요."

아내는 고개를 숙인 채 말했다. 아내의 긴 속눈썹이 눈가에 가지런한 그림자를 드리웠다. 토마토 찌꺼기가 볼썽사납게 달라붙어 있는 유리컵 너머 아내의 손이 보였다. 아내는 오른손 약지의 반지를 왼손 엄지와 검지를 이용해 천천히 돌리고 있었다. 낯선 반지였다.

"어떤 남자지?"

아내는 계속해서 반지만 돌리고 있었다. 요술 램프를 잃어버린 알라딘이 반지의 요정이라도 불러내려 무진 애를 쓰는 것처럼.

불현듯 아내가 측은했다. 정작 측은한 쪽은 그였을지도 모른다. 아마 그랬을 것이다. 어쨌거나 그 순간 차마 바라보기 힘들 정도로 아내의 모습은 안쓰러웠다.

정히 남자가 궁금한 것도 아니었으므로 그따위 물음을 던질 까닭은 없었다. 진작에 그를 대하는 태도가 냉담한 아내였다. 다만 그는 묻고 싶었다. 나란 존재는 당신에게 무엇이지?

그때 이미 아내에게 남편의 존재는 황무지였고, 불타버린 미루나무였을지도 모른다. 사랑의 샘은 메말랐고, 사랑의 불길은 진작에 사그라들었을까. 비록 그가 여전히 아내를 사랑하고 있다 해도, 비록 그가 남편으로서 최선을 다해왔다 하더라도…… 그때 이미 아내는 먼 곳을 바라보고 있던 셈이었다.

이혼. 피할 수 없는 일임을 그는 절감했다.

누구의 탓일까. 남자가 생긴 아내의 탓일까, 아니면 남자가 생길 가능성을 제공한 그의 탓일까. 그 자신은 가해자일까, 아니면 피해자일까. 아내 역시…….

아, 그게 무슨 의미란 말인가.

남자가 생겼다, 그래서 이혼해야겠다. 아내는 간단히 말했다. 그건 아마 상대에 대한 얼마쯤의 배려 때문이었으리라. 적어도 부질없는 상상과 억측으로부터 그를 구해낸 셈이었다.

그럼에도 그는 이혼에 동의할 수 없었다. 아내를 잃고 싶지 않았다. 가정이라는 울타리를 무너뜨리고 싶지 않았다. 아내와 한 가정을 이뤄온 6년의 세월을 송두리째 부정하고 싶지 않았다. 그리고 아이가 있었다. 부모의 이혼은 아이를 빠뜨리는 함정이 되리라, 살아가는 내내.

아내가 지체없이 항의했다.

"오랫동안 생각하고 결정한 거라고 했잖아요."

"그렇다면 나한테도 생각하고 결정할 수 있는, 당신만큼의 시간은 줘야 되는 거 아닌가."

아내가 친정으로 들어가면서 자연스럽게 별거를 시작했고, 곧이어 프랑스로 떠났다. 대학 은사였던 제법 이름이 알려진 화가와 함께. 이후 아내는 아무런 연락도, 어떠한 암시도 보내오지 않았다. 어쩌면 그의 요구대로 시간을 주고 싶었는지도 몰랐다.

그 역시 침묵으로 아내의 떠남을 받아들였다. 아이가 백혈병 판정을 받기 전까지는.

아내에게 장문의 편지를 썼다.

아이의 상태를 상세히 적어 보냈다. 마지막 부분에 이르러, 우리가 왜 이렇게 되었는지 알 수 없노라고 고백했다.

강요하지 않았지만 아내의 귀국은 당연하다고 생각했고 또 믿었다. 그리하여 인생의 고단한 노정에 부부라는 이름으로 다시 설 수 있으리라 기대했다.

한 달이 지났을 때, 아내의 대리인이라는 변호사가 찾아왔다.

그는 순순히 이혼 서류에 도장을 찍었다. 대신 요구한 바 없는, 아내의 자필 서명이 담긴 양육포기 각서를 받았다. 헤어지기 직전 변호사가 편지의 내용이 사실이냐고 물었다. 아이의 투병을 두고 한 말이었다. 사실이지만 완치되었노라고 대답했다. 그때 역시 아이는 입원중이었다.

4

이발을 하고, 목욕을 하고, 넥타이를 매고, 꽃바구니까지 마련했다.

길을 건너 뚜벅뚜벅 화랑으로 들어서면 거기에 아내가 있을 테고, 잠시 빙긋 웃어주면 그만이었다. 간단한 일이었다. 까닭없이 멀어졌던 옛친구와 우연히 마주치듯 그렇게. 그러나 한낮의 햇살에 속절없이 노출된 채, 이마에 배어나는 끈적한 땀을 연신 손등으로 훔쳐내며 그는 서 있었다.

지독히 뜨거운 날이었다. 어쩌다 불어오는 바람마저 끓는 냄비 속을 막 빠져나온 양 후끈 달아 있었다.

그는 깊은 숨을 몰아쉬고 걸음을 떼어놓았다. 길을 건너 화랑 앞에 도달하기까지 속말을 곱씹었다. 아내와의 거리를 인정하자. 엄마를 만날 수 있는 아이의 권리만을 생각하자.

'하애리 귀국 개인전' 포스터가 붙어 있는 유리문을 밀었다. 한복을 차려 입은 이십대 초반의 여자가 사무용 테이블을 양손으로 짚으며 일어섰다.

아내는 없었다. 여자 외에 누구도 보이지 않았다. 50평 남짓한 전시실에는 무소르그스키의 '전람회의 그림'이 시냇물 위 가랑잎처럼 떠다녔다.

전시 사흘째였고, 게다가 지독히 무더운 한낮이었다. 이런 날에는 제아무리 근면 성실한 개미일지라도 굴 속에 다리를 꼬고 앉아 얼음이 동동 뜬 레몬차나 홀짝일 게 틀림없었다. 따라서 관람객이 없는 건 아내의 그림 탓이 아니리라, 그는 생각했다.

"찾아주셔서 대단히 감사합니다."

여자의 말이었다. 그가 꽃바구니를 건네자 여자는 비슷한 말을 반복하며 테이블 위의 방명록을 펼쳐 그를 향해 돌려놓았다.

방명록에 이름을 남기는 것을 아내가 어떻게 받아들일까. 기뻐할까. 적어도 반가워하긴 할까. 아니면 처마 밑 강아지가 해거름의 먼 산 바라보듯 할까. 그는 방명록의 여백에 잠시 눈길을 주고는 여자에게 말했다.

"하애리 씨는 보이지 않는군요."

"점심 식사중이십니다. 곧 오십니다."

그는 여자를 떠나 그림들을 둘러보기 시작했다. 한 손은 겨드랑이에 끼고, 다른 한 손으로는 턱을 받친 채로.

소품에서 대작까지 두루 구색을 갖추고 있었다. 대부분 사실적 화풍의 풍경화였고, 거칠 것 없는 경쾌한 터치의 그림이었다.

대학원에 입학할 즈음 아내의 말이 떠올랐다.

"이제부터 내 자신에게 엄격하게 살기로 했어요. 더는 이런저런 것들한테 끌려다니고 싶지 않아요."

아내는 결전의 순간을 맞은 투사인 양 단호하게 말했고, 수년이 흘러 그 엄격함의 결과물을 갖고 돌아왔다. 아내는 재능이 뛰어나기보다는 강렬한 열망의 지망생이었다. 그러한 지망생의 대부분은 재능을 한탄하며 제풀에 열망을 접게 마련이었다. 열망이 재능의 한계를 극복한 사례가 바로 아내였다.

그림이 인생의 전부라면 아내는 그간 성공적인 삶을 살아온 셈이었다. 그 삶을 사는 동안 아내는 유쾌했던 모양이었다. 단정해도 좋았다. 그럼에도 그는 별다른 감흥을 받을 수 없었다. 성공적인 삶이 뭐 그리 유난스러울까 하는 생각이 들었기 때문이었다.

어느 순간, 바닷물이 달의 힘에 이끌리듯 그는 고개를 돌렸다.

아내였다.

아내가 팔짱을 낀 채 그를 쏘아보고 있었다. 보랏빛 베레모에 파이프를 문, 그래서 화가임을 만천하에 드러내고 있는 듯한 사십대 후반의 사내가 아내 곁에 서 있었다.

그는 웃어야 한다고 생각했다. 지상에서 가장 따듯한 미소라면 더욱 좋으련만 과연 얼마나 뜻대로 되었는지는 알 길이 없었다. 천천히 아내를 향해 걸어갔다. 불과 10여 미터의 거리가 마라토너가 완주해야 할 42.195킬로미터보다 멀고도 숙명적으로 느껴졌다.

"축하해. 그리고 반가워."

"……."

"그림이 아주 좋아."

"그 동안 취미가 고상해졌나보죠, 그림 감상으로?"

아내의 싸늘한 물음에 그는 서너 차례 고개를 주억거렸다. 그림 감상에 동의해서가 아니라 건넬 말을 속으로 떠올리기 위해서였다.

아내를 만나면 할말이 무수히 많을 줄 알았다. 그 옛날 퇴근 후 식탁에 마주 앉아 따뜻한 차를 마시며 이야기를 나눌 때처럼. 그런데 아니었다. 세월이 모든 말들을 알뜰히 걷어간 듯한 느낌에 젖은 채 그저 물끄러미 아내를 쳐다보고만 있었다.

"이왕 내 앞에 나타날 바에는 좀 말쑥한 모습이면 어디 덧나나요?"

"무슨 뜻이야?"

"폭삭 늙어버린 건가요, 일찌감치 피서를 다녀온 건가요? 아님 무슨 의도를 갖고 일부러 그런 모습을 하고 있는 건가요?"

3년 전 그 자신이 어떤 모습이었는지는 기억해낼 수 없었다. 그러나 어쩌다 거울을 들여다보면 흰머리가 눈에 들어왔고, 얼굴에도 피곤한 기색이 담겨 있었다. 목욕과 이발을 해도 아내의 눈에는 그게 여실히 드러난 모양이었다.

곁에 서 있던 베레모의 사내가 아내의 귓전에 대고 속삭였다. 아내는 짧게 끄덕이더니 그에게 말했다.

"인사는 해두는 게 좋겠죠. 제 남편예요."

말하며 아내는 손바닥을 보여 사내를 가리켰다. 아내가 사내에게 자신을 뭐라고 소개할까. 부질없이 초조해진 그는 마른침을 삼켰다. 아내가 사내를 쳐다보자, 사내는 지체없이 손을 내밀었다.

"박인석이오."

"정호연입니다."

"정 선생 이야기는 간간이 들었죠."

그 역시 그랬다. 아내가 가장 존경하는 스승이자 화가로서의 박인석을. 그러나 남자가 생겼다고 고백한 그날 밤 이후 박인석에 대해 더는 듣지 못했다. 아내가 프랑스로 떠난 한참 뒤에야 스승에서 연인으로, 다시 남편으로의 자리바꿈을 알았다.

"시를 쓰신다구요?"

박인석이 입가에 미소를 떠올리며 물었다. 즉시 그는 시를 쓴 적이 있었노라고 정정했다. 그러나 부질없는 말이었다. 행여 시를 쓰지 않는 것이 아내의 떠남에서 비롯되었다는 인상을 주고 만 듯했기에.

아내가 나섰다.

"할말이 있어서 온 건가요, 아님 예의상인가요? 예의상이라면 이 정도로 충분하다고 생각해요."

"할말이 있어."

그가 박인석을 힐끔 쳐다보자 아내는 대뜸 알아차렸다.

"여기서 해요. 내가 들어야 할 얘기라면 이이 역시 알고 있어야 할 테니까요."

말해놓고 아내는 박인석의 허리에 팔을 감았다.

아내는 목 부분이 깊게 파인 다크블루 민소매 원피스를 입고 있었고, 목에는 진주로 보이는 목걸이가 두 줄로 짧고 길게 둘러져 있었다. 아름다웠다. 세월이 유독 아내만을 비켜 흘러간 듯했다.

그는 반짝이는 목걸이에 눈길을 주며 말했다.

"아이를 만나줬으면 좋겠어."

아내는 박인석의 허리를 감고 있던 팔을 풀어 검지로 관자놀이를 짚었다. 예전의 버릇대로라면 아내는 틀림없이 두통에 시달리고 있으리라. 십 초쯤 생각에 잠겨 있던 아내가 입을 열었다.

"이런 말 하는 게 우습긴 하지만, 어쨌든 난 당신과 다움이가 잘 지냈으면 좋겠다고 생각해왔어요."

"고마워."

"그럼 가세요. 앞으로도 잘 지내구요."

"난 당신이 아이를 보고 싶어할 거라고 생각했어."

"내가 보낸 각서를 갖고 있나요?"

"찾아보면 어딘가 있겠지."

"그 내용 그대로 받아들이면 돼요. 지금도 그렇구요. 이제 와서 엄마라고 나타난다고 무슨 소용이 있겠어요?"

"아이가 많이 아파."

"…… 완치됐다고 변호사한테 들었는데요?"

2년여의 투병을 어디서부터 어떻게, 그리고 무슨 수로, 낱낱이 설명할 수 있겠는가. 안타까움과 눈물과 절망의 나날들을 이야기한들 아내가 이해할 수 있을까. 또 이해한들 아내의 말대로 이제 와서 무슨 소용이겠는가.

그는 아이가 입원해 있는 병원과 병실을 밝힌 후 덧붙였다.

"아이를 만날 생각이라면 사흘 안에 와야 할 거야. 사흘 후엔 퇴원하니까."

"많이 아프다면서 퇴원을 해요? 당신 말은 어디까지가 진실인지 모르겠네요."

진실? 불현듯 아이가 사무치도록 보고 싶어졌다. 아이는 홀로 울고 있을지도 모를 일이었다. 이 순간 진실을 따져야 한다면 오직 그뿐이었다.

치료는 닷새 전 끝이 났다. 희망이 삭제된 치료였다. 골수 이식이 불가능해진 이상 백혈구 수치를 떨어뜨리는 일이 고작이었다. 아이는 항암제 투여로 만신창이가 된 몸을 추스르고 있는 중이었다.

서둘러 떠나야 할 때였다. 더 있어봤자 후회만 남길 터였다. 마지막 인사를 건네는 심정으로 그레이스에 실려 있는 아내의 옷가지 이야기를 꺼냈고, 아내는 즉각 되받았다.

"그걸 여태 갖고 있다니 우습군요. 당장 버려요."

"그러지, 뭐. 버리는 게 어려운 일도 아니니까."

그는 박인석과 악수를 나눴다. 그러나 남의 여자가 된 아내에게마저 태연히 악수를 청할 수는 없는 노릇이었다.

거리는 여전히 끔찍한 열기에 휩싸여 있었다. 비둘기 한 쌍이 보도 위를 종종대는 것을 지켜보다 그는 걸음을 옮겼다.

잠깐만요. 아내의 목소리가 등을 넘어왔다.

"…… 아이가 날 찾던가요?"

"엄마가 귀국한지는 알고 있어."

아내는 복잡한 눈길로 하늘을 올려다보고는, 이윽고 돌아섰다.

5

안녕, 안녕, 안녕…….

쳐다보기도 싫은 약도, 끔찍한 골수 주사도, 내 신경을 긁어놓는 백혈구 수치도, 지긋지긋한 병원도 이젠 안녕입니다.

드디어 퇴원입니다. 정확하게 98일 만이죠.

간호사 누나들은 이왕이면 이틀만 더 채우고 퇴원하래요. 백일잔치를 해주겠다나요. 내 마음을 몰라주는 소리예요. 사실은 그제 퇴원하기로 아빠랑 약속했거든요. 의사 선생님도 그렇게 말했구요. 그런데 하루 또 하루가 미뤄졌어요.

이틀 동안 얼마나 조마조마했는지 아무도 모를 거예요.

아빠가 왜 그랬을까요. 이제부터 먼 곳으로 여행을 해야 하니까 내 몸
이 더 건강해져야 된대요. 아주 틀린 말은 아니겠죠. 하지만 진짜 이유는
따로 있다고 생각해요. 내가 알지 못하는 어떤 이유 말예요.

아무튼 좋아요. 98일 중에서 이틀 정도야 아무것도 아니죠. 사실 난 각
오하고 있었답니다. 퇴원할 수 없을 거라구요. 두번째 재발이면 살기 힘
들다는 이야기를 들은 적이 있거든요. 하지만 난 살아났어요.

다시는 병원에 오지 말았으면 좋겠어요. 이제는 아프지 않고 살았으면
좋겠어요.

아주 안 아플 수는 없겠지요. 감기나 몸살 정도라면 얼마든지 참을 수
있어요. 다른 아이들처럼 학교도, 학원도 다니면서 살고 싶어요. 실컷 뛰
놀고 싶어요. 그리고 좋은 일만 생각하면서 살았으면 해요. 정말 그렇게
될까요? 아니, 이번에는 틀림없이 그렇게 될 거예요.

입원하던 날은 부슬부슬 비가 내렸습니다. 얼어붙은 땅과, 땅속 깊이
잠들어 있는 작은 꽃씨들을 깨우는 봄비였어요. 하지만 내게는 얼음처럼
차가운 빗줄기였죠. 아빠 등에 업혀 병원으로 오는 동안 나는 계속해서
몸을 떨었어요.

지금은 너무 더워요. 장마가 끝나고 태풍도 물러갔어요. 쨍쨍한 햇살
이 세상을 고구마처럼 구워버릴 셈인가봐요.

마음대로 하라죠. 햇살이 제아무리 따가워도 문제없어요. 퇴원 기념으
로 아빠가 사준 다저스 야구 모자가 있으니까요. 아주 멋진 모자예요. 모
자를 쓰고 있으면 내가 마치 찬호 형이 된 것 같아요.

아빠가 병실 문을 열고 들어옵니다. 퇴원 수속이 끝났나봐요.

"자, 이젠 갈까?"

아빠는 빙그레 웃으며 내 머리에 다저스 모자를 올려놓습니다. 난 모자를 눈밑까지 푹 눌러쓰죠.

아, 201호와도 안녕입니다.

난 네 개의 침대를 차례로 둘러봅니다. 마지막으로 성호의 자리가 눈에 들어와요.

성호의 침대는 벌써부터 다른 환자의 차지가 되어 있습니다. 예찬이라는 여섯 살짜리 꼬마예요. 나라에서 치료비를 대주는 환자죠. 예찬이는 엄마 아빠가 없어요. 갓난애 때부터 아동보호소라는 곳에서 살았대요. 그런데도 아프면 꼭 엄마, 엄마, 하면서 울어요. 엄마 얼굴도 모르면서 왜 엄마를 부르는지 모를 일이에요.

성호가 누워 있던 침대를 보면 지금도 눈물이 날 것 같아요.

성호도 나처럼 완치가 되어서 퇴원을 했다면 얼마나 좋았을까요. 우리는 세상에서 제일 친한 친구가 되었을지도 몰라요. 우리는 같은 병이었고, 똑같이 아프고 힘들었고, 그런 만큼 서로의 마음을 잘 알 수 있을 테니까요.

바보 멍청이. 그렇게 쉽사리 죽을 거면서 뭐하러 고생만 잔뜩 했을까.

레고 상자를 들고 예찬이에게로 갑니다. 며칠 전부터 예찬이에게 선물하기로 마음먹고 있었죠.

해적선 레고가 여섯 살짜리 꼬맹이에게는 어울리지 않아요. 또 선물받은 걸 남한테 다시 선물하는 게 옳지 않은 줄도 알구요. 하지만 성호도 내 마음을 알아주겠죠. 성호가 떠난 후로는 한 번도 레고 놀이를 해보지 않았고, 앞으로도 분명 마찬가질 테니까요.

예찬이는 입을 헤벌리고 레고와 내 얼굴을 쳐다봅니다. 예찬이가 갖고 있는 장난감은 칠이 다 벗겨지고 팔 한 짝이 달아난 울트라 인형 하나뿐이거든요.

난 예찬이에게 잠깐 웃어줍니다.

그리고 마음속으로 인사를 합니다. 아무 말도 없이 떠난 성호에게 안녕, 안녕, 하구요.

* * *

이틀씩이나 미뤄진 퇴원이 차라리 잘된 일이라고 생각했습니다. 교회에 오기 전까지만요.

마침 주일입니다. 주일학교에 빠지는 일이 없는 은미니까 틀림없이 만날 수 있다고 생각했죠.

매일매일 은미를 기다렸어요. 오늘은 무슨 좋은 일이 있을까. 그런 날에는 종일 문만 쳐다보기도 했답니다. 그러나 은미는 오지 않았죠. 당연히 코스모스 꽃핀을 전해줄 수도 없었구요.

병원을 나서며 아빠에게 교회로 가자고 말했습니다. 아빠는 꼭 가고 싶냐고 물었죠.

"내 병을 낫게 해주신 하나님한테 예배를 드려야죠. 그리고 전도사님이 자주 문병을 왔으니까 인사도 해야 되잖아요."

은미 이야기는 쏙 빼고 대답했어요.

정직하지 못해서 벌을 받은 걸까요. 예배도 드리고 전도사님한테 인사도 했지만, 은미를 만나진 못했어요.

전도사님이 내 마음을 알아차린 듯 말했습니다.

"다움이가 퇴원한 줄 알면 다윗반 친구들이 무척 좋아할 텐데, 휴가 기간이라 오늘은 많이들 빠졌구나."

은미는 아빠 엄마를 따라 휴가를 떠난 모양이었습니다. 하필이면 오늘인지 모르겠어요. 은미는 어디로 갔을까요. 내가 가는 동해라면 좋겠어요. 동해는 아주 넓고 넓겠지만 혹시 알아요, 만나게 될지?

"다움아, 어디에 가서 살든 건강해라. 전도사님이 다움이를 잊지 않고 기도하마. 다움이도 교회에 꼭 나가야 한다."

어디에 가서 살든……

그래요. 우리는 살 곳을 정하지 않았어요. 아빠는 우선 여행을 하게 될 거라고 했어요. 바다도 가고 산에도 가본댔죠. 그러다 좋은 곳을 찾으면 그곳에서 살 생각이래요.

아빠랑 여행을 하는 건 대찬성이에요. 하지만 서울을 영영 떠나는 건 반대예요. 학교와 친구와 교회와 헤어지는 게 싫거든요. 또 우리가 집도 없는 떠돌이 신세가 된 것만 같아 가슴이 답답해요.

옛날처럼, 우리는 언제 다시 아파트에서 살 수 있을까요.

아파트에서 살던 때를 생각하면 자꾸만 눈물이 날 것 같아요. 거긴 참 좋았어요. 내 방도 따로 있었고, 푹신한 침대도 있었죠. 그런데 입원하기 전에 살던 지하방은 한낮에도 불을 켜야 될 정도로 어두컴컴했어요. 내 방이 따로 있지도 않았고, 지긋지긋한 바퀴벌레들만 우글우글했답니다.

지하방이라도 서울에서 살았으면 좋겠어요. 그런데 서울은 사람이 많아서 문제래요. 나는 아직 병균을 이겨낼 힘이 부족해서 사람들을 피해야 된다나요.

아빠한테 물어봤어요. 좋은 곳을 찾으면 그곳에서 아주 살 거냐구요. 아주는 아니다. 길어야 몇 달이란다. 그렇지만 아빠는 날 똑바로 보지 않고 말했어요. 난 각오했죠. 서울에서 살기는 틀렸다구요.

헤어지기 전, 전도사님이 내 손을 잡고 기도하기 시작했습니다. 습관대로 아주 긴 기도였지만 난 계속 딴생각만 했어요.

전도사님, 이 꽃핀을 은미한테 주세요.

꽃핀은 내 주머니 속에서 꼼짝도 안했고, 난 꽃핀을 손바닥이 아프도록 꼭 쥔 채 교회를 나왔습니다. 전도사님에게 부탁하면 간단한 일이겠죠. 하지만 남의 손으로 전해주고 싶지는 않았어요. 끝까지 내 주머니 속에만 있더라도요.

아빠가 내 몸에 안전벨트를 매주고는 묻습니다.

"많이 섭섭하니?"

"많이는 아녜요."

"은미가 어디 사는지 알고 있니?"

"왜요?"

"꽃핀을 전해줘야지."

"은미는 휴가 갔어요. 난요, 은미네 집이 어딘지도 몰라요. 또 은미는 머리핀이 아주 많으니까 내가 선물해도 별로 기뻐하지도 않을 거예요."

꽃핀을 볼 때마다 은미가 생각날 겁니다. 조금은 슬퍼지겠구요. 그 옛날 엄마 사진을 볼 때처럼요. 그렇지만 은미는 내 주머니 속에 꽃핀이 들어 있는지도 모를 거예요.

시간이 지나면 내 이름도, 얼굴도 잊어버리겠죠.

6

아이는 즐거운 모양이었다. 교회를 나선 후 한동안 침울해 있더니 고속도로로 접어들자 아침 나절의 새처럼 조잘댔다.

"아빠, 고맙습니다. 병을 낫게 해준 거, 바다에 가는 거, 다저스 모자…… 전부 다요."

완치된 게 아니었다. 강도 높은 항암제 투여로 악성 백혈구의 기세가 잠시 주춤해 있을 뿐이었다. 어느 순간 발톱을 세워 아이의 육신을 맹렬하게 찢어댈 터였다. 거기까지였다. 아이가 인내할 수 있는 한계이고, 아이에게 허락된 시간의 끝이었다.

여행이라는 황홀한 이름으로 위장된 유형의 길이었다. 참담한 떠남이었다.

그러나 조수석에 앉은 아이는 마냥 유쾌한 낯으로 차창 밖 세상에 열중해 있었다. 줄곧 병원 주위에만 머물렀던 아이에게는 눈부시도록 아름다운 세상이리라. 연신 환호성을 질러대며 이런저런 것을 물어왔다. 그는 세세히 대답하면서도 그런 자신의 천연덕스러움에 혀를 내둘렀다.

결국, 아내는 오지 않았다.

그는 사흘에서 다시 이틀을 더 기다리며 자신의 믿음이 얼마나 부질없는가를 재차 확인했다. 아내를 탓하고 싶진 않았다. 스스로를 한탄하는 것 또한 역겨운 노릇이었다. 다만 헛되이 보낸 이틀이 안쓰럽고 속이 상했다. 단지 이틀이었다. 하지만 아이에게는 대단히 길고 소중한 시간이었다.

아이가 엄마를 기다렸는지는 알 수 없었다. 까닭없이 미뤄지는 퇴원에만 신경을 곤두세웠지만 내심 엄마를 기다렸을 것이었다. 날마다 역 앞을 서성이며 돌아오지 않는 엄마를 기다렸던 어린 시절의 그처럼.

병원을 나서며 아이에게 말했다.

"알고 봤더니 엄마가 프랑스에서 돌아오지 않았더구나."

"그럴 줄 알았어요."

아이는 간단히 말하고는 딴전을 피웠다.

하품을 깨물던 아이가 호법 인터체인지를 지나면서 꾸벅꾸벅 졸기 시작했다. 차창에 머리를 기댄 탓에 아이의 모자가 비스듬히 틀어졌다. 그게 마음에 걸렸다. 모자를 반듯하게 씌워줘야 한다고 생각하면서도 그는 냉큼 손을 뻗지 못했다. 창백하다 못해 실핏줄이 여실히 드러난 아이의 뺨을 타고 땀방울이 흘러내렸다.

"조금이라도 이상 조짐이 보이면 곧바로 병원으로 와야 합니다. 그리고 사나흘에 한 번씩은 연락을 하셔야 합니다."

민 과장은 거듭 다짐을 받고서야 퇴원에 동의했다. 고개를 끄덕이면서도 그는 속말을 되뇌었다. 그런 일은 없을 겁니다. 쇼핑백으로 하나 가득 담긴 약의 복용과 주의사항에 대한 설명을 들으면서도 그의 마음은 딴 곳을 향해 있었다.

입원이 계속된대도 아이는 근본적인 치료를 받을 수 없었다. 백혈구 수치의 체크와 감염 예방을 위한 조치뿐이었다. 골수 이식의 가능성이 사라진 그 순간부터 기대하고 싸워나갈 근거조차 존재하지 않았다.

퇴원은 당연했고, 퇴원하고 나면 오히려 마음이 편하리라 생각했다. 그러나 아니었다. 줄곧 진흙탕 속에 머리를 처박고 있는 듯했다. 누군가에게 머리채를 잡혀 사정없이 휘둘리고 있는 느낌이었다.

아이의 상태가 언제 어떤 식으로 악화될지 모를 일이었다.

성호의 경우가 그랬다. 성호는 완치의 가능성이 높았고, 회복 단계에 있었음에도 한순간 끝이 나버렸다. 일주일 전에 만났던 여자는 그게 억울하다고 했다. 그게 억울해서 참기 힘들다고 했다.

"이 병원에는 죽어도 오지 않겠다고 다짐했어요. 그런데 여기라도 오지 않으면 견딜 수가 없군요."

오후 네 시. 내처 목적지까지 내닫기에는 늦은 시간이었다.

문막 휴게소 구석 자리에 그레이스를 세우자 아이가 깨어났다. 아이는 주위를 두리번거리더니 물었다.

"옛날에도 여기서 쉬었죠, 아빠?"

4년 전의 여행을 아이는 용케 기억하고 있는 셈이었다. 아내와 함께 떠난 여행이었다. 아이의 비상한 기억력이 그를 난감하게 만들었다.

"김밥이랑 국수를 먹었던 게 생각나요. 또 먹고 싶어요."

아이는 석 달 내내 병원에서 제공하는 멸균식만 먹었다. 염분을 빼버리고 살균 처리한 무미한 식사였고, 금지와 억제와 강요만이 존재하는 생활의 한 단면이었다.

열 살짜리 아이가 누릴 수 있는 정상적인 삶을 누리게 하자. 하루의 즐거움이 천년의 고통보다 나으리라.

무모한 퇴원이라는 민 과장의 반대를 애써 외면할 수 있었던 이유였다. 그러나 면역력이 극도로 약화된 아이에게 세균의 온상일 김밥과 우동을 태연히 먹일 수는 없었다.

그는 아이의 모자를 반듯하게 고쳐주고는 마스크를 씌웠다. 감염을 예방하기 위해 가능하면 사람이 모인 곳을 피해야 할 아이였다. 하지만 휴가의 절정인 탓에 휴게실 내부는 어깨를 부딪힐 만큼 사람들로 붐볐고, 마스크를 한 아이에게 사람들이 곁눈질을 해댔다.

휴게실에 딸린 슈퍼로 들어선 그는 아이에게 만 원권 지폐를 쥐어주었다. 마음대로 골라도 돼. 물건을 사고 돈을 지불하는 단순한 행위조차 아이에겐 생소하고 신기하고 감격스러운 모양이었다. 아이는 자못 심각한 낯으로 망설이고 주저하다 요플레, 크림맛 웨하스, 이온 음료, 캔커피를 택하고선 그를 올려다보았다.

"사도 되죠?"

"캔커피는 안돼."

"이건 아빠 거예요."

아이가 마스크를 내려 낼름 혀를 내밀고는 캔커피를 건넸다.

저물 녘의 나그네는 너무 먼 곳까지 바라볼 필요가 없듯, 거대한 기쁨을 소원할 이유도 없었다.

그래도 우리의 삶 어딘가에 기쁨의 조각들이 남아 있어 어두운 하늘에 박혀 있는 별처럼 반짝인다면 그것으로 충분하리.

그는 캔커피를 아이의 뺨에 슬쩍 대고는 마스크를 바로잡아줬다.

아이가 가판대에 꽂혀 있는 지도책을 가리켰다.

"저 책에 우리가 갈 곳이 나와 있나요?"

"물론이지. 갖고 싶니?"

"무척 비쌀 것 같아요."

"다움아, 아빠 굉장히 부자란다."

그는 지갑이 들어 있는 뒷주머니를 손바닥으로 호기롭게 두드렸다. 그러면서도 마음 한켠이 저려왔다. 가난한 아버지를 둔 탓에 아이가 이중 삼중으로 고민에 싸여 있다는 생각 때문이었다.

차를 세워둔 곳으로 걸음을 옮기던 아이가 화장실에 눈길을 주며 말했다.

"아빠, 오줌 누고 싶어요."

"저 화장실은 안돼. 저긴 아주 지저분하단다."

그는 아이의 손을 잡고 휴게소 건물을 돌아갔다. 벽돌담 주위로 성급한 코스모스들이 피어 있었고, 잠자리들이 군무를 즐기듯 코스모스 주위를 맴돌았다.

"여기서 오줌 누면 사람들이 욕할 거예요."

"괜찮아."

"창피해요."

"아빠도 같이 눌 텐데 뭐가 창피해."

그제서야 아이는 안심한 듯 바지를 내렸다. 아이와 나란히 선 채 그가 말했다.

"누가 멀리까지 나가는지 시합하는 거다."

아이는 잔뜩 허리를 뒤로 젖혔고, 아이의 오줌발에 오후의 햇살이 기겁을 하듯 튀어올랐다. 아이와 나란히 서서 소변을 본 적이 과연 있었던가. 처음이라도 그게 뭐 그리 대단할까. 그러나 그는 형언키 어려운 감동에 젖어 아이의 오줌발을, 눈물나도록 아름답게 피어난 코스모스를 바라보았다.

"겁이 났어요."

"사람들이 볼까봐?"

"아뇨. 잠자리들이 고추를 깨물까봐요."

말해놓고 아이가 소리내어 웃었다.

아이의 경쾌한 웃음소리에, 비로소 그는 가슴에 두툼게 덮여 있던 두려움과 막막함이 걷히는 느낌이었다.

떠나오길 잘했다. 떠나오길 참 잘했다. 입원해 있었다면 아이는 마지막 순간까지 단 한 번도 소리내어 웃어볼 일을 만나지 못했으리라.

7

세번째 의자를 뒤로 밀어내 제법 넓어진 바닥에 버너와 코펠이 가지런히 놓여 있습니다.

아빠는 카레라이스를 만들고 있어요. 감자를 깎고 양파를 자르고 고기를 잘게 썰고…… 아빠의 이마에는 송글송글 땀방울이 맺혀 있습니다.

아빠 말에 의하면 우리 차는 지금 식당차가 된 거래요. 그리고 나중에 의자들을 모두 펴면 침대차가 된다나요. 아빠는 자랑스럽게 말했고 난 철부지 꼬맹이처럼 굴었지만, 크다고 무조건 좋은 차가 아니라는 것쯤은 알고 있답니다.

우리 차는 형편없는 고물입니다. 모든 차들이 우리 차를 앞질러갑니다. 특히 언덕을 오를 때에는 내려서 엉덩이를 한방 뻥 차주고 싶을 지경이라니까요. 그래도 얼마나 기쁜지 몰라요. 옛날에 있던 빨간색 액센트를 엄마가 가져간 후론 처음으로 우리에게도 차가 생긴 거거든요.

난 중간 의자에 배를 깔고 누워 창 밖을 바라봅니다. 사람들이 차 안을 힐끔대더니 고개를 흔들고는 지나갑니다. 하긴 휴게실에서 밥을 지어 먹는 사람은 우리밖에 없겠죠.

아무려면 어때요. 비웃으려거든 실컷 비웃으라지. 가서 나쁜 병균들이 우글우글할 게 뻔한 우동이나 먹으라죠, 뭐.

크림맛 웨하스 하나를 입 안에 쏙 집어넣습니다. 내가 웨하스를 좋아하는 이유는 깨물지 않아도 혀 위에서 달콤하게 녹기 때문이죠. 하지만 그 동안 웨하스를 통 먹을 수 없었어요. 웨하스뿐이 아니었죠. 병원에서 허락하지 않은 간식은 무슨 일이 있어도 먹지 못하게 하는 아빠였거든요.

내가 정말 병이 낫긴 나은 모양이에요. 오늘 밤에는 하나님한테 아주 긴 감사의 기도를 해야겠어요.

지도책을 펼쳐 아빠가 가르쳐준 곳을 찾아봅니다. 부남이라는 바닷가예요. 강릉에서도 한참을 남쪽으로 내려가야 도착할 수 있는 곳이랍니다. 지도만 있으면 어디든지 갈 수 있다고 아빠가 말했어요. 길을 잃어버릴 걱정도 없구요.

아빠가 내 어깨에 손을 얹으며 묻습니다.

"지도를 보는 게 재미있나보구나?"

"아빠, 난 커서 탐험가가 돼야겠어요. 신대륙을 발견한 콜럼버스처럼
요."

아무도 해보지 못한 일을 하고 싶어요. 전구를 발명한 에디슨이나 세
계일주에 성공한 마젤란처럼요. 내 이름을 세상에 날리고 싶답니다. 발명
가 정다움. 탐험가 정다움. 상상만 해도 신나는 일이잖아요. 하지만 아빠
의 생각은 다른가봐요.

언젠가 아빠한테 물어본 적이 있어요. 이담에 내가 무엇이 되었으면
좋겠느냐구요. 아빠는 빙그레 웃으며 대답했죠. 행복했으면 좋겠다구요.
그러니까 아빠는 내가 무엇이 되든 상관없고, 오직 행복하게 살면 좋은
거예요.

행복이 무엇일까요? 아빠는 거기에 대해 이렇게 말했어요.

"사랑하는 사람과 함께 지내는 것, 그리고 사랑하는 사람을 위해서 무
엇인가를 할 수 있는 거란다."

아빠가 생각하는 행복은 바로 사랑인 거예요. 아빠의 말대로라면 난
벌써부터 행복하다고 생각해요. 내가 세상에서 제일 사랑하는 사람인 아
빠와 함께 지내고 있으니까요.

하지만 아빠를 위해서 무엇인가를 할 수 있을지는 모르겠습니다. 그러
기 위해선 먼저 아빠가 원하는 게 무엇인지 알아야 할 텐데……. 혹시 진
희 고모와 결혼하는 걸까요?

아빠한테 물어볼 수는 없어요. 솔직히 겁이 나거든요. 난 영원히 아빠
와 단둘이서만 살고 싶답니다. 그렇지만 지금부터라도 생각을 고쳐먹어
야겠어요. 진희 고모와 결혼하는 게 정말 아빠를 위하는 일이라면, 난 백
번이고 천번이고 아빠를 진희 고모한테 양보할 각오예요.

카레를 끓이는 매콤한 냄새가 차 안에 가득합니다.

아빠는 요리의 명수예요. 특히 아빠가 만들어주는 카레라이스는 기막

히게 맛있답니다. 엄마는 기껏해야 '3분 카레'나 '즉석 자장'인데, 아빠는 그런 인스턴트 음식을 먹어선 안된다고 질색이었죠.

엄마와 살 때부터 요리하는 건 온통 아빠 차지였습니다. 아빠는 요리가 재미있대요. 아무렴 내가 바보일까요? 엄마가 손 하나 까딱하기 싫어하니까 아빠가 어쩔 수 없이 대신 했던 거겠죠.

* * *

우리는 원주에서 하룻밤 자기로 했습니다.

빨리 바다를 보고 싶었답니다. 하지만 아빠는 말했어요. 시간은 아주 많으니까 서둘 필요는 없단다. 나는 고집을 부리지 않았어요. 시간이 많기 때문이 아니라 깜깜한데 운전하면 아빠가 많이 피곤할 것 같아서였죠.

여관을 정하고 우리는 밖으로 나왔습니다. 손을 잡고 천천히 시내를 걸어다니다 아빠는 날 장난감 가게로 데려갔어요.

"오늘은 아빠가 한턱 내마."

한턱은 이미 낸 셈이었죠. 서울을 떠나오기 전, 아빠는 날 백화점에 데려가 굉장히 비싸고 멋진 옷을 사주었어요. 하지만 당장 입을 수 있는 옷은 아니었죠. 아빠는 무슨 이유에선지 가을옷을 골랐답니다.

장난감은 별로예요. 이미 해적선 레고를 포기했으니 당연하지 않겠어요. 아빠는 이것저것 자꾸만 내 손에 쥐어주려 했고, 한결같이 비싼 것들이었죠. 나는 결국 7천 원짜리 모터로 움직이는 미니카 하나를 샀습니다.

그 다음 우리는 세진컴퓨터랜드에 갔어요. 거기서 아빠는 '대항해시대'라는 게임 시디를 골랐습니다. 난 당연히 반대했어요. 게임을 하려면 아빠의 노트북을 이용해야 할 텐데, 그럼 아빠는 글을 쓸 수 없잖아요. 아빠는 당분간 노트북을 사용할 일이 없대요. 또 탐험가가 되기 위해선 꼭 필요한 게임이라나요.

지금은 서점에 있습니다. 아주 긴 여행을 하게 될 테니까 내가 읽을 책이 필요하다는 것이 아빠의 생각이죠.

아빠가 책을 고르는 동안 '드래곤 볼'을 뒤적여봅니다. '드래곤 볼'이 무지무지 재밌다는 얘기를 성호한테 들은 적이 있거든요. 성호는 비디오로 봤대요. 드래곤 볼 일곱 개를 모두 모으면 한 가지 소원이 이루어진다는 내용이라나요.

세상에 정말 그런 게 있다면, 그래서 한 가지 소원을 이룰 수 있다면 무엇을 택해야 할까요? 고민입니다. 사실 난 소원이 무지 많은 욕심꾸러기거든요.

음…… 우선 아프지 않았으면 좋겠구요. 아빠가 부자였으면 좋겠구요. 엄마가 돌아와 우리에게 용서를 빌었으면 좋겠구요. 그리고 은미를 매일매일 만났으면 좋겠어요.

아빠가 내 어깨 너머로 말합니다.

"재밌니?"

나는 모자를 슬쩍 들어올리고는 고개를 끄덕입니다.

"그럼 사지 그러냐?"

"하지만 만화책이잖아요."

"만화책이라고 무조건 보지 말아야 하는 건 아니다. 어떤 책이든, 읽고 나서 많은 생각을 하게 만든다면 괜찮은 책이란다. 사실 아빠도 다움이 나이 때는 동화책보다 만화를 훨씬 좋아했지."

그래도 내가 사지 않겠다고 말하자 아빠는 이유를 묻습니다.

'드래곤 볼'은 아주 긴 만화책이에요. 전부 42권으로 되어 있죠. 그걸 다 살 수는 없을 거고, 중간에 읽다 말 거라면 아예 처음부터 보지 않는 편이 좋을 테니까요. 그런데 아빠는 42권 전부를 사고 맙니다.

맙소사! 난 놀라 자빠질 지경입니다.

아빠는 나한테 무엇이든 사주고 싶어 안달이 난 것 같아요. 병이 나은 것이 너무 기뻐서겠죠.

아빠가 내 모자 챙을 노크하듯 가운뎃손가락으로 톡톡 두드리며 말합니다.

"대신 아빠와 약속해야 한다. 하루에 한 권씩만 읽기로."

나는 얼른 고개를 끄덕입니다. 하지만 왠지 슬퍼집니다. 내 마음을 나도 모르겠어요. 퇴원을 하는 게 기뻤고, 아빠와 여행을 떠난다는 사실은 더욱 신났지요. 그런데 왜 벌써부터 자꾸만 슬퍼지는 걸까요?

'드래곤 볼'을 모두 읽으려면 42일이 걸릴 겁니다. 42일은 굉장히 긴 시간입니다. 우리는 그 동안 계속해서 여행을 할 거구요, 그리고 42일이 흘러가기 전까지는 서울로 돌아갈 수 없겠죠. 당연히 은미를 만날 수도 없을 테구요.

우리는 서점을 나와 천천히 여관을 향해 걸어갑니다.

아까처럼 아빠의 손을 잡을 수는 없어요. 아빠의 손에는 '드래곤 볼'이 가득 담긴 쇼핑백 두 개가 들려 있기 때문이죠.

"힘들지 않니?"

"괜찮아요."

"아빠가 업어주랴?"

"내가 애긴가요, 뭐."

"아빠가 널 업어주고 싶어서 그러는 거야."

아빠는 무릎을 굽혀 내게 등을 내밉니다. 솔직히 난 쬐금 지쳐 있고, 아빠도 알고 있을 겁니다. 기껏해야 소아병동 안을 걸어다닌 게 전부였으니까요.

아빠의 등이 바다보다 넓다고 생각한 적이 있었죠. 그런데 아빠의 등이 부쩍 좁아진 것 같고, 어깨뼈도 만져질 만큼 툭 튀어나와 있습니다.

"다움이가 간난애였을 때는 꼭 업어줘야 잠을 잤단다. 지금처럼 널 업고 동네를 몇 바퀴 돌아야 겨우 잠이 들었지."

난 지독한 울보였다고 엄마가 그랬어요. 나 하나 키우는 게 열 아이 키우는 것보다 힘들었대요. 그렇지만 엄마가 날 업어준 기억은 없어요.

"창피하지 않았어요, 아빠?"

"그랬을 거라고 생각하니?"

나는 대답 대신 아빠의 귀를 가만히 만져봅니다. 그리고 속으로 말합니다. 나중에요, 내가 커서 힘이 세지면 아빠를 업어줄게요.

8

아이는 툇마루에 배를 깔고 누워 '드래곤 볼'을 읽고 있었다. 7권째였고, 서울을 떠나온 이후 흘러간 날들을 의미했다.

부남에서 사흘, 환선굴이 있는 대기리에서 하루, 오래된 셔츠처럼 남루해진 사북에서 다시 하루, 그리고 정선 사락골에서 이틀째 보내고 있었다. 그 동안 아이는 미열과 구토와 설사에 시달리긴 했어도 딱히 고통을 호소하진 않았다. 고맙고 감사한 일이었다.

가능하면 아이가 소원하던 바다에 오래도록 머물고 싶었다. 그러나 피서의 절정이었고, 고작 파라솔 아래서 바라볼 뿐인 바다였으며, 하루 6만 원씩이나 하는 민박에 장기간 머물 형편이 못되었다. 아이의 건강을 위해서도 사람들로 붐비는 해변보다는 인적이 드문 쪽을 찾는 편이 나았다.

대기리와 사북을 헤매고 다니며 거처할 곳을 찾았고, 첩첩산중 사락골까지 흘러든 것은 피 노인을 만난 때문이었다.

정선 여량장에서 부식을 마련하고 그레이스를 주차해놓은 곳으로 돌아왔을 때, 아이는 노인과 함께 나무 그늘 아래 평상에 앉아 이야기를 나누고 있었다. 필경 노인에게서 받았을 성싶은 옥수수를 손에 든 채로.

"아빠, 할아버지가 옥수수 주셨어요. 먹어도 돼요?"

옥수수가 소화에 적합할까를 빠르게 생각하다 그는 이내 스스로에게 혀를 내둘렀다. 금지와 억제를 걷어내자고 수없이 다짐하면서도 번번이 그 구렁텅이 속으로 아이를 밀어넣고 있었다.

"먼저 할아버지께 고맙습니다, 해야지."

노인이 너털웃음을 터뜨리며 말을 받았다.

"벌써 열 번도 넘게 했수다. 경우가 보통 바른 아이가 아니우다."

노인은 장을 보고 돌아갈 요량으로 버스를 기다리는 듯 커다란 보따리 두 개를 발치에 내려놓고 있었다.

"영감님, 어디까지 가십니까?"

평창 방면으로 갈 예정이었고 노인은 반대 방향이었다. 그러나 예정일 뿐 반드시 가야 할 곳은 아니었다. 또한 그곳에서 용케 거처를 만나리라는 확신도 없었다.

"산에 기대 사는 늙다리라우."

노인은 산나물이나 약초 따위를 여량장에 내다 팔고 열흘치고 보름치고 양식을 산다고 했다. 중간 수집상에 넘기고 말 것을 괜한 욕심이 발동해 좌판을 벌였다가 버스만 놓쳤노라고 덧붙였다.

목적지에 도착한 노인은 팔다 남았다며 산영지 몇 송이를 내밀었다. 사양하는 그에게 차비 턱으로 생각하라는 거였다. 아들과 여행하는 게 여간 보기 좋지 않노라며 차에서 내렸다.

그는 노인의 뒷모습을 물끄러미 바라보았다. 노인이 계곡을 가로질러 놓여 있는 다리를 건너 비포장길로 접어들었을 때, 그는 노인을 불러 세웠다.

"여기서 얼마나 더 가셔야 합니까?"

노인은 가야 할 곳에 눈길을 던지며 두어 시간 계곡을 짚어 오른 곳에 산다고 했다.

"차가 갈 수 있는 길이라면 모셔다 드리고 싶습니다."

산판길이 계곡을 따라 이어져 있고, 향리에 도달하면 그마저 끊어져 산사람들이 만들어놓은 오솔길이 고작이라고 했다. 노인의 목적지인 사락골은 향리에서도 삼십 분 가량 산비탈을 올라야 하는 곳이었다. 평생 다리품 팔아 살아온 몸이니 쉬엄쉬엄 가겠노라고 말했다.

혹시 인근에 머물 곳이 있느냐고 묻자 노인은 한동안 그를 유심히 건너다보았다.

"사람 사는 데 묵을 곳이 어찌 없겠소만, 워낙 깊은 산골이라 도회지 물 먹은 사람이 거할 곳은 아니지."

"아이의 건강이 좋지 못해 요양할 곳을 찾고 있습니다."

노인은 튼실한 아이가 아닌 줄은 익히 짐작했다며 이것저것을 물어왔다. 그는 사실대로 대답했다.

사락골은 산과 산이 흘러내리다 잠시 호흡을 가다듬듯 구릉을 이룬 곳이었다. 노인이 처음 들어온 십수년 전에만 해도 여섯 가구가 화전을 일구며 살았다고 했다. 하나 둘씩 산을 떠나고 이제 노인만이 덩그러니 남아 산을 지키고 있었다.

노인은 있을 때까지 있어보라며 자신의 집 방 한 칸을 내주었다. 그래도 용케 전기가 들어와 있었고, 그게 여간 다행이 아닐 수 없었다. 아이는 요즘 컴퓨터 게임에 푹 빠져 있었다.

그렇게 시작한 산중 생활이었다. 맑고 신선한 공기, 바위 틈에서 솟아오르는 약수, 감염의 원인이 되는 사람과 부대낄 까닭이 없다는 점에서 만족스러웠다. 그들을 위해 마지막으로 예비해둔 안식의 땅인 양 여겨졌다.

아이의 입장에선 어떨까. 아이는 간혹 멍한 눈으로 산마루를 올려다보곤 했다. 고작 이틀이 지났을 뿐이었다. 그러나 자연의 깊이를 체득할 수 있기엔 어린 나이의 아이였다. 살아온 도시에 대한 미련을 꾹꾹 눌러 다스리기에도 그러할 터였다.

아이는 '드래곤 볼'을 눈에 새기기라도 하듯 천천히 책장을 넘겼다. 딱히 서둘 까닭은 없었다. 하루의 시간은 더디게 흘러갔고, 아이 역시 나름대로 그 넘쳐나는 시간의 여유를 깨달은 듯싶었다.

아이와 산책이라도 다녀올 생각으로 그는 툇마루를 내려섰다. 피 노인이 산 오를 채비를 하고 자신의 방에서 나왔다.

"무료하거든 나 따라 불당재나 가볼 텐가?"

굳이 무료한 쪽을 가려야 한다면 그가 아니라 아이였다. 무료한 아이를 위해 손을 잡고 한껏 더딘 걸음새로 오솔길을 걸으며 나무와 들꽃과 산새의 이름을 일러주고, 계곡 바위에 서로의 등을 기대고 앉아 아이가 알고 있는 동요를 부를 참이었다. 혹은 삼십 분 거리의 향리로 내려가 폐교를 찾는 것도 괜찮은 일이었다.

"준비하게."

잠시라도 아이를 떠나 있는 게 마뜩잖기에 그는 손을 내저었다. 그의 내심을 훤히 헤아리고 있다는 듯 피 노인이 아이에게 동의를 구했다. 아이는 얼마나 걸릴 거냐고 물었고, 피 노인은 두어 시간이면 돌아올 거라고 대꾸했다.

"아빠, 난 지금부터 대항해시대를 하겠어요. 아빠 올 때까지 지팡그 왕국을 찾아놓을게요."

아이는 포르투갈 황제 카를로스로부터 지팡그 왕국을 발견하라는 임무를 부여받고 있었다. 지팡그는 일본이었고, 16세기가 시대적 배경인 게임 속에서 일본은 미지의 땅이었다. 아이는 리스본에서 출항해 에스파냐 함대에 앞서 일본을 찾아내야 할 터였다.

따로 할말이 있다는 피 노인의 재촉을 받고서야 그는 집을 나섰다.

* * *

물푸레나무, 박달나무, 피나무, 고로쇠나무, 참나무, 자작나무······.

울울창창한 숲을 헤치고 피 노인의 뒷모습을 좇아 산비탈을 올랐다. 십여 분이 채 못돼 그는 헉헉대기 시작했다. 그러나 일흔 고개를 바라보는 피 노인은 숨 한번 고르지 않았다. 마치 바위산을 오르는 한 마리 산양처럼 자연스럽고 부드러웠다. 산의 틈새를 정확히 꿰뚫고 있는 듯했다.

그 틈새를 찾아 산을 오르며, 피 노인은 버섯과 약초 따위를 찾아내 등에 멘 자루 안에 집어넣었다. 몸 동작 하나하나가 산과 완벽한 조화를 이룬 듯도 했고, 어느 땐 홀연 산이 되어버린 양 신비하게 여겨지기조차 했다.

한없이 뒤처지는 그를 기다리다 다시 오르기를 몇 차례 거듭하던 피 노인이 산마루에 올라서자 비로소 자리를 잡았다. 그가 거친 숨결을 다스린 후에야 피 노인은 입을 열었다.

"내일부터는 산에 기대 살아보게나."

"아이 곁을 떠날 형편이 못됩니다."

"병원에서 도무지 손을 쓸 수 없다고 하던가?"

그는 고갯짓으로 대신했고, 피 노인은 길게 한숨을 토해냈다.

"허허, 낭패로군."

피 노인은 오랫동안 산을 굽어보았다. 그는 발치께 뻗어오른 싸릿대 가지를 부질없이 분질러뜨렸다.

바람이 산마루를 감싸며 건들 불어왔고, 동고비 한 마리가 부리나케 날갯짓을 해대며 이편에서 저편 골짜기로 넘어갔다. 저 아래 산모퉁이를 돌아 외딴집에는 아이 홀로 남아 있을 거였다.

"내가 이 산골짝까지 기어든 데는 그럴 만한 사연이 있었네."

피 노인은 열여덟 살이 되던 해부터 막장에 드나들기 시작했다. 고한, 사북, 태백 등지에 산재해 있는 탄광을 떠돈 햇수가 반평생이 될 즈음 이상 조짐이 나타났다.

호흡이 거칠어지고 온몸에 맥이 풀려 수족 놀리기조차 만만치 않았다. 몸이 붓고 체중이 줄고, 기침과 가래가 심해지더니 얼굴이 흙빛이 되고 말았다. 진폐증이었다. 석탄 가루가 쌓이면서 폐가 단단히 굳어가는 끔찍한 병이었다.

1년 남짓 입원해 있었다. 전혀 호전될 기미를 보이지 않았다. 진폐증은 치료 방법이 전무한 불치의 병이었다. 다만 합병증을 막고 급속한 악화를 방지하는 예방 조치만이 있을 뿐이었다.

퇴원을 원했다. 죽는 그날을 기다릴 바에야 병원에 있을 까닭이 없었다. 자식들의 학비는 물론 생활비마저 막막한 형편이었고, 아내의 날품으로 그날그날 연명해 나가는 처지였다. 고달픈 아내에게 병간호까지 맡길 염치가 없었다.

퇴원하여 한 달 남짓 지났을 때, 유서려니 여기라며 한 장의 편지를 써놓고 집을 나왔다. 쌀 한 말과 된장 한 종지를 갖고 사락골에 들어와 산비탈에 움막 하나를 마련했다. 바람 앞의 촛불 같은 삶이 홀연 다하면 그곳이 곧 무덤이려니 하며 죽음의 순간을 기다렸다.

쌀 한 말이 바닥이 났지만 목숨은 끊어지지 않았다. 죽음보다 허기가 절실한 문제였다. 주위에 널려 있는 산열매와 버섯으로 주린 배를 달랬다. 더러 사락골 사람들이 감자와 좁쌀 따위로 양식 보탬을 해주었다. 한 약초꾼은 폐앓이에는 독사가 최고라며 뱀탕을 끓여주기도 했다.

차츰 몸에 변화가 생겼다. 처음 사락골에 들어올 때에는 물 한 모금 마시기 위해 계곡까지 내려가는 짧은 거리조차 수십 차례 멈춰서 호흡을 골라야 겨우 가능했다. 시간이 지날수록 쉬는 횟수가 점차 줄어들었고, 살 수 있다는 희망이 커져갔다. 그러면서 식용이 가능한 모든 것을 먹기 시작했다. 약초와 산나물을 그 자리에서 생식했고, 덫을 놓아 산짐승을 잡았다. 특히 칠점사가 눈에 보이면 그렇게 반가울 수 없었다.

넉 달이 지나자 약초꾼을 따라 산에 오를 수 있을 정도로 기력이 회복되었다. 놀라운 일이었다. 현대 의학조차 손들어버린 몸이었고, 병원을 떠날 당시 60퍼센트 이상 굳어져 버린 폐였다. 산을 내려가 집을 찾았다. 시체나 수습할 생각으로 가장의 행방을 수소문했던 가족들에겐 죽었던 사람이 살아 돌아온 거였다.

"곧바로 병원을 찾았지. 내가 정말 살아난 건지 확인하고 싶었네. 한데 병원에서 뭐랬는지 아나? 당장 입원하지 않으면 위험하다고 하더구먼."

입원하는 대신 다시 사락골로 돌아왔고, 십수년째 산에 묻혀 40

퍼센트의 폐 기능만으로 살고 있었다. 그러나 어느덧 산에 익숙해진 몸은 감기 한번 안 걸리는 강골이 되어 있었다. 또한 약초를 내다 판 돈으로 두 자식을 대학까지 보냈으니 가장으로서 최소한의 도리는 한 셈이었다.

피 노인의 이야기를 들으면서 그는 줄곧 생각했다. 피 노인이 회복된 이유는 무엇일까. 눈에 띄는 대로 생식했다는 어느 약초의 신비한 효력 때문일까.

그는 마음속으로 도리질을 쳤다. 우연이고, 일종의 요행이리라. 먼 곳에서 들려오는 신기루 같은 풍문일 뿐이다. 불치병 환자에게 무엇무엇이 특효라는 식의 근거없는 낭설이 얼마나 많던가.

그 역시 사기성 짙은 유혹을 숱하게 받아온 처지였다. 굼벵이를 볶아 먹이라는 둥, 민간요법이라며 어느 약초를 어느 물에 몇 차례 끓여서 마시게 하라는 둥, 초야에 묻힌 자가 심혈을 기울여 발명했다는 신약을 복용해보라는 둥, 하다 못해 병 고침에 놀라운 능력을 지닌 자가 있다는 기도원을 찾아가 보라는 둥······.

불치병이란 현대 의학이 안고 있는 미제의 숙제일 따름이었다. 중세를 암흑기로 만들었던 페스트나 천연두를 극복해버린 것처럼, 어느 순간 백혈병도 손쉽게 치유할 날이 틀림없이 올 것이었다. 그랬다. 현대 의학이 안고 있는 당장의 무력함에 분개할지언정 의학 자체를 불신할 필요는 없었다.

"아이를 살릴 수 있다고 장담은 못하겠네. 허나 넋놓고 있을 수는 없지 않나. 내일부터 나랑 약초도 캐고 뱀도 잡고 하세."

그는 정중하게 피 노인의 제의를 사양했다.

이미 아이의 죽음을 받아들이기로 한 그였다. 인정하기 싫었지만 그게 현실이었다. 그리고 아이가 원하는 바는, 오직 자신의 곁에 아빠가 머물러 있음이리라. 그가 원하는 바 역시, 아이 곁을 떠나지 않으며 일 분을 한 시간으로 부풀려 서로를 바라보는 것이었다. 하루를 일 년처럼 여기며 사는 거였다.

* * *

그러나 이튿날부터 피 노인을 따라 산을 오르기 시작했다.

생각을 수정할 만큼 피 노인의 회복을 기이하게 받아들인 까닭은 아니었다. 아이를 살릴 수 있다는 피 노인의 말이 강렬한 유혹으로 밤새 괴롭힌 것은 사실이었지만, 그 유혹에 몸을 맡기고 싶은 생각은 애초부터 없었다.

어제 오후, 피 노인이 저녁 찬거리로 쓰라며 송이버섯과 표고버섯을 건넸다. 고추장을 살짝 덧입힌 버섯을 프라이팬에 볶았다. 아이가 그처럼 버섯 요리를 좋아할 줄은 전혀 예상치 못했다. 밥 더 달라는 소릴 해본 적이 없던 아이가 두 공기를 뚝딱 해치웠다.

놀라운 일이었다. 아니, 눈물이 날 만큼 고맙고 기뻤다. 자식의 입에 밥 들어가는 것만 봐도 배부른 게 부모 마음이라더니…….

"아빠, 버섯이 굉장히 맛있어요. 매일매일 먹었으면 좋겠어요."

산에 올라야 할 분명한 이유와 맞닥뜨린 셈이었다.

표고버섯, 알버섯, 느타리버섯, 갓버섯, 송이버섯, 노루궁뎅이버섯……. 그는 오로지 버섯을 겨냥하며 산을 헤매고 다녔다. 그러면서도 마음 한켠이 줄곧 무거웠다. 아이가 툇마루에 걸터앉아 자신을 기다리고 있다는 생각에 자주 산 아래를 굽어보곤 했다.

산에 오른 지 이틀째 되던 날, 앞서 있던 피 노인이 그를 불렀다.

"이게 뭔 줄 아는가? 살아서 천년, 죽어서 천년 간다는 주목일세.

재앙을 막아준다는 속설이 있으니 방에 놔두게나."

아이는 우윳빛을 띤 주목 토막을 이리저리 살펴보더니 말했다.

"내 마음대로 해도 돼요?"

"물론이지."

"그럼 이걸로 장난감을 만들래요. 맥가이버칼을 빌려주세요."

주목은 질감이 무르고 결이 부드러워 조각을 하기엔 그만이었다. 그러나 혹시 손이라도 베면 큰일이었다. 혈소판이 부족한 까닭에 좀처럼 지혈이 되지 않을 터였다.

그는 즉시 아이와 함께 여량에 나가 조각칼 한 세트와 사포를 샀다. 남은 시간을 떠올리면 무엇인가를 새로이 익힌다는 것은 부질없는 일이었다. 하지만 그는 조각이 아이의 마음을 사로잡길 간절히 바랐고, 아이는 '드래곤 볼'과 '대항해시대'보다 조각에 더 열심이었다.

그는 둥지에 먹이를 물어다 나르는 어미 새처럼 주목 토막을 찾아내 아이에게 건네주었다. 베고 자르고 사포로 윤을 내며 아이는 조각을 익혔고, 이내 뛰어난 소질을 보였다.

골짜기와 산마루를 넘나들기 일주일째였다.

박지산 팔부 능선쯤, 두 개의 바위가 시옷 자 형태로 맞물려 사람 하나 들어가 앉을 만한 공간을 이루고 있었다. 비 긋기에 맞춤인 곳이려니 생각하며 지나치려는데 무엇인가 그의 눈길을 사로잡았다. 중개 크기의 짐승의 뼈였다. 뼈의 형체는 고스란히 남아 있었고, 머리뼈가 다리 위에 얹혀진 채 밖을 향해 있었다.

노쇠한 코끼리가 무리를 떠나 죽음의 동굴로 향하는 것처럼 스스로 마지막 순간을 알고 죽음의 장소로 기어든 것이리라. 그리고 천천히 죽어갔겠지. 먹고 마시고 번식했던 세상을 굽어보면서.

홀쩍 지나치면 그만이었다. 하지만 그는 넋을 놓고 짐승의 잔해를 바라보았고, 내부로부터 슬픔이 연기처럼 피어올랐다. 그 역시 죽음의 땅을 찾아 사락골까지 흘러든 셈이었다.

"노루로군."

언제 다가왔는지 피 노인이 그의 등 너머로 말했다.

"뼈가 천지사방 흩어지지 않은 걸로 봐서, 다른 짐승한테 해 입지 않고 살이 그대로 뼈에 삭아내린 모양일세. 이만하면 최상품에 속하지. 노루 뼈를 푹 삶아 국물을 내면 곧 노루 사골인 셈인데, 관절통에는 즉효라네."

오랜 항암제 복용이 아이의 뼈를 약하게 만들었고, 아이의 팔다리를 주물러주는 그를 자주 보아온 터라 피 노인은 진작부터 노루 뼈를 찾고 있었노라고 덧붙였다.

피 노인은 마치 범죄 현장에 출동한 노련한 감식반원처럼 뼈 조각 하나하나를 꼼꼼히 집어들어 자루에 담았다. 노루의 가련한 최후가 자꾸만 눈앞에 어른거려 피 노인을 만류해보았지만 소용없었다.

피 노인은 쇠뼈를 삶은 거라며 하루에도 수차례씩 노루 사골을 아이에게 먹였다. 즉효라는 말대로 사나흘 지나자 아이는 팔다리의 통증을 호소하지 않았다.

그뿐이 아니었다. 하루가 다르게 아이의 얼굴에 뽀얗게 살이 올랐다. 식욕이 좋아졌고, 구토와 설사가 멎었고, 급작스런 발열과 잇몸 출혈과 경련 증세가 나타나지 않았다. 밤새 수없이 뒤척이며 깨어나는 일도 사라졌다.

놀라운 일이었다. 완치가 아닌 백혈암세포의 수치만 떨어뜨렸을 뿐이었다. 따라서 언제 어떻게 악화될지 모르는 시한폭탄을 안고 살아가고 있는 아이였다. 그러나 아이는 분명 예전의 모습이 아니었다.

그 자신의 판단력이 턱없이 흐려져 버린 것은 아닐까, 하루에도 몇 번씩 의구심이 고개를 들었다. 그때마다 아이의 귀밑을 만져보곤 했다. 귀밑 임파선 부분이 부어올랐다면 눈에 보이는 호전의 기미는 덧없는 것이었다.

그러나 떨리는 그의 손끝에 만져지는 것은, 어쩌면 아이가 기적적으로 소생하고 있는지도 모른다는 설레임이었다. 당장이라도 병원으로 달려가 아이의 상태를 체크해보고 싶었다.

희망을 버리지 않는 한, 사람은 죽지 않는다.

한동안 잊고 있었다. 아니, 한동안 그 엄격한 사실을 부인해왔다. 단지 아이가 고통 없이 최후를 맞길 원하였을 뿐이었다. 그러나 아이의 상태는 날로 좋아지고 있었다. 이젠 누가 봐도 정상인 아이처럼 보였고, 피 노인 역시 그 사실을 인정했다.

"자네 정성에 하늘이 감동했구면."

피 노인이 그러했던 것처럼 닥치는 대로 아이에게 먹이기 시작했다. 약초를 찾아 진종일 산을 헤매고, 삼지구엽초를 따기 위해 가파른 절벽을 기어오르면서도 힘든 줄 몰랐다. 독사를 보면 겁도 없이 냉큼 손부터 내밀고 봤다.

9

한 달이 훌쩍 흘러갔습니다.

그새 여름은 인사도 없이 사라졌구요. 아침 저녁으로 서늘한 바람이 불어오고, 박지산 꼭대기에는 울긋불긋한 나무들이 보입니다.

"가을인 듯하면 어느새 겨울로 넘어가는 게 산골의 날씨란다."

할아버지의 말이었죠. 겨울은 굉장히 길고 춥대요. 눈이 한번 내리기 시작하면 처마 밑까지 쌓인다나요. 그럴 땐 며칠 동안 집안에 꼼짝없이 갇혀 있어야 하구요.

눈이 내리기 전까지는 서울로 돌아갔으면 해요. 눈 구경도 좋긴 하지만 갇혀 지내는 건 딱 질색이에요. 또 언제까지 학교를 빼먹을 수도 없는 일이잖아요.

아빠는 지금 부엌에서 뱀탕을 끓이고 있습니다.

아, 끔찍한 뱀탕.

난 벌써 무시무시한 독사를 오십 마리쯤 먹었어요. 생각해봐요, 열 살짜리 꼬마가 그 많은 뱀을, 그것도 하루도 빠짐없이 먹는다는 게 말이나 되겠어요.

아빠는 닭을 푹 고아 만든 삼계탕이라고 했지요. 처음엔 그런 줄 알았고, 맛도 삼계탕과 똑같았답니다. 그런데요, 난 닭다리를 무척 좋아하는데 아무리 뒤적거려도 닭다리는커녕 살코기 한 점 찾을 수가 없었어요. 그냥 멀건 국물뿐이었죠. 아빠 혼자서 살코기를 몽땅 먹어치울 리도 없는데 이상하잖아요.

며칠 전 살금살금 부엌으로 가보았지요. 으악. 기절할 뻔했어요. 아빠가 장작불 위에 올려진 항아리 안에 기다란 나무젓가락으로 뱀을 넣고 있지 않겠어요? 그것도 살아서 꿈틀거리는 뱀을 말예요. 그러니까 아빠는 매일매일 날 혼자 두고 그깟 뱀이나 잡으러 다녔던 겁니다. 그리고 난 징그런 뱀을 매일 먹었던 거구요.

거짓말쟁이 아빠.

난 당장 화를 냈고, 다신 뱀탕을 먹지 않겠다고 소리쳤어요. 아빠는 미안하다고 사과를 했습니다. 하지만 무슨 일이 있어도 뱀탕을 먹어야 한다는 거예요. 내 건강이 좋아진 건 순전히 뱀 때문이라면서요.

뱀을 먹는다고 과연 건강이 좋아질까요? 믿을 수 없어요. 솔직히 내 몸이 튼튼해진 것은 사실입니다. 지금 같아선 아빠 따라 박지산 꼭대기도 냉큼 올라갈 자신이 있어요. 아무리 그래도 뱀은 너무해요.

아, 끔찍한 뱀탕. 그리고 고집쟁이 아빠.

퇴원한 후 아빠는 내가 원하는 건 모두 들어주고 있어요. 그런데 뱀탕만큼은 도대체 양보를 하지 않아요. 병원에서 약을 먹일 때와 똑같습니다. 결국 난 아빠한테 두손 들고 말았어요. 아빠가 고집불통이 될 때는 다 이유가 있을 테니까요.

나는 지금 조각을 하고 있답니다. 벌써 꽤 많은 완성품을 만들어냈어요. 정말 아빠 말처럼 조각에 소질이 있나봐요. 다람쥐, 토끼, 십자가, 성호의 얼굴, 그리고 꽃핀을 머리에 꽂은 은미의 모습…….

이번에는 아빠 차례예요. 사실은 제일 먼저 아빠의 얼굴을 조각하고 싶었답니다. 하지만 꾹 참았어요. 내 실력이 좋아질 때까지요. 내일이면 완성이 됩니다. 아빠한테 선물을 해야죠. 그리고 약속을 받아낼 거예요. 무슨 일이 있어도 주머니에 넣고 다녀야 한다구요.

아빠가 커다란 사기 그릇에 든 뱀탕을 갖고 들어옵니다. 나에게 들킨 후론 삼계탕이라고 하는 대신 약이라고 부르죠. 약은 도리없이 먹어야 하는 거니까요. 어쨌든 공포의 순간이죠.

나는 시치미를 뚝 떼고 아빠의 얼굴 중 코 근처를 사포로 반질반질하게 문지릅니다.

"다움이는 아무래도 커서 조각가가 돼야겠구나."

내 생각은 달라요. 절대로 조각가는 되지 않겠어요. 조각이나 그림이나 비슷한 거잖아요. 그럼 화가인 엄마를 닮았다는 소리를 듣게 될 테구요. 난요, 시인이 될 생각은 있어요. 아빠처럼요.

아빠는 계속해서 내 솜씨를 칭찬합니다. 아빠의 칭찬 속에는 뱀탕을 먹이려는 속셈이 숨어 있답니다.

"약 먹어야지."

난 못 들은 척 계속 사포질을 합니다.

아빠가 내 머리를 쓰윽 쓰다듬습니다. 이젠 머리칼이 많이 자라 빡빡 알머리는 면했답니다. 거울을 보면 오랜만에 내 진짜 얼굴을 되찾은 듯해 웃음이 절로 나옵니다. 어서 빨리 머리칼이 자라서 아빠가 마음껏 내 머리칼 속에 손을 넣고 흔들어댔으면 해요. 아빠가 아주 좋아하거든요.

"자, 어서 후룩 마시고 향리에 가보자."

꼭 이렇다니까요. 좋은 것과 싫은 것을 동시에 내놓는 아빠죠.

향리까지는 반 시간 정도 비탈길을 내려가야 합니다. 향리에는 폐교가 있습니다. 폐교에 가서 지내는 것이 재밌어요. 학교 전체를 나 혼자 다 차지한 듯해 기분이 째집니다. 사흘에 한 번꼴로 향리에 가곤 하지요. 매일매일 가고 싶지만, 산에 들어가 버섯도 따고 뱀도 잡느라고 바쁜 아빠랍니다.

코를 막고, 눈도 감고 뱀탕을 마십니다.

내 마음만 그럴까요, 사람 마음이 다 그럴까요? 하여간 참 웃겨요. 뱀탕인 줄 몰랐을 때는 맛 좋은 국이었거든요. 이젠 보기만 해도 구역질이 나요. 하지만 꾹 참고 마지막 국물까지 마셔버립니다. 그래야만 아빠 마음이 편할 테니까요.

* * *

덥지도 춥지도 않은 날씨가 마음에 듭니다. 코끝을 스치는 산들바람과,

파란 물감으로 색칠해놓은 듯 푸르고 높은 하늘도 그렇구요.

아빠의 손을 잡고 계곡을 따라 내려가는 동안 오솔길 양편으로는 온갖 꽃들이 산들바람에 꽃대롱을 흔들며 사흘치 인사를 몰아서 합니다. 구절초, 쑥부쟁이, 잔대, 마타리, 곤달비, 참취…… 숲과 계곡에는 박새, 곤줄박이, 청호반새, 물까마귀, 동고비, 오목눈이들이 후룩후룩 날아다닙니다. 청설모와 다람쥐들은 나무와 나무 사이로 건너뜀을 해대며 우리를 빠끔히 바라봅니다.

아빠가 하나하나 꼽아가며 가르쳐줍니다. 아빠는 꽃들이고 새들이고 모르는 게 없답니다.

교문 앞에는 안내판이 세워져 있습니다. 89년 두 명의 졸업생을 마지막으로 폐교가 되었다고 씌어 있으니 꼬박 10년이 된 셈이죠. 아빠 말에 의하면 화전을 하던 주민들이 도시로 떠났기 때문에 문을 닫은 거래요. 그러니까 학교는 내가 태어나기도 전에 없어진 겁니다.

그래도 운동장에는 미끄럼틀과 철봉과 시소와 축구 골대가 남아 있답니다. 교무실 앞 꽃밭에는 해바라기와 맨드라미가 아직도 피어 있구요. 물을 주고 풀을 뽑아주었을 당번 아이들이 모두 떠났지만, 옛날을 잊지 못하고 저절로 싹 트고 저절로 꽃 피는 모양입니다.

또 교실 벽 낙서도 그대로예요.

영석이 바보. 병태 더 바보. 낙서를 볼 때마다 슬퍼져요. 영석이도 병태도 나처럼 쓸쓸했을 거라는 생각이 들거든요. 그래서 며칠 전에는 내 이름을 써넣었답니다. 아주 조그만 글씨로요.

우리는 우선 철봉대로 갑니다. 아빠는 나에게 또 철봉을 시켜보고 싶은 거지요. 소용없을 게 분명해요. 번번이 철봉에 매달렸지만 이제까지 단 한 번도 못해봤거든요.

"숨을 크게 들이마셔. 그리고 숨을 멈춘 다음, 배에 힘을 팍 주고 해보는 거야."

아빠는 내 허리를 받쳐 철봉을 잡을 수 있게 합니다. 옳지, 옳지, 조금 만 더. 아빠의 응원 소리가 쩡쩡 운동장에 울려퍼집니다.

아, 이게 웬일입니까. 난 드디어 해냈어요. 성공입니다.

"잘했어. 잘했어."

아빠가 땅바닥에 무릎을 꿇은 채 나를 덥석 껴안습니다. 숨이 막힐 정 도로 꼬옥 말예요. 난 아빠의 어깨에 턱을 기댄 채 말합니다.

"다음 목표는 두 개예요."

"그 다음 목표는 당연히 세 개구."

아빠가 활짝 웃습니다. 그러나 아빠의 두 눈에는 물기가 그득 담겨 있 어요. 너무 기쁘면 울게 된다더니, 그 말이 맞는가봐요. 사실은 나도 코끝 에 얼음 주머니를 갖다댄 것처럼 싸하거든요.

운동장을 가로질러 국기 게양대를 지나 교실로 들어갑니다. 교실은 모 두 세 개. 그 중 가운데 3, 4학년이 함께 사용했던 교실을 택합니다. 당연 하지 않겠어요? 난 누가 뭐래도 3학년이 분명하니까요.

교실을 빙 둘러봅니다. 사흘 전과 달라진 것은 없어요.

교실 뒤편에 쌓아둔 책상과 걸상도 그대로, 청소함 위에 올려놓은 옆 구리가 움푹 들어간 노란색 주전자도 그대로, '우리들의 솜씨'에 붙어 있 는 그림들도 그대로……. 하긴 이 깊은 산골에, 그것도 버려진 학교에 설 마 누가 올까요. 그러니까 10년이 지나도록 옛날 모습 그대로 있는 거겠 지요.

아빠는 언제나처럼 책상과 걸상을 칠판 앞까지 가져와 나를 앉도록 합 니다. 이제부터 아빠는 선생님이 되고, 난 착한 어린이가 되는 거죠.

아빠가 마룻바닥 틈새에 끼어 있던 몽당 분필을 꺼내 칠판에 분수 곱 셈 다섯 문제, 분수 나누기 다섯 문제를 적어놓습니다. 그거야 식은죽 먹기죠. 6학년 형들의 방정식 문제도 척척 풀 수 있는 수학 박사가 바로 나거든요.

수학은 참 재밌어요. 그런데 은미는 수학이 싫대요. 너무 어려워서 골치가 아프다나요. 그래서 내가 말해줬죠. 숨은 그림 찾기랑 똑같아. 한번 찾아내면 저절로 눈에 보이는 것처럼, 수학도 그래. 한 번만 푸는 방법을 알면 다른 문제는 저절로 풀려.

은미는 영리하니까 내 말을 알아들었을 거예요. 그런데 은미는 지금 뭘 하고 있을까요? 내 생각을 하긴 할까요?

은미에게 편지를 쓰고 싶어요. 편지 내용은 벌써 다 생각해두었어요. 은미야, 난 너무너무 잘 지내고 있다, 라고 시작할 거예요. 은미네 집 주소를 알아오지 않은 게 실수예요. 속이 상해요. 교회로 보내면 틀림없이 은미가 받아볼 수는 있겠죠. 하지만 다른 애들에게 내 마음을 들켜버릴 거예요.

"이번 문제는 굉장히 어려워요. 풀 수 있는 어린이는 손을 들어요."

아빠는 진짜 선생님처럼 교탁을 한 손으로 짚고 말합니다. 나는 얼른 오른손을 번쩍 듭니다.

"정다움 어린이."

아빠가 선생님이었다면 틀림없이 인기 캡인 선생님이 되었을 거라고 생각해요. 내 마음을 나보다 더 잘 아는 아빠니까 다른 아이들의 마음도 그렇겠죠.

열 문제를 암산으로 다 풀어 답을 적고는, 아빠가 백점이라고 점수를 발표하기를 기다립니다.

"원숭이도 나무에서 떨어지는 날이 있구나."

이럴 수가…… 그만 마지막 문제를 틀리고 말았어요.

바보, 멍청이, 돌대가리. 어떻게 약분을 잊어버릴 수가 있어. 내 자신에게 마구 화가 납니다.

난요, 다른 아이들보다 못하는 게 너무 많아요.

달리기를 하면 꼴찌는 맡아놨죠, 미끄럼틀도 못 올라가죠, 축구는 아예
끼워주지도 않죠, 턱걸이도 간신히 한 개를 했을 뿐이잖아요. 그리고 키
도 작고 힘도 약하고, 걸핏하면 아파서 병원에 입원이나 하고……. 그러
니까 공부라도 잘해야 한다고, 공부만큼은 누구한테도 질 수 없다고 결심
을 했어요.

제4장 낮 달

1

모든 게 다 괜찮았다, 어제까지는.

굳이 모든 게 다 괜찮을 필요는 없었지만, 아이의 회복 사실 하나가 곧 모든 것이기도 했다. 그는 참으로 오랜만에 살아 있음을 실감했다. 오늘에 감사했고, 기대할 수 있는 내일을 벅찬 감격으로 받아들였으며, 세상과의 끈질긴 불화가 훌쩍 해소된 느낌이었다.

머지않아 아이가 다시 학교를 다닐 수 있으리라 믿었다. 서울로 돌아갈 필요까진 없었다. 정선의 초등학교로 전학시키고, 운동장 한구석 왕벚나무 그늘에 앉아 아이의 하교를 기다리는 자신의 모습을 떠올려보며 그는 홀로 미소짓곤 했다.

번역을 재개하면 아이의 양육 정도는 염려할 바가 아니었다. 둘이 생활하기엔 과분할 정도로 많은 돈을 벌게 되리라. 어쩌면 다시금 시를 쓸 수 있을지도 모른다는 생각을 문득문득 했다.

곧 세상에서 가장 행복한 아들과 아버지가 되리라. 가을날의 넉넉한 햇살 아래서 펼쳐보는 동화책의 한 장면처럼, 근심도 슬픔도 안타까움도 없는 날들이 속히 다가오리라.

그 모든 것이 착각이었을까. 한순간의 신기루, 꺼져가는 촛불의 마지막 휘황찬란한 발광, 희망을 믿는 한 죽지 않는다는 오만한 자기 최면, 혹은 운명의 조율자가 던져준 값싼 위로나 최후의 동정이었을까.

그는 벽에 등을 기댄 채 서서 굳게 잠긴 중환자실 철문을 노려보고 또 노려보았다. 다시는 찾지 않겠노라 다짐했던 병원에, 그것도 응급실을 거쳐 중환자실에 아이를 입원시킨 직후였다.

병원을 벗어난 지 꼭 36일 만이었다. 그 세월뿐이었다. 고작, 고작······.

아이는 어제 오전까지 조각에 몰두해 있었다. 두 팔을 펼친 예수상은 미완인 채였다. 읽지 못한 여섯 권의 '드래곤 볼'이 남아 있었다. 아이는 끝내 예수상을 완성치 못할지도, '드래곤 볼'의 마지막 역시 볼 수 없을지도 몰랐다.

어제 저녁부터 아이에게 이상 조짐이 나타났다.

갑작스런 일이었다. 아무런 예고도 없이 불시에 문을 두드리는 방문자였다. 마음의 준비 따위는 애초에 상관없다는 듯 그렇게 졸지에 아이는 나락으로 떨어졌다.

산을 내려왔을 때, 언제나 사립문 앞에서 그를 마중하던 아이는 잠들어 있었다. 아이를 깨워 버섯죽을 먹였다. 여느 날과 달리 통 먹질 못했다. 낮잠을 너무 많이 자서 골치가 아프다고 했다. 그러면서 상을 물리기 무섭게 또 잠으로 빠져드는 아이였다.

이마를 짚어보니 제법 열이 올라 있었다. 감기일까. 단순히 감기라고 해도 좋을 건 없었다. 감기가 폐렴으로, 폐렴이 호흡부전으로 진전될 가능성이 높았다. 그럼에도 부디 감기에 불과하길 간절히 원했다. 감기라면 적어도 최악의 경우는 아니었다.

그는 주체할 수 없을 정도로 떨려오는 손으로 아이의 귀밑을 만졌다. 어제만 해도 멀쩡하던 임파선 부위가 부어 있었다.

아니다. 이건 현실이 아니다. 단지 몹쓸 꿈을 꾸고 있을 뿐이야.

그는 신명든 주술사처럼 속말을 되뇌며 겨드랑이와 사타구니를 어루만졌고, 방을 나와 툇마루에 무너지듯 주저앉았다.

망연히, 성급하게 찾아드는 첩첩산중의 어스름을 바라보았다. 어느 골짜기에선가 배고픈 소쩍새가 울어댔다. 우수수, 가을 채비를 서두르는 나무들이 잎사귀 털어내는 소리가 아우성으로 들려왔다.

재발, 재발이었다.

아주 잊어버린 듯하던 백혈병이었다. 그런데 그 돼먹지 못한 저주의 손아귀에 아이가 다시금 휘어잡힌 거였다.

얼마나 많은 시간들이 그의 내부를 꿰뚫고 찢어발기고 짓밟고 무너뜨렸을까. 그는 일어서 비척거리며 방으로 들어갔다.

아이는 잔뜩 허리를 옹송그린 채 잠들어 있었다. 아이의 목 주위 옷깃이 안으로 접혀 있었다. 그게 못 견디도록 화가 났다. 그게 눈을 뗄 수 없을 만큼 마음에 걸렸다. 사소하고도 사소하여라. 사소한 것에 매달리는 스스로에게 혀를 내두르면서도 그는 옷깃을 빼내 반듯하게 폈다.

"…… 다움아!"

목이 메어 더 부를 수 없기에 아이의 어깨를 흔들었다.

"아빠, 괜찮아요. 졸려서 그래요."

아이는 슬며시 미소짓고는 이내 눈을 감았다.

그러나 다시는, 아이의 눈이 열리지 않았다. 안아 일으켜도 물에 젖은 자루처럼 축축 처졌고, 빠르게 체온이 상승하며 오한으로 부들부들 몸을 떨었다.

아, 그는 아이의 머리맡에 앉아 아이처럼 눈을 감았다.

원한 바대로 되었는지도 모른다. 재발하기 전까지 고통없는 날들을 보내기를 원했고, 마지막 순간이 고요히 찾아오길 소원했다. 실제로 맑은 시냇물 속을 들여다보고 있는 듯한 나날이었다. 잠든 채 문득 세상과 이별한다면 그 또한 소원한 바대로였다.

그러나…….

그는 아이를 들쳐업었다. 방문을 박차고 밖으로 나왔고, 비탈길을 달려 내려가면서 소리치기 시작했다.

다움아, 제발 이러지 마. 널 이대로 보낼 수는 없다. 아직은 아니야. 우리 반 년만 더 살자. 아니, 석 달만. 그것도 안되면 이 가을이 지나갈 때까지만이라도 좋아. 그래, 우리 조금만 더 살자. 그렇게 힘든 일도, 그렇게 어려운 일도 아니잖니. 우리, 우리 조금만 더 살아보자.

그레이스를 세워둔 향리까지 어떻게 달려 내려왔는지 기억조차 없었다. 이럴 줄 몰랐냐? 이럴 줄 모르고 첩첩산중까지 기어들어 살았던 거야? 줄곧 후회와 자책과 탄식의 길이었다. 향리에 다다랐을 때에야 비로소 피 노인이 뒤따라온 것을 알아차렸다.

정선의 병원에 이르렀을 때 아이는 혼수상태에 빠졌다. 몸은 불덩이처럼 달아올랐음에도 입술은 새파랗게 질려 있었고 경련을 일으켰다. 산소 마스크가 씌워졌다. 당장 큰 병원으로 옮겨야 한다는 의사의 말에 따라 앰뷸런스에 실려 원주로 향했다.

원주 병원의 응급실에 도착했을 때부터 아이의 맥박이 점차 희미해졌고, 급기야 오실로스코프에 굴곡 없는 실선이 나타났다.

"씨피알, 씨피알!"

당직 의사의 고함 아닌 비명. 우르르 몰려든 의사들에 의해 아이의 가슴에 전기 충격장치가 올려졌다. 전기 충격을 가할 때마다 깃털처럼 가벼운 아이가 풀썩 튀어올랐다. 충격장치가 놓여졌던 가슴팍에는 불에 덴 듯 벌겋게 낙인이 찍혔다.

응급실에 머문 열두 시간 동안 아이는 두 차례 더 심폐소생술을 받고 중환자실로 옮겨졌다. 호흡은 겨우 가닥이 잡혔지만 잠시도 안심할 수 없는 혼수상태가 이어지고 있었다.

울고 싶은 자 울어야 하는 법. 목놓아 꺼억꺼억 울어도 좋을 자신이었고, 누가 뭐랄 사람 없는 중환자실 앞이었다. 그런데 눈물 한 방울 흘러내리지 않았다. 가슴속에는 온갖 감정들이 들끓고 있건만 그것을 쥐어짜 한 방울 눈물조차 만들어낼 재간이 없었다.

어쩌자고, 어쩌자고, 어쩌자고……

차라리 뼈가 산산조각 으스러지도록 중환자실 철문에 주먹질을 해대고 싶었다. 아이의 운명에 대해서, 세상에 대해서, 아니 아버지라는 이름의 스스로에 대해서.

* * *

"뭘 좀 먹어야지."

구내 식당에서 돌아온 피 노인의 말이었다.

꼬박 세 끼를 굶었지만 전혀 허기를 느낄 수 없었다. 허기조차 사치였다. 허기에 시달린다손 훌쩍 중환자실 주위를 떠날 입장이 아니었다.

"육개장이 그냥저냥 먹을 만하더군. 여기엔 내가 있을 테니 다녀 오시게."

"영감님, 돌아가셔야죠?"

"나야 산 오르는 외에 별일 있는가. 오늘 못 오르면 내일 하면 되는 거구, 내일 못 가면 또 어떠하리."

피 노인이 육개장이라고 적힌 식권을 그의 손에 쥐어주며 등을 떼밀었다. 그가 생각없노라며 되풀이 말해도 막무가내였다.

"자네가 먼저 기운을 차려야지, 자네마저 이러고 있어서야 될 말인가."

구내 식당은 한가했음에도 그는 구태여 구석 자리를 찾아들었다. 육개장은 도무지 무슨 맛인지 알 수 없었다. 우격다짐으로 모래알을 입 안에 쑤셔넣고 있는 느낌이었다. 아이는 삶과 죽음 사이에서 위태로운 줄타기를 하고 있었다. 아버지는 그래도 살겠다고 꾸역꾸역 육개장을 삼키고 있었고. 그 사실이 놀랍고 끔찍하고 참담했다.

그토록 기를 쓰고 쑤셔넣었지만 절반 이상을 남긴 그는 매점에서 담배와 라이터를 산 후 병원 건물을 빠져나왔다.

서둘러 중환자실 복도로 달려가야 옳았다. 정해진 면회 시간 외에 달리 아이를 만날 길이 없긴 하지만, 행여 아이가 깨어나 그를 찾을지도 모를 일이었다. 그럼에도 그는 병원 담을 따라 이어진 길로 들어섰다.

길이 끝나는 곳에 벤치가 있었고, 맞은편 벽돌 건물 위에 불 밝힌 십자가가 보였다. 기독교 계통의 병원인 만큼 교회가 들어와 있는 게 별스러운 일일 수 없었다.

그는 벤치에 앉아 십자가에 눈길을 고정시킨 채 담배를 물었다. 연기를 들이마실 때마다 쿨럭쿨럭 격렬한 기침이 터져나왔다. 산에 들어간 이후 입에 대지 않던 담배였다. 아이가 원한 바였다.

"아빠가 담배 피우는 걸 보면 자꾸만 슬퍼져요."

예전 아내도 그랬다. 물론 아내는 슬픔 따위를 이유로 들지 않았다. 담배 연기가 역겹다고 했을 뿐이었다. 역겨운 것은 담배가 아니라 그 자신이었을지도 모른다. 그러나 아내가 떠난 후 지금까지, 자신의 무엇이 아내를 역겹게 만들었는지 알 수 없었다.

사랑에 빚진 자로 살아가길 원치 않았다. 유년 시절의 어둡고 막막한 통로를 외톨박이인 채로 지나왔다. 버림받은 영혼이었고, 고달픈 세상살이였다. 하지만 아무렇게나 허적허적 살며 아무에게나 기대고 싶지는 않았다. 숱한 사랑을 경험하기보다는 주어진 하나를 깊이 사랑하게 되길 희망했다.

세상 어딘가에는 자신의 사람이 하나쯤 존재하리라 믿었으며, 아내를 만났다. 아내에게 받는 사랑이 다섯이라면 열쯤을 사랑해야 한다고 다짐했다. 그리고 아이가 태어났다. 서른다섯 해 동안 그렇게 두 사람만을 사랑했다.

아내가 떠났을 때, 그는 망망한 우주 공간으로 내몰린 떠돌이별이라도 된 느낌이었다. 사랑의 무력함을 원망하고 저주하기도 했다. 그렇다고 세상의 끝은 아니었다. 아이가 있었고, 살며 사랑해야 할 모든 이유가 아이에게로 흘러갔다. 그런데 마지막 사랑조차 곁을 떠나려 하고 있었다.

그는 담배를 거푸 피워대다 불현듯 자리를 박차고 일어섰다. 그리고 허적허적, 교회를 향해 걸어갔다.

교회 안은 어둡고 고요했으며 예배자의 모습은 보이지 않았다. 중앙 강대 오른편에 커다란 십자가가 걸려 있었고, 촉수 낮은 조명이 천장에서 십자가를 겨냥해 내려비쳤다. 의자 사이의 통로를 따라 십자가를 향해 걸어갔다. 걸음을 옮길 때마다 바닥에 신발 끌리는 소리가 고요한 실내에 울려퍼졌다.

그는 십자가 아래 무릎을 꿇었다. 삶을 조율하는 절대자가 하나님이라면, 아이가 믿는 바대로 전지전능한 하나님이라면 따져 묻고 싶었다.

불쑥 눈물이 터져나왔다. 의도하지 않았다. 의도라니, 눈을 부릅뜨고 십자가를 노려보려 했다. 그런데도 뜨거운 눈물이 저절로 흘러 뺨을 적셨다. 죽어가는 아이 앞에서도 차마 흘리지 못한 눈물이 맥없이, 주체를 못하고 자꾸만 흘러내렸다.

하나님! 그래요, 나는 당신을 모릅니다. 당신에게 어떻게 말해야 하는지도 알지 못합니다. 그러나 내 아들은 당신을 알고 있습니다. 아이는 밥상 앞에서 어김없이 감사의 기도를 합니다. 잠들기 전에도 기도를 잊는 법이 없습니다. 내가 당신을 믿지 않는 게 아이에겐 크나큰 걱정거립니다. 그렇습니다. 아이의 생각을 송두리째 사로잡고 있는 당신입니다. 그것이 옳은지 어떤지 나는 모릅니다. 다만 아이의 믿음을 막고 싶은 생각은 없습니다. 아이가 원한 바였으므로…… 하지만 당신은 잔인합니다. 당신은 냉혹한 심판자입니다. 내게 남은 건 오직 아이뿐인데, 왜 그 마지막 소망마저 거둬가려 듭니까. 내가 너무 많은 것을 원하고 있습니까. 내 소망이 그리도 지나친 욕심입니까…… 아시잖습니까. 지금까지 투병의 고통 속에서만 살아온 아이입니다. 웃음보다는 눈물에, 기쁨보다는 슬픔에 휩싸여 이제껏 겨우겨우 견딘 가련한 아입니다. 다른 아이들이 당연히 누릴 수 있는 권리조차 포기해왔습니다. 엄마는 아이를 버렸고, 아버지는 무능하기 짝이 없습니다. 그리고 줄곧 아이의 삶을 외면해온 당신입니다. 당신을 믿고 의지해온 아이에게 말입니다. 아이에 대한 당신의 처사는 이해할 수 없습니다. 부당합니다. 억울합니다……. 이제, 아이의 믿음이 옳았기를 바랍니다. 공평의 하나님이길 바랍니다. 당신이 진정한 절대자였으면 합니다. 그 절대적인 힘으로 아이를 살려낼 수 있으리라 믿고 싶습니다……. 아이를 살려주십시오. 당신을 모르고, 어쩌면 앞으로도 내내 그럴 수 있습니다. 하지만 아들의 믿음과, 아버지의 기원으로 당신에게 말합니다. 아이를 살려주십시오……. 믿음 없는 자에게 대가를 요구한다면 차라리 내 목숨을 거둬가십시오. 기꺼이 아이를 대신하겠습니다. 아이 외에는 세상에 소망 둘 곳을 잃은 자입니다. 하지만 아이는 다릅니다. 꿈이 얼마나 많은지 모릅니다. 그리고 세상을 사랑합니다. 대단히 영리하고 맑은 영혼을 소유하고 있습니다. 나를 대신하십시오. 그리고 아이를 살려주십시오. 부디, 부디…….

2

"정다움 어린이 보호자 되시는 분, 강대호 과장님 면회입니다. 보호자께서는 이백칠 호실로 가세요."

중환자 보호자 대기실 벽에 달린 스피커에서 흘러나온 말이었다.

중환자실에 입원한 지 이틀 밤낮이 지나고 다시 아침이었다. 지나치게 큰 신발을 신고 진창 속을 헤매는 양, 시간은 끔찍하리만큼 더딘 속도로 지나갔다.

아이는 여전히 혼수상태인 채 격리되어 있었다. 의식은 영원히 잠든 듯 깊은 미궁 속이었고, 육체 역시 숱한 의료기기로 실낱 같은 생명을 유지하고 있었다. 정맥주사를 통해 끊임없이 항생제가 몸속으로 흘러들었고, 가슴에는 심전도를 체크하는 선이 이어져 있었다. 벌거벗은 아랫도리에는 소변을 뽑아내기 위한 도뇨관이 연결되었으며, 산소를 공급하는 두 가닥 관이 콧속 깊이 박혀 있었다.

그는 아이 곁을 지키지도 못한 채 오직 하루 두 차례의 면회만을 기다렸다. 삼십 분의 면회. 아이의 손을 붙잡고 아이의 볼을 어루만지고 아이의 이름을 불러보며…… 그리고 기적을 소원했을 뿐이었다.

207호로 가는 동안 온갖 생각들이 떠올랐다. 그러나 대부분 방정맞은 생각들이었고, 그런 자신에게 울컥 화가 치밀었다.

"더 두고 봅시다. 아직 뭐라고 단정해 말씀드릴 수 없군요."

회진을 마치고 나오는 강 과장을 문가에서 기다리다 아이의 상태를 물었고, 강 과장의 대답은 매번 그런 식이었다. 참으로 무심한 태도였다. 한마디 말이라도 더 듣고 싶어하는 보호자의 심정 따위에는 이미 무감각해진 탓일까.

왜 진작에 의사가 될 생각은 하지 못한 것일까. 그랬다면 아이의 발병을 조기에 알아냈을 것이고 이 지경까지 몰고 오지는 않았을 터라고, 그는 부질없는 후회에 휩싸이곤 했다.

207호로 들어서자 강 과장은 소파에 앉을 것을 권했다. 그가 앉자 강 과장이 맞은편 자리에 앉으며 말했다.

"환자가 깨어났습니다."

아아…… 그는 천장을 바라보았다. 그리고 곧 눈을 감았고, 긴 한숨을 토해내며 두 손을 펼쳐 머리를 감쌌다. 장한 아들이었다. 아버지를 세상에 홀로 남겨두지 않은 고마운 아들이었다.

"다행입니다. 어젯밤부터 항생제에 반응을 보이면서 폐렴 부위가 많이 줄어들었습니다."

"고맙습니다, 고맙습니다."

"안심할 단계는 아닙니다. 짐작하고 있겠지만 남은 치료가 더 힘들 겁니다. 현재의 상태 역시 좋지 않구요."

강 과장의 말에 의하면 아이는 만신창이가 되고 만 셈이었다. 의식이 되돌아왔건만 전혀 말을 하지 못했고, 양쪽 시력 모두를 상실했으며, 백혈암세포가 중추신경계까지 전이된 지경이었다.

백혈암세포의 전이는 각오한 일이었다. 그렇지 않고선 아이의 상태가 일거에 무너질 리 없었다. 하지만 말하지도 보지도 못한다는 점은 인정할 수 없었다.

"안저에 망막 출혈이 있었습니다. 특이한 경우긴 하지만 항암제 부작용이 뒤늦게 나타난 것으로 해석해야겠죠. 절대 안정을 취하고 혈소판을 수혈받으면 상태가 호전되리라 기대됩니다. 그러나 언어 기능 상실의 원인은 아직 파악되지 않았습니다…… 일차적으로 호흡부전이 뇌의 언어 기능에 손상을 주지 않았나 의심됩니다. 시티 상에는 별다른 이상 증후가 나타나지 않았습니다만 재차 정밀검사를 해봐야겠습니다. 검사 결과 이상이 없다면 다분히 심리적 요인에서 찾아야 할 겁니다."

"심리적 요인이라뇨?"

"환자가 극심한 고통에 부딪히면, 의식적이든 무의식적이든 고통에 대한 저항이 생기죠. 일테면 언어 사용을 거부할 수도 있다는 말입니다. 간혹 어린 환자에게서 나타나는 일시적 자폐 증상이죠."

스스로 말문을 닫아버릴 만큼 극심한 고통에 시달렸다니……. 그는 통곡이라도 하고픈 심정이었다.

"자폐 증상이라면 크게 걱정하지 않아도 될 겁니다. 심리적 안정을 되찾으면서 차차 해결될 테니까요. 문제는 백혈병인데……."

강 과장이 그를 빤히 쏘아보며 덧붙였다.

"악성 백혈구 수치가 상당히 높습니다. 두 번씩이나 재발을 경험했다면서 어떻게 환자를 이 지경이 되도록 방치했는지, 이해가 되지 않는군요."

불과 사흘 전까지, 예전에는 감히 상상할 수 없을 정도로 아이의 상태는 좋았다. 그러나 그는 침묵했다. 무엇을, 무슨 자격으로, 어떻게 항변한단 말인가. 죄인일 수밖에 없는 아버지였다.

"당장은 항암제를 투여할 처지가 아닙니다. 아이가 육체적으로 항암제를 감당할 수 없을 겁니다. 치료를 재개한대도 처음 담당했던 병원의 치료 프로그램에 맞춰야겠죠. 또 소아혈액암은 아무래도 그쪽이 전문일 겁니다. 하루라도 빨리 병원을 옮기길 권합니다."

그쪽이라고 별도리 없긴 마찬가지였다.

이미 골수 이식마저 불가능해진 마당에 기존의 무의미한 치료를 받기 위해 다시금 돌아갈 생각은 없었다. 아이 역시 원치 않을 터였다.

그는 한동안 창 밖을 응시하다 입을 열었다.

"백혈병 외에 다른 증상이 정상으로 돌아오려면 얼마나 걸리겠습니까?"

"시력과 언어 기능은 장담할 수 없습니다. 다만 호흡부전은 현재의 반응으로 미루어보건대 사나흘 정도, 물론 그 이상일 수도 있구요."

퇴원해 사락골로 돌아가자.

최선은 아니었다. 하지만 달리 방법이 없었다. 고통만 안겨줄 항암 치료에 아이를 또다시 맡길 수는 없는 노릇이었다.

"아이를 만나고 싶습니다. 면회 시간까지 기다릴 수가 없군요.

과장님께서 양해해주셨으면 합니다."

* * *

아이는 잠들어 있었고, 아이의 몸에 부착된 갖가지 의료기기들도 그대로였다.

재차 혼수상태로 빠져든 것은 아닐까, 덜컥 가슴이 내려앉았다. 그러나 링거 주사액을 갈아끼우던 간호사가 축하합니다, 라는 말로 아이의 소생을 입증해주었다.

그는 보조 의자에 앉아 아이를 굽어보았다.

고작 사흘이 흘렀을 뿐이었다. 그럼에도 사흘 전 아이의 모습은 흔적도 없이 사라져 버렸다. 핏기 한 점 담지 못한 듯 창백한 얼굴은 그렇다고 치자. 백혈병이란 원체 사람을 그 지경으로 만들어놓는 것이니까. 그러나 산에 있는 동안 뽀얗게 살이 올랐던 볼은 광대뼈가 드러날 만큼 여위었고, 두 눈두덩은 푹 꺼져 짙은 그늘이 드리워졌으며, 반쯤 벌어진 입술은 허옇게 갈라져 있었다.

다시 돌아왔군, 처음으로.

그는 속말을 삼켰다. 모든 것을 체념하고 서울을 떠나던 때의 심정으로 돌아온 셈이었다. 사락골에서 한껏 타올랐던 희망의 불꽃은 꺼져버렸다. 다시 체념이고, 다시 절망이 발치에 웅크리고 있었다.

강 과장에게 양해를 구한 만큼 여느 면회보다 시간은 넉넉할 터였다. 또한 혼수상태 때와는 달리 아이는 자발적인 잠을 자고 있으리라. 그러나 그는 아이를 흔들어 깨우고 싶은 강렬한 열망에 시달렸다.

아빠, 집에 가고 싶어요. 날 좀 여기서 데려가 줘요.

아이의 호소가 그의 가슴속에 울려퍼졌다. 아이가 의식 저편에서 끊임없이 신호를 보내고 있는 느낌이었다. 그랬다. 병원만 벗어나면 당장이라도 아이는 사흘 전의 모습을 되찾을 성싶었다.

"다움아!"

나직이 이름을 불러주었을 뿐인데 고맙게도 아이가 반짝 눈을 떴다. 그러나 아이의 눈은 이내 감겼다. 아빠의 목소리를 들은 것이 꿈결에 불과하지, 하마 생시는 아니라는 듯이.

목이 메어오는 걸 억누르며 그는 재차 아이를 불렀다.

"아빠야, 다움아!"

아이의 눈이 다시 열렸고, 그를 향해 고개를 돌렸다. 실핏줄이 터져 붉어진 눈동자로 그의 모습을 찾아 두리번거렸다. 아빠! 그렇게 불러줬으면 좋으련만, 그리만 된다면 가슴속 켜켜이 쌓인 설움과 안타까움을 잠시 접어둘 수 있을 텐데, 아이는 허옇게 갈라진 입술을 실룩거릴 뿐이었다. 강 과장의 말대로 아이는 시력과 언어 기능을 상실해 있었다.

아이가 허공으로 손을 뻗었다. 냉큼 잡아주리라 생각하면서도 그는 망설이고 또 망설였다. 아이의 손을 잡는 순간 걷잡을 수 없이 울음이 터져나올 듯했다. 겨우 아이의 손을 잡으며 물었다.

"많이 힘들었지?"

아이의 눈에서 주르르 눈물이 흘러내렸다. 이어 어깨를 들썩이며 소리없는 울음을 터뜨렸다. 그는 아이의 눈물을 연신 훔쳐내며 더듬더듬 입을 열었다.

"미안해, 미안해. 아빠가……."

널 이렇게 만들었다, 라고 말하려 했다. 그러나 그는 서둘러 창밖으로 고개를 돌렸다. 아이에게 차마 눈물을 들키고 싶지 않았기 때문이었다. 비록 아이가 볼 수 없고 말할 수 없다 할지라도, 아버지인 그의 마음은 그랬다.

높고 푸른 하늘 위로 구름 몇 점이 두둥실 떠 있었다. 세상은 평화롭고 눈부신 가을날의 연속이었다. 그래서 어쨌다는 건가. 세상이 제아무리 평화롭고 눈부시다손 그게 무슨 대수란 말인가. 타인의 하늘이고 타인의 가을날일 뿐이었다.

자꾸만 격해지려는 감정을 추스르며 그는 자못 밝은 음색으로 말했다.

"의사 선생님이, 힘든 건 다 지나갔대. 다움이가 병이랑 싸워서 이긴 거야. 아빠 그럴 줄 처음부터 알고 있었다."

아이가 입술을 달싹거렸고 눈을 힘주어 감았다 떴다. 아이의 뜻을 짐작할 만했다.

"눈도 금방 좋아질 거고, 며칠 후면 말도 할 수 있을 거라는구나. 말을 하게 되면 이 아빠한테 제일 먼저 무슨 말을 할 것인지 미리미리 생각해두는 게 좋을 거다."

아이가 충혈된 눈을 말똥히 뜬 채 미세하게 고개를 끄덕였다.

"보이지 않아 답답하겠지만 조금만 참아. 그리고 눈을 감고 있는 게 좋아. 억지로 보려고 들면 진짜로 볼 수 있게 될 날이 늦어지거든."

아이는 질끈 눈을 감았다. 착한 아이였다. 극심한 고통의 순간을 막 지나쳐왔으므로 떼를 쓰거나 심통을 부려도 다 받아줄 터인데, 아이는 여전히 착한 심성 그대로였다.

그는 아이의 머리카락 속에 손가락을 집어넣어 슬쩍 흔들어보고는 말했다.

"아빠가 교회에 갔었다. 하나님한테 기도도 했구. 어때, 좋은 소식이지?"

아이의 입술에 희미한 미소가 번졌고, 고개를 끄덕였다. 그리고 아이의 감긴 눈 사이로 한 방울 눈물이 흘러내렸다.

"앞으로 아빠는 교회에 나가기로 결심했다."

십자가를 앞에 두고서도 하지 않았던 맹세가 아이 곁에서는 거침없이 흘러나왔다. 하나님의 존재에 대한 확신이 하루아침에 생길 리 없었다. 그러나 아이가 원하고 있으므로 하루도 빠짐없이 교회에 갈 수 있다는 생각이 들었다.

"빨리 건강해져야 한다. 그래야 아빠랑 손잡고 교회에 갈 수 있지 않겠니. 건강해지기 위해선 우선 다움이가 어떤 생각을 갖느냐가 중요하단다. 아빠 말 뜻을 알겠지? 그리고 아빠가 교회에 나가는 대신 이번처럼 아빠를 놀라게 만들어선 안돼. 혼내줄 거다. 당연히 교회 나가는 것도 다시 생각해볼 거구. 약속할 수 있겠어?"

아이가 힘겹게 새끼손가락을 내밀었다. 자신의 새끼손가락을 걸며 그는 속엣말을 중얼거렸다.

재발한 이상 앞으로가 더 문제겠지. 그러나 절망하지 말자. 절망으로 허비하기엔 우리에게 남은 시간이 너무 부족할 테니까.

3

아이가 혼수상태에 빠져 있는 동안 오직 아이의 소생만이 머릿속을 지배했다. 그러나 중환자실을 나서는 순간 새로운 걱정거리가 버티고 있었다.

또다시 돈이 문제인가. 또다시……

서울을 떠나올 무렵 마련한 돈이 거의 남아 있었다. 달리 돈을 쓸 곳이 없는 첩첩산중에 묻혀 지내온 탓이었다.

하지만 응급실과 중환자실을 거치면서 부풀어오른 치료비가 만만치 않았고, 수중의 돈 전부로 겨우 셈이 맞을 정도였다. 이후 치료비가 막막했다.

그는 도리없이 인연을 맺었던 얼굴들을 하나씩 떠올렸다. 알량한 자존심 따위를 내세울 입장이 아니었다. 학교 동창, 문단의 선후배, 출판사 사장, 직장 동료…… 그러다 여진희에 멈췄다.

— 도대체 어디에 있는 거예요? 핸드폰은 또 왜 그리 불통이에요?

"좀 멀리 있었어. 통화권 이탈 지역이라 줄곧 꺼두었지."

— 아무리 멀어도 사람 사는 곳 아닌가요? 마음만 있으면 얼마든지 연락할 수 있었을 거구요. 선배 무심한 건 익히 알고 있었지만 너무하네요. 얼마나 찾았는지 몰라요. 전해줄 말이 있어요.

"전할 말?"

— 혹시 최근에 다움이 엄마 만난 적 있어요?

"없어, 최근엔."

— 그렇다면 말해야겠군요. 다움이 엄마가 날 찾아왔어요. 굉장히 급한 일이라면서 선배 연락처를 가르쳐달라더군요. 어떡해야 할지 무척 망설여지데요. 얄밉기도 했고, 뒤늦게 웬 호들갑이냐는 생각도 들었죠. 그리고 선배 마음이 어떤지도 알 수 없고 해서요. 결국 핸드폰 번호를 적어줬어요. 나라면 상종도 하지 않겠지만, 선배는 워낙 속 깊은 사람이잖아요. 그게 좋다, 본받을 만하다는 의미로 하는 소리가 아닌 줄 알죠?

물론 알아들었다. 여진희는 과거를 단숨에 떨쳐버리지 못함에 대하여 질타하고 있었다.

과연 그럴까. 과거에 매달리고 연연해 할 만큼 현재가 한가한 적이 과연 있었던가. 아이가 투병을 시작한 이래 줄곧.

여진희의 목소리가 수화기 저편에서 다시 들려왔다.

— 선배가 살던 집에 갔었어요. 동사무소에서 전입지 확인도 해봤죠. 소리 소문 없이 증발하셨더군요. 하여간 이틀 뒤에 다움이 엄마가 다시 찾아왔어요. 핸드폰으로는 통화를 할 수 없다면서 다른 전화번호를 묻더군요. 알아야 가르쳐주든 말든 하죠. 선배한테 연락이 오면 다움이 문제로 상의할 게 있다면서 전화번호를 남겼어요. 불러줘요?

아이 문제로 상의할 게 도대체 무엇일까. 아내에게 아이란 단지 잊고 싶은 존재가 아니었던가. 아내는 자신의 길을 가고자 작심한 엄마였고, 실제로도 그러했다. 이제 와 아이를 찾는다면 여진희의 말대로 뒤늦은 호들갑에 불과했다.

여진희의 거듭된 재촉을 받고서야 그는 입을 열었다.

"아니. 그럴 필요 없어."

— 그래도 두 번씩이나 찾아온 정성이 갸륵하지 않아요? 정말 급한 일이 있는지도 모르구요. 부를 테니 적어요.

여진희가 또박또박 번호를 불렀다. 마음속으로 줄기차게 도리질을 쳤건만 전화번호는 그의 뇌리에 박혔다.

— 참, 다움이는 어때요?

"부탁할 게 있어."

그는 심호흡으로 저 밑바닥에서 꾸물꾸물 기어오르는 자존심을 다스렸다.

"돈이 필요해. 진희 씨가 빌려줬으면 좋겠어."

오 초쯤 침묵이 흐른 뒤 여진희의 목소리가 들려왔다.

– 다움이에게 무슨 일이 있군요?

"병원에 있어. 그래서……"

– 재발인가요?

그는 침묵으로 대답을 대신했다. 저편에서 이편을 날려버릴 듯한 긴 한숨이 들려왔다.

– 얼마나 필요해요?

그는 망설이다 필요한 최소한의 액수를 밝힌 뒤 덧붙였다.

"갚지 못할지도 몰라."

– 그런 일은 없을 거예요. 지구 끝까지라도 선배를 쫓아가서 받아낼 테니깐요. 어쨌든 당장 선배를 만나야겠어요. 지금 있는 곳이 어디죠?

* * *

여진희는 자신의 말대로 당장, 병원으로 달려왔다.

아이를 만나길 원하는 여진희에게 정해진 중환자실 면회 시간까지 기다려야 한다고 말해주었다. 가능하다면 아이의 모습을 보이고 싶지 않았다. 아버지의 심정이 그런 거였다.

그러나 여진희는 기자의 민첩성을 발휘해 세 시간 뒤의 면회를 앞당겼다.

여진희는 아이 앞에서 내내 밝은 얼굴이었다. 대꾸하지 못하는 아이에게 이런저런 농담을 던지던 여진희가 중환자실을 벗어나자 단박에 눈시울을 붉혔다. 보지도 말하지도 못하는 아이의 상태가 가슴에 사무친 모양이었다.

그들은 커피가 든 종이컵을 들고 병원 건물을 나와 교회 앞 벤치로 향했다. 벤치에 앉자 여진희는 핸드백에서 손수건을 꺼내 얼굴을 묻었고, 이내 어깨를 들썩이기 시작했다.

그는 어땠냐면, 치악산의 울울한 자락을 바라보며 푸푸 담배 연기를 뿜어냈다.

하늘은 푸르고 해는 서녘까지 아직 한참 거리건만 성급한 낮달이 산자락에 솟아 있었다. 아이의 창백한 낯빛을 닮은 초승달이었고, 푸른 하늘과 빛나는 태양 속에 섞여 청승맞고도 어설픈 부조화를 연출하고 있었다.

여진희는 좀처럼 울음을 그치지 않았다.

여자가 울 때는 말리지 않는 법이라고 했다. 그건 불씨에 기름을 들어붓는 꼴이기 때문이란다. 또 여자가 울 때는 왜 우느냐고 물어선 안된다고들 했다. 무슨 이유로 울고 있는지 여자 스스로도 정작 모르는 경우가 많기 때문이라는 것이다.

그러나 여진희는 아이가 불쌍하다고 울었고, 앞으로 어떻게 되는 거냐고 묻고선 다시 울었고, 마지막으로 선배 때문에 가슴이 아프다며 또 울었다.

세상에는 아직도 우리를 위해 울어줄 사람이 남아 있었구나. 외톨박이 우리에게도.

애써 외면했지만 여진희의 흐느낌은 긴 울림으로 다가왔다. 그럼에도 그는 줄기차게 낮달을 쳐다보았다. 빛을 잃어 아무에게도 주목받지 못할 낮달이었고, 그러기에 자신만이라도 열심히 쳐다봐 줘야 한다는 듯이.

"그 동안 어디서 어떻게 지낸 거예요?"

여진희가 궁금하게 여겼으므로 그는 사실대로 이야기했다.

긴 이야기가 되고 말았다. 여진희는 짧게, 길게 한숨을 토해내긴 했지만 끝까지 조용히 들어주었다. 그는 거울 앞에 털썩 주저앉아 자신을 향해 이야기하는 기분이었다. 따라서 덧붙일 필요도, 굳이 감추고 삭제할 까닭도 없었다.

한참을 침묵한 후 여진희가 물었다.

"앞으로 어쩔 셈예요?"

"폐렴만 치료되면 있던 곳으로 돌아갈 거야."

"첩첩산중으로요?"

"좋은 곳이지. 언제 진희 씨도 와봐. 금방 좋아하게 될 걸."

"정말 세상 버린 사람처럼 그렇게 살 거예요? 진심으로 그러고 싶어요?"

"산에도 그 나름의 세상은 있는 법이야."

"지금까지 다움이를 위해 선배가 얼마나 애써왔는지 잘 알아요. 속이 상할 정도로. 선배 같은 아빠는 아마 이 세상에 없을 거예요. 하지만 지금의 행동은 도무지 이해할 수 없군요. 전혀 선배답지 않아요."

그는 식어빠진 커피를 단숨에 마신 후 다시 담배를 물었다. 불을 붙이기 전에 빠르고 격한 여진희의 목소리가 들려왔다.

"선배, 솔직히 말해봐요. 정말 다움이를 포기할 수 있겠어요? 첩첩산중 골짜기에서 그냥 죽게 내버려둘 수 있냐구요?"

낸들 그러고 싶겠어, 낸들 그런 결정을 내리기까지 쉬웠겠어, 그러나 달리 방법이 없잖아? 되묻고 싶었으나 그는 침묵을 택한 채 담배에 불을 댕겼다.

"제발 서울로 돌아가요. 다시 시작해보는 거예요. 선배는 억울하지도 않아요?"

이미 다 지나쳐온 감정의 일단이었다. 불에 달궈진 쇠를 망치로 내려쳐 단련시키듯, 억울함도 맺히고 쌓이다 보면 어느덧 무감각해지는 법이었다.

"치료비 때문이라면 나도 노력해볼게요."

"고마워. 하지만 치료비 때문이 아냐. 병원 치료는 이제 아무런 의미가 없어. 난 말이야, 참혹한 항암 치료로 아이를 더는 괴롭히고 싶지 않아. 진심이야. 완치된다는 보장만 있다면 항암 치료가 아니라 그보다 혹독한 치료도 마다하지 않겠지만, 병원에서 마지막 방법으로 제시한 게 있었는데 그게 헛된 희망이 되고 말았지. 그때 생각했어. 우리에게 남은 게 무엇인지, 우리가 할 수 있는 게 무엇일까, 하고."

말해놓고 그는 창백한 낮달을 향해 길게 연기를 내뿜었다. 담배를 다 피울 때까지 잠자코 있던 여진희가 물었다.

"다움이 엄마한테 전화했어요?"

"아니."

"연락해봐요. 다움이 문제로 상의할 게 있다니까, 혹시 알아요, 다움이 엄마에게 무슨 방법이 있을지."

"별다른 방법이 있을 턱이 없어. 그리고……."

그리고 그는 여진희와의 통화 이후 끊임없이 생각해왔다. 아내의 출현이 아이에게 과연 무슨 의미일까. 당혹감과 혼란만 안겨줄 뿐이라면, 아이가 그러한 감정들을 남은 시간까지 제대로 정리할 수 있을지 의문이었다. 오히려 과거의 아픔을 일깨워주는 계기에 불과하다면 엄마를 포기한 채로 지내는 편이 옳았다. 이제껏 그러했던 것처럼.

"선배가 연락을 안하겠다면 나라도 할래요."

"지금 그 말은 안 들은 걸로 하겠어."

4

정다움.

아빠가 내 이름에 대해 말해준 적이 있습니다. 초등학교에 막 입학한 때였죠. 아이들이 내 이름을 갖고 놀려댔어요. 나는 하필이면 놀림감이 되는 이름을 지었느냐고 아빠한테 따졌죠.

"좋은 뜻을 가진 이름이란다. 사람답다, 아름답다, 정답다…… 이런 말들이 모두 다 갖고 있는 게 뭐겠니? 무엇무엇답다는 말이잖아. 그 답다, 라는 말에서 나온 게 바로 네 이름이란다."

그러니까 내 이름 속에는 아빠의 소원이 담겨 있는 겁니다. 아빠의 아들이 사람답게 살고, 또 아름답고 정답게 살라는 소원 말예요.

사람답게 사는 것과, 아름답고 정답게 산다는 게 무슨 뜻일까요? 알쏭달쏭해요. 그렇지만 한 가지는 분명히 알겠어요. 지금처럼 중환자실에 꼼짝 못하고 있어선 안된다는 것을요.

난 사람이 아니라 고장난 로봇 꼴이 되어버렸어요.

로봇을 고치기 위해선 여기저기 전선들을 연결해야 되잖아요. 내 몸도 마찬가지예요. 양쪽 팔뚝, 콧구멍, 가슴…… 고추까지. 그리고 고장난 로봇이 아파도 그걸 표시할 수 없는 것처럼, 나도 아파 죽겠는데 아무 말을 못해요.

발가벗고 있어요. 나만 그런 건 아니죠. 내 옆 침대의 할머니, 그 너머 아줌마, 맨 구석의 갓난아이까지 시트만 걷어내면 모두 발가숭이들입니다. 발가벗고 있다고 빨리 건강해지는 것도 아닐 텐데 왜들 이러는지 모르겠어요. 중환자실에서는 모두 발가벗고 있어야 한다, 뭐 그런 규칙을 병원에서 만들었겠죠. 그렇다면 간호사 누나도, 의사 선생님도 발가벗어야 공평하잖아요. 아무튼 굉장히 기분 나쁘고, 무지무지 창피해요. 이래저래 이름과는 딴판인 지금의 나랍니다.

그래도 다행이에요. 오늘 아침부터 눈이 보이기 시작했어요. 향리에 있는 폐교 교실의, 오랫동안 닦지 않은 유리창을 넘겨다보는 것처럼 희부옇게 보였죠.

기뻤어요. 역시 아빠의 말은 틀림없다니까요. 아빠 말대로 답답한 걸 꾹 참고 억지로 보려고 애쓰지 않았거든요.

아침 면회 시간을 손꼽아 기다렸어요. 아빠에게 기쁜 소식을 전해주기 위해서였죠. 말은 아직 못하지만, 말이 흘러나오는 목구멍을 커다란 병뚜껑으로 막아놓은 것 같지만, 내 마음을 전할 수 있는 방법이 꼭 말뿐은 아니잖아요.

아빠를 기다리며 연습을 했어요. 눈동자를 이리로 저리로 굴려보면서요. 아빠가 기뻐하는 모습을 상상하니까 이상하게 점점 잘 보이게 됐어요. 그래서 더 열심히 연습을 했죠.

그런데 허탕이 되고 말았답니다. 바보처럼 그만 잠이 들었던 거예요. 그래서 아빠를 기쁘게 해줄 수도 없었죠. 화딱지가 머리끝까지 났어요. 깨웠으면 될 텐데, 그러면 내가 반짝 눈을 떠서 아빠를 바라보고 눈으로 많은 이야기를 했을 텐데, 아빠는 그냥 날 쳐다보다 면회 시간을 몽땅 보낸 모양입니다.

정말이지 아빠가 보고 싶어 미치겠어요. 아빠의 얼굴을 새까맣게 잊어버린 기분마저 든답니다.

내가 정신을 차린 다음부터 하루에 두 번씩 아빠를 만나고 있어요. 하지만 직접 눈으로 아빠를 보지 못하고 목소리만 들었으니까, 만나도 절반

밖에 만난 게 아니죠. 아니, 절반도 못될 거예요. 왜냐하면 아빠는 원래 말은 많이 하지 않아요. 말을 해도 마음속 생각을 모두 밖으로 나타내는 일이 없지요. 그래서 아빠의 생각을 알아차리기 위해선 꼭 아빠의 얼굴을 봐야 되거든요.

며칠째 중환자실에 누워 있는지 모르겠어요.

그제는 진희 고모가, 어제는 사락골 할아버지가 왔었죠. 오늘은 또 누가 올까요. 은미? 은미가 온다면 정말 좋겠는데, 그런 기적은 아예 기대하지 않는 편이 낫겠죠. 서울이라면 혹시 모르지만.

언제까지 이곳에 있어야 할까요. 정신도 차렸고 유리 조각이 박힌 것처럼 아프던 가슴도 많이 괜찮아졌어요. 그런데 왜 일반 병실로 옮기지 않는 걸까요. 아빠는 말해주지 않았고, 난 물어볼 수도 없는 벙어리잖아요.

병원이 싫어요. 중환자실은 더욱 그렇지요.

여긴 모든 게 마음에 들지 않아요. 내 몸을 휴지처럼 구겨서 계란 껍질 속에 쑤셔넣은 것같이 답답해요. 시간은 얼마나 게으름을 부리며 지나간다구요. 시계 바늘에 못이라도 박아놓았는지 하루가 꼭 한 달만큼 길어요. 면회 시간을 빼놓고는 사람 목소리도 들을 수 없어요. 쉬익 쉬이익, 띠 띠 띠익, 푸 푸 푸, 재깍재깍…… 기계 소리만 계속해서 들려와요. 그리고 여긴 자꾸만 성호를 생각나게 만들어요.

나도 성호처럼 죽게 되는 걸까요. 성호가 엄마를 슬프게 만든 것처럼 나도 아빠를 가슴 아프게 만들고 말까요.

내가 무척 아끼는 어린이 과학백과가 있는데, 12권 중에서 제8권이 민물고기 편이에요. 거기에 가시고기라는 쬐그만 물고기가 나오죠.

가시고기는 이상한 물고기입니다.

엄마 가시고기는 알들을 낳은 후엔 어디론가 달아나 버려요. 알들이야 어찌되든 상관없다는 듯이요. 아빠 가시고기가 혼자 남아서 알들을 돌보죠. 알들을 먹으려고 달려드는 다른 물고기들과 목숨을 걸고 싸운답니다. 먹지도 잠을 자지도 않으면서 열심히 알들을 보호해요. 알들이 깨어나고 새끼들이 무럭무럭 자라납니다. 그리고 새끼 가시고기들은 아빠 가시고기를 버리고 제 갈 길로 가버리죠. 새끼들이 모두 떠나고 난 뒤 홀로 남은 아빠 가시고기는 돌 틈에 머리를 처박고 죽어버려요.

아빠 가시고기는 왜 죽어버리는 걸까요. 그 이유가 책에는 설명되어 있지 않았어요. 하지만 뻔한 거 아니겠어요?

가시고기는 언제나 아빠를 생각나게 만듭니다.

그래서 가시고기가 있는 페이지를 넘길 때마다 내 마음속에는 슬픔이 뭉게구름처럼 피어올라요.

아, 가시고기 우리 아빠.

아빠는 힘든 건 다 지나갔다고 말했어요. 감기 때문에 입원한 거고, 감기만 나으면 사락골로 돌아간다고 했죠. 그렇지만 설마 감기 때문에 중환자실에 입원했겠어요?

내가 말할 수 있다면 당장 물어봤을 겁니다. 백혈병은요?

옛날에 치료받을 때는 너무 아파서 팍 죽어버리고 싶었어요. 하나님한테 실제로 그렇게 기도했구요. 사락골에 있으면서 생각이 변했어요. 거기에 있는 동안은 죽고 싶다는 생각을 한 번도 하지 않았답니다. 너무너무 행복했어요. 아빠의 얼굴도 언제나 햇살처럼 밝았구요.

백혈병이 재발한 걸까요?

아빠는 큰 비밀인 것처럼 끝까지 말해주지 않겠죠. 나한테 불리한 건 절대로 말해주지 않는 아빠니까요. 난 벌써부터 각오하고 있답니다. 지금 내 몸은 옛날 재발했을 때와 아주 비슷하거든요.

다시 끔찍한 치료가 시작되겠죠. 재발이 계속되면 살아날 가능성은 점

점 줄어든다는데……

하지만 살고 싶어요. 살 수만 있다면 약이든 주사든 참아낼 자신이 있어요. 그 동안 내가 훌쩍 컸다는 뜻일까요? 하여튼 난 살고 싶고, 사락골에서처럼 어서 행복해졌으면 좋겠어요. 그러면 아빠의 얼굴도 환해지겠죠. 그러면 아빠가, 아빠 가시고기처럼 될지도 모른다는 걱정을 하지 않아도 될 테구요.

* * *

꿈을 꿨습니다. 꿈을 꾸면서도 난 그게 꿈이라는 걸 알아차렸지요.
하얀 옷을 입은 성호가 저만치에서 손짓으로 날 부르고 있었습니다. 성호 옆에는 성호 엄마가 서 있었고, 성호처럼 나를 향해 손짓을 했어요. 반가웠지만 거기에 가고 싶지 않았어요. 한번 가면 절대로 돌아오지 못한다는 생각이 들었죠. 누가 갈 줄 알아? 그런데 발이 저절로 움직이는 게 아니겠어요. 자꾸만, 자꾸만…….
아빠, 아빠! 꿈속인데도 내 목소리는 한마디도 밖으로 튀어나오지 않았죠. 빨리 잠에서 깨어나는 방법밖에 없다고 생각했어요.
"다움아."
엄마의 목소리, 그리고 엄마의 얼굴이 코에 부딪힐 정도로 가까이 있습니다.
꿈에서 깨자마자 다시 또 꿈입니다. 벗겨내도 벗겨내도 알맹이를 찾을 수 없는 양파처럼요. 겁이 났어요. 잠에서 깨어나지 않고 영원히 꿈만 꾸고 있으면 어쩌지, 하구요.
엄마가 내 손을 만지며 말합니다.
"다움아, 엄마야."

나는 힘껏 눈을 감았다 뜨고, 몇 번이나 다시 감았다 떴어요. 엄마의 모습이 사라지지 않습니다. 엄마가 내 손을 힘껏 잡는 것도 생생하게 느껴지구요. 그리고 아, 엄마 뒤에 서 있는 아빠의 모습도 보입니다.

가슴이 마구 뜁니다. '백설공주'에 나오는 일곱 난쟁이가 내 가슴 위에서 브레이크 댄스라도 추는 모양예요. 또 누군가 내 생각 주머니 속에 얼음보다 차가운 생각 하나를 억지로 밀어넣고 있는 기분입니다.

"엄마가 왔어. 이 엄마가 왔어."

그래요, 엄마가 온 거군요. 그래서 어쨌다는 거죠?

나는 모르겠어요, 엄마가 뭐하러 온 것인지. 엄마가 내 이름을 부르며 웁니다. 아무래도 모르겠어요, 엄마가 왜 우는지.

나는요, 내가 울보라는 사실을 잘 알고 있답니다. 동화책에 조금만 슬픈 내용이 있어도, 남들이 우는 것만 봐도 그냥 줄줄줄 눈물이 새어나와요. 하지만 이번만큼은 끝까지 울지 않을 생각이에요.

엄마는 프랑스에 있어야 되잖아요. 프랑스와 그림이 엄마에게는 제일 중요하니까요. 그런데 왜, 어떻게 알고 왔을까요. 아빠가 연락한 걸까요?

"다움아, 엄마 보이니? 엄마 목소리 들려? 들리면 무슨 말이라도 해봐."

말을 못하니까 좋은 점도 있구나, 하는 생각이 듭니다. 엄마한테 무슨 이야기를 하겠어요? 할말이 없어요. 엄마도 나한테 할말이 별로 없을 거구요. 엄마는 내가 어떻게 지냈는지, 엄마에 대해서 무슨 생각을 하고 있었는지, 아무것도 모를 테니까요.

프랑스는 대단히 먼 나라고, 먼 곳에서 찾아온 엄마지만 반갑지 않아요. 아니, 기분 나빠요. 아빠와 나를 버리고 갈 때는 언제고…… 엄마가 원래 엄마 마음대로 하는 줄은 알지만, 한번쯤은 엄마 자신이 너무하다는 생각을 해야 할 거예요.

"엄마가 많이 밉지?"

아빠는 어때요, 아빠도 엄마가 많이 미운가요?

난 아빠를 바라보고 눈으로 묻습니다. 연습한 대로 이리저리 눈동자를 굴려가면서요. 아빠는 알아차리지 못하고 있어요. 하필이면 왜 엄마 뒤쪽에 서 있을까요. 아빠만 따로 보고 싶은데 어쩔 수 없이 엄마도 봐야 되잖아요.

"이 엄마를 용서하렴. 엄마로선 어쩔 수 없었단다."

갑자기 목구멍이 따끔따끔하더니 기침이 튀어나왔어요. 캑, 캑, 캑……계속해서 기침을 해대자 아빠가 다가와 내 목을 어루만집니다. 아빠는 기침을 멈추게 하는 법을 알고 있답니다. 나에 대해서 모르는 게 하나도 없는 아빠죠. 물론 엄마는 나에 대해서 아는 게 하나도 없겠구요.

아빠의 손은 언제나 따듯합니다.

사람의 온도는 모두 똑같다는데 어떤 사람은 따듯한 손을, 어떤 사람은 차가운 손을 갖고 있는 이유는 왜일까요. 손과 마음 사이에는 내가 알지 못하는 비밀 통로라도 연결되어 있는 걸까요?

나는 엄마에게서 빼낸 오른손을 아빠의 손으로 옮깁니다. 그게 내 마음이라는 걸 엄마가 알아차렸으면 좋으련만, 이번엔 왼손이 엄마한테 잡히고 맙니다. 면회 시간이 후딱 지나가 버렸으면 해요. 먼 곳에서 온 엄마한테 쬐끔 미안하지만, 미안한 걸로 따지면 엄마가 먼저잖아요.

손수건으로 눈물을 찍어내던 엄마가 아빠를 쏘아보며 말합니다.

"당신이란 사람, 도대체 뭐하는 사람이죠? 어쩌면 아이를 이 지경으로 만들어놓을 수가 있어요."

입 안에 수도꼭지를 틀어놓은 것처럼 자꾸만 침이 고입니다. 꼴깍꼴깍, 침을 삼키고 아빠의 말을 기다립니다.

당연히 아빠가 화를 낼 줄 알았죠. 엄마를 똑바로 쳐다보면서 말예요.

. 그런데 아빠는 멍한 눈으로 날 바라보고만 있어요. 아휴, 내 입에서 저절로 한숨이 새어나옵니다.

내가 아픈 게 왜 아빠 탓이죠? 엄마는 아무것도 모르면서…….

답답해요. 아빠도 마찬가지구요. 마치 아빠 잘못인 것처럼 가만히 있으면 어쩌자는 건지 도대체 모르겠어요.

나는 눈을 크게 뜨고 아빠에게 열심히 신호를 보냅니다. 포수의 사인을 받은 찬호 형이 강속구를 던지는 것처럼, 아빠가 엄마를 멋지게 스트라이크 아웃 시키기를 바라면서요.

자기가 바보라 스트라이크 아웃을 당했는데도 심판한테 악을 쓰며 대드는 선수가 있어요. 엄마도 그럴지 모르죠.

아빠는 잠자코 있다가 고개를 숙이고 내 눈을 들여다봅니다.

"아빠가 보이니?"

지금은 그게 중요한 문제가 아니죠, 아빠.

"진짜로 아빠 얼굴이 보이는 거야?"

할 수 없이 나는 고개를 끄덕입니다. 아빠의 얼굴이 형광등 열 개를 한꺼번에 켜놓은 것처럼 환해집니다.

"잘 보여?"

다시 고개를 끄덕이자 또 아빠가 물어옵니다.

"엄마도 보이니?"

난 엄마를 쳐다보지 않습니다. 고개를 끄덕이지도 않구요. 솔직히 그럴 마음이 없습니다. 전혀, 전혀요.

5

"좋겠군요."

중환자실을 나선 아내가 던진 첫말이었다. 그는 아내의 뒤를 좇으며 물었다.

"무슨 뜻으로 하는 말이지?"

"나 없는 동안 아이를 철저히 당신 편으로 만들었더군요. 아이는 나와 눈조차 마주치려고 들지 않았어요. 사 년 만에 만난 엄마한테 말예요. 축하해요. 당신은 나한테 멋지게 복수를 한 셈예요."

복수? 그는 황급히 아내의 팔을 낚아챘다. 아내가 걸음을 멈추며 잡힌 팔을 매몰차게 뿌리쳤고, 할말이 있으면 해보라는 투로 턱을 치켜들었다.

"다움이가 당황해서 그런 거야. 너무 오랜만에 엄마를 만나니까 어쩔 줄 몰랐겠지. 달리 생각할 필요는 없다고 생각해."

"무시무시한 침착함은 여전하시군요. 하나도 변하지 않았어요."

"다움이의 심정을 이해했으면 해서 한 말이야."

"내 심정은요? 내 심정은 아무래도 좋다는 건가요?"

"그런 뜻이 아닌 줄 알잖아."

"아이와 떨어져 있는 동안 난 뭐 쉬웠는지 알아요?"

"쉽다고 얘기하진 않았어."

아내가 싸늘한 시선으로 쏘아보더니 휙 돌아서 로비를 향해 걸어갔다. 잰걸음으로 멀어져 가는 아내의 뒷모습을 바라보며 그는 낮게 중얼거렸다.

당신도 변하지 않았군. 예상대로야.

아내는 아내의 길을 가고 있는 중이었고, 하많은 세월이 거침없이 흘러갔음에도 아이와 그는 여전히 아내의 동행인이 될 수 없었다. 따라서 여진희는 공연한 수고를 한 셈이었다.

아내가 걸음을 멈췄다. 고개를 드니 박인석이 그에게 손을 내밀며 다가오고 있었다. 그는 박인석의 베레모가 지난번의 그것일까, 하는 쓸데없는 생각에 매달렸다.

악수를 나눈 후 멀뚱히 서 있는 그에게 박인석이 말했다.

"이야기를 나누려면 어디 조용한 곳으로 가는 게 좋지 않겠소."

알고 있는 조용한 데는 한 곳뿐이었으므로 그는 앞장서 교회 앞 벤치로 갔다. 박인석과 아내가 나란히 앉았고, 아내와의 사이를 사람 두엇쯤 끼어들 만큼 비워놓고 그가 자리를 잡았다.

어색한 침묵이 흘렀다. 그는 치악산 울울한 산자락을 따라 눈길을 옮겼다. 그제 보았던 낮달이 산자락을 벗어나 성큼 솟아올라 있었다.

아내는 박인석이 파이프에 불을 붙이는 것을 지켜보다 입을 열었다.

"당신이 전시회에 왔다간 뒤 병원에 갔었어요. 퇴원했더군요."

사흘 뒤에 퇴원할 거라고 분명히 말했고 이틀을 더 기다렸었다. 그러나 그는 잠자코 아내의 다음 말을 기다렸다.

"민 과장을 만났어요. 민 과장 말로는 퇴원할 상황이 아니었더군요. 그런데 당신은 아이를 퇴원시켰어요. 왜죠?"

"설명해야 하나?"

"난 아이의 엄마예요. 당연히 내 아이가 어떤 대접을 받았는지는 알아야 하지 않겠어요? 틀렸나요?"

"희망없는 치료로 아이를 괴롭히고 싶지 않았어. 그뿐이야……아는지 모르겠지만, 항암 치료라는 게 상상 이상으로 참혹해."

"그래서요? 참혹해서 아이를 맥없이 죽게 내버려둘 생각이었나요?"

"……."

"당신은 참 이해할 수 없는 사람이에요. 아이라면 죽고 못 살던 사람 아니었던가요? 그런 사람이 어떻게 막무가내로 아이를 퇴원시킬 수 있죠?"

"이해를 바라진 않아. 그렇지만 방법이 없었어. 지금 다시 그 상황이지만 나로선 동일한 선택을 할 수밖에 없어."

"아이를 저 지경으로 만들어놓고 그런 무책임한 말이 어딨어요."

아내가 바락 악을 쓰며 부르르 몸을 떨었다. 박인석이 아내의 손을 잡으며 끼어들었다.

"그러니까 이 사람 말인즉슨 퇴원이 성급했다는 거요. 우리는 그동안 정 선생 행방을 수소문하고 다녔소. 출국까지 미뤄가면서 말이오."

아내가 세차게 고개를 흔들더니 말했다.

"두말할 것 없어요. 당장 아이를 서울로 옮겨요."

"아니, 그러고 싶지 않아."

아내가 발딱 자리에서 일어나 악을 썼다.

"당신이 싫다면 내가 하겠어요. 이제부터 아이한테 손떼요. 당신은 아버지로서 자격이 없는 사람예요."

"어허, 감정적으로 나가면 쓰나."

그렇게 말한 박인석이 아내의 팔을 끌어 다시 앉혔다.

가을 하늘과 낮달이 이뤄내는 그 어설픈 부조화를 향해 그는 한숨을 내쉬었다. 아내의 말이 귓전에 줄기차게 맴돌았다. 당신은 아버지로서 자격이 없는 사람예요.

분노조차 일지 않았다. 오히려 절망했을 뿐이었다. 아내가 아니라 그 자신을 향해.

좋은 아버지였으면 했어. 어린 내 손에 쥐약을 쥐어주던 아버지처럼 되고 싶지 않았어. 하지만 결과적으로 자격 없는 아버지가 된 셈이야. 아이가 죽어가고 있는데 속수무책 바라볼 수밖에 없는 무능한 아버지. 비난받아 마땅해.

"정 선생!"

박인석이 잠시 망설이다 말을 더했다.

"나야 제삼자라 아이의 문제를 놓고 뭐라 할 입장이 아니긴 하지만, 이 사람 말대로 서울 병원으로 옮기는 게 좋을 듯하오."

"서울에 가봤자 방법이 없긴 마찬가집니다."

박인석 대신 아내가 말을 받았다.

"방법이 있으니까 옮기자는 거 아녜요?"

그는 물끄러미 아내를 바라봤고, 박인석의 목소리가 허공을 가르며 날아온 화살처럼 귀에 박혔다.

"골수를 주겠다는 사람이 나타났소."

"……."

"그래서 기를 쓰고 정 선생을 찾았던 거요."

그는 아내를 향해 더듬거리며 입을 열었다.

"조건이 맞는 골수가 없다는 판명을 이미 받았다구."

"일본 골수협회에서 찾아냈소. 민 과장이 말하더군요, 기적이라구. 아이랑 친형제처럼 완벽하게 일치한다고 했소. 그 뭐라더라……."

박인석이 흐려버린 뒷말을 그가 이었다.

"조직적합성항원."

"그래요. 그게 일치한 이상 서둘러야 한다고 했소."

박인석이 말했고, 아내가 덧붙였다.

"퇴원을 보름만 더 늦췄어도 아이는 벌써 이식을 받았을 거예요. 이제야 아시겠어요, 당신이 아버지 자격이 없다는 사실을?"

그는 질끈 눈을 감았다. 수백 수천 개의 불꽃이 일거에 터져올라 눈이 멀어버린 느낌이었다. 차마 눈을 뜨지 못한 채 더듬더듬 아내에게 물었다.

"혹시, 혹시 말이야, 너무 늦어버린 건 아니겠지?"

"그러니까 더 늦기 전에 서둘자는 거잖아요."

제5장 저녁놀

1

골수 공여자가 나타났다는 소식을 들은 즉시 아이를 서울로 옮겨왔다.

지체할 까닭이 없었다. 유일한 방법인 골수 이식의 가능성이 사라진 이후 떠났던 병원이고, 그 가능성이 부활해 돌아온 셈이었다.

그게 이틀 전이었고, 민 과장과의 첫 면담인 셈이었다.

찻물 넉넉히 끓여놨으니 천천히 이야기해봅시다. 그렇게 말문을 연 민 과장은 한껏 여유를 부리며 녹차를 음미했다.

"의사 노릇 이십 년에 이런저런 일을 겪어왔습니다. 하지만 다움이 퇴원하던 날만큼 가슴이 아픈 적도 흔치 않았어요. 다움이가 생글생글 웃으며 몇 번이나 고맙습니다, 라고 인사를 하는데, 쥐구멍이라도 있으면 들어가고 싶은 심정이더군요."

민 과장은 퇴원 이후에도 아이의 얼굴이 뇌리에서 떠나지 않았다고 고백하며 덧붙였다.

"선생님은 특별한 보호자였습니다. 나뿐 아니라 소아병동 모든 의료진에게 말입니다. 아이에 대한 어머니의 헌신은 흔히 목격하게 되죠. 그러나 선생님처럼 헌신적으로 아이를 간병하는 아버지는 처음이었습니다. 내가 같은 처지라면 선생님처럼 할 수 있을까. 아니, 못했을 겁니다. 그런데 아이를 포기할 상황이다? 선생님의 입장을 생각해보지 않을 수 없더군요. 특히 시를 쓰는 분이니 여느 사람보다 훨씬 더 고통스러웠으리라 짐작합니다."

시를 쓴다는 이유로 동일한 고통을 확대 과장하여 받아들이리라는 단정에는 동의할 수 없었다. 그러나 중요한 문제가 아니었다. 그는 녹차를 냉수처럼 마시며 민 과장의 다음 말을 기다렸다.

"우리의 현실상 외국 기관에 의뢰하는 경우는 드뭅니다. 아니, 거의 없다고 해야겠죠. 동일한 샘플을 찾는다 해도 공여를 받기까지는 난관이 산재해 있습니다. 하여간 일본의 골수협회에 다음이의 샘플을 보냈습니다. 미국에도 보냈구요. 특히 일본에 신경을 썼습니다. 일본에는 유학 시절 친분을 맺은 의사들이 제법 있어요. 그들에게 직접 나서줄 것을 부탁했죠. 확신이 있었던 건 아닙니다. 이만큼 했으니 됐어, 마음의 부담을 이젠 덜어버리자구, 솔직히 그런 심정이었을 겁니다."

그런데 기적이 나타났다는 것이다.

조직적합성항원은 여섯 항목으로 구분되는데, 모든 항목에서 아이와 완벽하게 일치하는 샘플을 찾아냈던 것이다. 21세의 미도리라는 이름의 일본 여성. 미도리는 외국인에게 골수를 공여한다는 사실에 망설였으나 민 과장의 친구들이 설득에 나서 동의를 얻어냈다고 했다.

"그런데 이번엔 이쪽이 문제였습니다. 선생님한테 달리 연락할 길이 없었으니까요. 연락 오기를 얼마나 기다렸는지 모릅니다. 그 때 마침 다움이 어머니가 날 찾아오셨더군요."

지나간 이야기를 들을 뿐이었다. 그럼에도 그는 까마득한 높이의 벼랑에 서 있는 듯한 느낌이었다. 민 과장의 말대로 기적이었고, 한 발짝을 아차 헛디뎠으면 기적은 일순 수포로 돌아가고 말았으리라. 아이의 샘플을 외국까지 보낸 민 과장의 열의, 공여자를 찾아낸 것, 아내의 출현, 여진희와의 통화에 이르기까지.

그는 민 과장에게 거듭 감사를 표한 후 물었다. 이틀 동안 끊임 없이 그의 내부를 휘저으며 설레임과 두려움에 빠뜨렸던 의문이었다.

"아이의 상태가 몹시 좋지 못합니다. 이식을 받으려면 먼저 암세 포를 관해시켜야 할 텐데, 항암 치료를 제대로 견뎌낼 수 있겠습니 까?"

악성 백혈구의 수치가 높은 건 사실이라고 시인한 후, 민 과장은 뜻밖의 물음을 던졌다.

"그 동안 어디서 지내셨습니까?"

"산에 있었습니다."

"물 좋고 공기 맑아서 그런가, 다움이의 기본 체력이 상상 이상으 로 좋아져 있어요. 육체적 한계에 도달해 있으면, 이식을 받을 수 없 을 지경으로 쇠약해 있으면 어쩌나 걱정했는데 전혀 아닙니다."

산에 있는 동안 약초고 뱀이고 닥치는 대로 먹인 것이 효과를 나 타낸 것일까. 그렇다면 반갑고 고마운 노릇이었다.

"중요한 건 환자의 투병 의지입니다. 선생님이 곁에 있는 한, 다‧ 움이가 반드시 이겨내리라 믿습니다."

민 과장은 확신에 찬 미소를 지어 보였지만 그의 마음은 무겁기만 했다. 아이의 입은 여전히 닫혀 있었다. 원주의 병원에서는 일종의 자폐 증상이라고 진단했다. 따라서 아이는 진작에 투병 의지를 스스로 꺾은 셈이었고, 입을 열지 않는 이상 투병 의지는 되살아나지 않을 거였다.

"자폐 증상요? 천만에요. 말을 하고 싶어도 못하는 겁니다. 암세포의 침윤으로 성대 부위가 마비되어 있습니다. 기대하셔도 좋아요. 내일이나 모레쯤 아빠, 하고 소리칠 테니까요."

항암제로 악성 백혈구의 수치를 떨어뜨리면 자연스럽게 마비된 성대가 풀릴 거라는 의미였고, 따라서 투병 의지와는 무관했다. 그는 두 주먹을 불끈 쥐고는 물었다.

"이식만 받으면 완치가 가능한 거죠?"

"이제부터 본격적으로 이식 프로그램이 진행될 겁니다. 이식 전단계 처치가 우선 중요한 관건이고, 그 다음이 생착의 성공이고, 거부반응 여부가 마지막 문제입니다. 이 모든 단계를 무사히 극복해야 완치입니다."

적어도 담당 의사로서 민 과장의 대답은 적절했다. 그러나 보호자가 당장 듣고 싶어하는 대답은 아니었고, 그의 물음을 교묘히 벗어나고 있는 느낌이었다.

"과장님께서는 성공 가능성을 확률로 말씀해주시곤 했습니다. 두려웠지만 한편으로는 많은 의지가 된 게 사실입니다."

"의학적으로 생존율은 치료 후 사 년 정도 재발하지 않는 경우를 말합니다. 사 년을 넘어서면 재발 가능성은 극히 드물기 때문에 완치라고 보는 거죠. 급성 임파구성 백혈병의 임상 사례로 살펴보건대, 골수 이식 후 생존율이 팔십 퍼센트에 육박하고 있습니다."

아, 80퍼센트.

그는 걷잡을 수 없이 가슴이 뛰었다. 20퍼센트에 불과하대도, 아니 고작 10퍼센트라도 그 확률에 모든 것을 걸 각오였다. 그런데 80퍼센트라니?

"곧 이식 준비에 들어갈 겁니다. 이식 프로그램에 따라 치료팀이 구성될 것이고, 다움이는 체계적인 치료를 받게 됩니다. 치료팀 주치의는 내가 맡기로 했습니다. 통상적으로 과장이 직접 나설 일은 아니지만 자청했습니다."

원하던 바였다. 그러나 그는 선뜻 자신의 속내를 꺼내지 못한 채 연신 고개만 끄덕였고, 민 과장이 덧붙였다.

"재발, 재발을 거듭했기에 선생님의 심정을 능히 짐작할 수 있습니다. 하지만 이번엔 감히 말하고 싶습니다. 날 믿어보십시오. 믿고 함께 싸우는 겁니다. 희망이 있습니다. 아니, 틀림없이 완치가 되어 웃으면서 병원을 떠날 겁니다. 그때 나 역시 다움이의 인사를 떳떳하게 받을 수 있을 테구요."

2

아빠를 기다리고 있습니다.

잠을 깨면서부터니까 꼬박 두 시간째입니다. 아빠는 어디로 갔을까요. 엄마가 있다고 아빠 맘대로 돌아다녀도 되는 건지 모르겠어요. 기다리는 시간이 길어질수록 자꾸만 화가 납니다. 그렇다고 엄마한테 화가 난 걸 표시하고 싶진 않아요.

엄마는 매일매일 오고 있습니다. 프랑스하고 그림은 어떡하고 저럴까요. 프랑스하고 그림이 며칠 새로 날아가 버리는 것은 아니겠지만, 어쨌든 엄마는 엄마한테 중요한 곳으로 빨리 돌아가는 편이 나을 겁니다.

엄마가 옆에 있으면 답답해요. 내 몸을 한 번 접고 두 번 접어서 통 속에 집어넣은 것 같아요. 그건 엄마도 마찬가지겠죠. 아까부터 오 분에 한 번씩 시계를 들여다보고 있어요.

그렇다고 굉장히 바쁜 일이 있다고 생각되진 않아요. 엄마의 습관이겠죠. 병원에서만 생기는 습관 말예요.

엄마는 병원이랑 도대체 어울리지 않습니다. 나뿐만 아니라 우리 병실에 있는 사람들은 다 그렇게 생각할 거예요. 엄마가 병원에 오는 걸 두고 뭐랄 수는 없겠죠. 하지만 제발 화장은 약간만 했으면 좋겠어요. 옷도 대충대충 입고, 뾰족 구두도 신지 않고 왔으면 해요.

엄마가 냉장고에서 파인애플 통조림을 꺼내 들고 묻습니다.

"먹을래?"

나는 슬쩍 손을 들어 흔듭니다.

"잣죽 줄까?"

싫다는 표시를 고갯짓으로 합니다.

"그럼 우유라도 마시지 그러니?"

이번에는 가만히 엄마를 바라보고만 있습니다.

엄마의 얼굴이 새빨갛게 변하고 있어요. 이크, 화가 난 겁니다. 한 대 얻어맞을지도 모르죠. 옛날이라면 말예요. 아빠는 나한테 큰소리도 치지 않았지만 엄마는 걸핏하면 회초리를 들곤 했죠.

나는 슬그머니 창 밖으로 고개를 돌렸고, 엄마의 차가운 목소리가 뒤통수에 쏟아집니다.

"어떻게 된 애가 꼭 지 아빠가 줘야 먹으려 드니?"

그 이유를 정말 몰라요? 그렇게 엄마한테 물어보고 싶어요. 하지만 난 계속해서 창 밖을 쳐다봅니다.

"이 엄마가 그렇게도 싫으니?"

내 대답을 바라면서 물은 건 아닐 거예요. 내가 말할 수 있게 된 사실도 엄마는 모르고 있으니까요. 하긴 엄마는 나에 대해서 모르는 것투성이겠죠.

아침에 눈을 떴을 때 이상한 일이 벌어졌습니다. 내 목구멍을 막고 있던 커다란 병뚜껑이 어디론가 없어진 기분이었어요. 아, 아…… 나는 작은 소리를 내봤어요. 그랬더니 아, 하는 소리가 입 밖으로 나오지 않겠어요?

그때부터 지금까지 아빠를 기다리고 있어요. 활짝 웃는 아빠의 얼굴을 상상하면서요. 나는 벌써부터 결심을 했답니다. 말을 다시 하게 되면 제일 먼저 아빠, 하고 부르기로요.

문이 열리는 소리가 들립니다. 얼른 고개를 돌려 문 쪽을 쳐다봅니다. 실망, 실망, 대실망입니다. 코털 아저씨입니다.

두번째 코털 아저씨를 만나는 겁니다. 처음 본 건 원주에서 서울로 온 그제였죠. 엄마와 함께 문병을 왔어요. 빵떡 모자에 코털을 입술에 닿을락 말락 기르고 있었고, 난 당장 별명을 지어주었지요.

엄마가 코털 아저씨한테로 잽싸게 갑니다. 잠시 이야기를 나눈 다음 엄마는 코털 아저씨의 팔을 잡고 내 쪽으로 다가옵니다. 코털 아저씨를 볼 때마다 걱정입니다. 만약 코털 아저씨가 코를 팽 풀면 코털이 콧물 때문에 엉망진창이 되겠고, 그러면 양치질을 하듯이 칫솔로 닦아낼 수도 없을 텐데…….

"잘 지냈니, 다움아?"

코털 아저씨가 말할 때는 신기하게도 코털이 덩달아 움직입니다. 아직까지 코털 아저씨의 정체를 모르겠습니다. 코털 아저씨는 뭐하는 사람일까요. 엄마랑 어떤 사이일까요?

아빠한테 물어볼 생각을 하고 있어요. 그렇지만 솔직히 자신이 없어요. 만약 코털 아저씨와 엄마가 무척 친한 사이라면 아빠의 실망이 이만저만 아닐 테니까요.

아빠는 아직도 엄마를 사랑하고 있나봐요. 엄마한테 절대로 싫은 소리를 하지 않아요. 문제는 엄만테요, 아빠를 사랑하지 않는다는 거예요. 아빠를 쳐다보는 눈빛이 깨진 유리처럼 뾰족합니다. 목소리도 쌀쌀맞기만 하구요.

엄마는 옛날이랑 하나도 변하지 않았습니다. 프랑스에서 엄마는 꼬마 공룡 둘리처럼 빙하 속에 갇혀 있었던 게 아닐까, 그런 생각이 자꾸 듭니다. 그래서 엄마는 나이를 먹지도 않고, 생각이 자라지도 않고, 아빠에 대한 마음도 바뀌지 않은 걸까요?

엄마가 핸드백을 찾아들며 말합니다.

"엄마가 급한 일이 있단다. 다움아, 혼자 있을 수 있겠지?"

웃기는 질문입니다. 이미 핸드백을 들고 있으면서 내 생각은 왜 묻는 걸까요. 내가 안된다고 해도 결국 가버릴 거면서요.

"조금만 있어. 니 아빠가 금방 올 거다."

엄마가 시트를 목까지 올려 덮어주고는 내 뺨에 입을 맞춥니다. 그리고는 코털 아저씨의 팔짱을 끼고 병실을 나갑니다.

손으로 엄마의 입술이 닿았던 뺨을 만져봅니다. 내 가슴에 꼬마 전구 하나가 켜진 듯한 기분입니다. 왜일까요, 손에 묻어난 빨간 립스틱 때문일까요? 아, 모르겠어요.

난 얼른 꼬마 전구를 꺼버립니다. 그리고 생각합니다. 코털 아저씨의 정체에 대해서요. 혹시 엄마는 코털 아저씨랑 결혼을 한 걸까요? 설마, 설마…… 코털 아저씨는 엄마보다 열 살, 아니 스무 살도 더 어른일 거예요. 그렇게 나이 많은 사람과 결혼했다면, 엄마는 분명 머리가 이상하게 된 게 틀림없어요.

* * *

내 병이 재발했고, 그래서 난 다시 치료를 받아야 한대요. 옛날보다 훨씬 힘든 치료가 될 거래요. 아빠의 이야기를 듣는 순간, 내 눈에서는 고장난 수도꼭지처럼 줄줄줄 눈물이 새어나왔습니다.

지긋지긋한 백혈병.

원주의 병원에서부터 재발한 거라고 생각했지요. 서울로 돌아와 소아병동에 입원하면서 내 생각이 맞았다는 걸 알았어요. 끔찍한 치료도 어느 정도 각오했구요. 그런데도 난 울고 있답니다. 바보, 멍청이처럼요.

"다움이 마음 다 안다. 아빠가 모르면 누가 알겠니. 실컷 울어도 돼."

아빠는 계속해서 손등으로 내 눈물을 닦아내고 있어요. 난 고개를 돌려 아예 베개에 묻어버립니다.

모든 게 다 싫습니다. 아빠도, 하나님도, 내 자신도요.

모두들 왜 나를 가만히 놔두지 않는 걸까요. 나는요, 그냥 다른 아이들처럼만 살고 싶어요. 웃고 떠들고 뜀박질하는 친구들을 쳐다보며 한숨이나 푹푹 쉬는 싫다구요. 왜들 나를 달달 볶고 괴롭히지 못해서 안달일까요. 아빠는 뭐하러 나를 다시 병원에 데려왔을까요. 하나님은 왜 나를 고쳐주지 않는 걸까요. 나는 왜 많고 많은 병 중에서 하필이면 백혈병에 걸린 거고, 왜 팍 죽어버리지도 못하고 맨날 백혈병한테 질질 끌려다니는 거죠?

한참 동안 아빠는 내 어깨를 토닥였고, 난 울다가 지쳐버렸어요. 우는 것도 분명 힘든 일인가봐요.

아빠가 날 돌아눕게 하고는 말합니다.

"어떤 사람은 열 가지 소원이, 또 다른 사람은 한 가지 소원밖에 없다고 생각해보자. 두 사람이 동시에 하나님한테 기도를 했어. 하나님은 과연 누구의 소원을 들어주실까? 열 가지 소원을 다 들어주려면 하나님도 굉장히 피곤하실 거야. 그렇지만 한 가지 소원이라면 문제가 다르겠지. 아빠에게는 소원이 하나밖에 없다. 소원을 이뤄주세요, 하고 하나님한테 기도를 했단다. 이 소원을 안 들어주면 하나님을 믿지 않겠다고 떼를 썼지. 그랬더니 하나님이 꼭 들어주시겠다고 약속을 했다. 무슨 소원이었는지 궁금하지 않니?"

궁금해요. 나는 새앙쥐가 딸꾹질하는 소리로 대답합니다.

"우리 다움이가 빨리 커서 은미한테 장가가게 해달라는 거."

"아빠, 그런 엉터리 소원이 어딨어요?"

나는 어쩔 수 없이 웃고 맙니다. 누군가 내 겨드랑이를 간지럼 태우고 있는 기분이거든요. 아빠, 은미랑 결혼하려면 십 년도 넘게 기다려야 할 거예요. 속으로 말하고 나서 생각해봅니다.

그러니까 아빠의 소원은, 내가 건강해지는 겁니다. 건강해지기 위해선 백혈병과 싸워 이기라는 뜻이겠구요. 싸워 이기려면 아무리 아파도 참고 견뎌야 한다는 말을 하고 싶은 거겠죠.

"하지만 아빠! 치료받고 치료받고 또 치료받았지만, 자꾸만 재발이잖아요?"

"다움이의 병은 나쁜 나무와 비슷하다. 옛날 치료는 나무를 베어낸 거야. 그런데 나무가 죽지 않고 자꾸 새로운 가지를 만들어냈지. 의사 선생님들은 뿌리째 뽑아내기로 했단다. 이번이 마지막이다. 이번 치료만 끝나면 재발하는 일이 없다. 다시는, 다시는……"

아빠는 몇 번이나 끝말을 되풀이했어요. 그게 아빠의 마음인 줄 알아요. 하지만 내 눈에선 또 눈물이 흘러나옵니다.

"머지않아 다움이가 건강해질 테고, 다움이랑 교회에도 나갈 수 있겠
구나…… 생각만 해도 힘이 저절로 생긴다. 그런데 다움이는 아빠와 생각
이 다른가보지?"

아뇨. 다움이도 살고 싶어요. 죽고 싶지 않아요. 사락골에서부터 그랬
고, 원주 병원에서 깨어날 때도 그랬고, 지금도 그래요. 하지만 무서워요.

옛날 치료와 이번 치료가 어떻게 다른지 아빠는 한참 동안 설명해줍니
다. 지난번 퇴원한 것은 병이 나아서가 아니었대요. 나와 똑같은 골수를
몸에 넣어줘야만 살 수 있는데 골수를 찾지 못했던 거라나요.

"병원에서도 아빠도, 다움이의 병을 포기했단다. 치료할 방법이 없었
지. 사락골에 간 것도 바로 그 이유였구."

백혈병은 까딱하면 날 죽일 수 있는 무서운 병이니까, 나는 아마 사락
골에 계속 있었다면 죽고 말았을 거예요. 그랬다면 아빠는 어떻게 되었을
까요.

내 머릿속에는 가시고기 한 마리가 둥둥둥 떠다녔어요. 먹지도 잠자지
도 않고 새끼를 돌보는 불쌍한 아빠 가시고기 말예요.

"다움이와 똑같은 골수를 찾은 거야, 대단히 어렵게. 아빠도 다움이가
힘든 건 더 이상 보기 싫구나. 하지만 진짜 완치될 수 있는 기회를 힘들다
고 그냥 보내버리면 될까? 다움이가 어른이 되고 결혼도 하고 아빠도 되
는 걸, 이 아빠는 정말 보고 싶구나. 그런데 다움이가 이렇게 힘없이 울기
만 하면 되겠니?"

내가 고개를 젓자 아빠는 둘째손가락으로 내 볼을 톡톡 두드립니다.

"다움이가 어떤 생각을 하느냐, 그게 제일 중요해. 난 참아낼 수 있어,
병한테 절대로 지지 않을 거야, 꼭 건강해지겠어…… 그런 생각만 하면
되는 거란다. 아빠는 다움이가 꼭 해낼 거라고 믿어."

아빠는 날 너무 믿어서 탈입니다. 나는요, 겨우 열 살짜리 꼬맹이예요. 하지만 아빠의 말대로 좋은 생각만 해야 된다는 걸 알아요. 꼭요. 그래야 아빠를 불쌍한 아빠 가시고기로 만들지 않을 테니까요.

아빠는 주머니에서 무엇인가 꺼냅니다. 내가 선물한, 아빠의 모습을 조각한 거예요. 아빠는 그걸 내 손에 꼬옥 쥐어줍니다.

"아빠도 그 동안 많이 힘들었단다. 그때마다 이 조각을 보면서 생각했지. 힘내자, 걱정하지 말자, 다 잘될 거야, 하고. 이젠 다움이 차례야. 힘들 때마다 조각을 보면서 생각해, 아빠처럼. 그러면 힘이 저절로 솟는단다. 그리고 아빠가 곁에 있을 거다. 아빠가 꼼짝 않고 있을 텐데 뭐가 걱정이야?"

3

산 하나 넘어서자 깊은 강이었고, 허우적대며 강을 건너자 깎아지른 절벽이 턱 버티고 있었다. 날은 저물고 돌아갈 길은 끊겼으며, 육신은 곤고했다.

정녕 그의 심정이 그러했다. 아이의 이식 비용을 생각하노라면 깎아지른 절벽을 망연히 올려다보고 있는 느낌이었다. 그러나 살점이 뜯기고 무릎이 깨지고, 손톱이 뽑혀 피투성이 만신창이가 될지라도 기필코 기어올라야 할 절벽이었다.

거기가 끝이었다. 절망과 고통과 혼돈과 안타까움의 종착지였다. 올라서기만 하면 거기 곤고한 육신이 안식할 만한 곳을 만나리라. 지나온 길 굽어보며 수고했노라고 미소지을 수 있을 터였다.

2천만 원. 이식 수술 예치금으로 선납해야 할 액수였다.

그리고 별도의 2천만 원. 이식 전에 받아야 할 각종 치료와 이식, 생착 및 회복 단계까지를 어림잡은 액수였다. 그 밖에 공여자가 외국인이므로 항공편과 체재비 등의 비용을 예상해야 할 것이었다.

　아이의 완치를 생각하면 참으로 하찮은 금액이었다. 그러나 수중에 남은 돈이라곤 하루치의 치료비조차 감당치 못할 액수였다.

　돈이 없다는 건 진정 불편한 일이지 불행의 이유가 될 수 없다, 따라서 돈이 없다고 기죽을 까닭은 없노라고 생각한 적이 있었다. 그러나 현실과 유리된 몽상가의 푸념에 불과하다는 사실을, 아이의 투병이 시작되면서 그는 실감했다. 돈이 행복을 가져다줄 수는 없겠지만 얼마든지 불행의 구렁텅이로 빠뜨릴 능력은 갖고 있었다.

　그는 아침부터 거리를 쏘다녔다. 친구를 만났고, 출판사를 전전했다. 자존심을 버리고 사정했다. 자신의 몸뚱이에 바겐세일 딱지라도 붙여놓은 기분으로 출판사를 기웃댔다. 그렇게 하루하루 덧없이 흘러갔으며, 어스름이 드리울 무렵 병원으로 돌아오는 길은 멀고도 참담했다.

　명인출판사 홍인수 사장은 약속보다 한 시간 늦게 나타났다.

　어제 만난 이국성은 말했다. 차라리 취직을 해라. 우리 매형 출판사 편집장 자리가 빈 모양이더라. 내가 잘 이야기해놓으마. 이국성이 미리 연락을 취해놓았을 터지만 홍 사장은 약속 따위는 아예 잊은 듯한 표정이었다.

　아쉬운 쪽은 그였으므로 먼저 입을 열었다.

　"편집장을 찾는다고 국성이한테 들었습니다."

　"처남이 전화를 했더군요. 정말 우리와 함께 일해볼 의향이 있는 거요?"

　"기회를 주신다면 열심히 하겠습니다."

"그런데 난 말이오, 정 선생이 어째서 우리 쪽에 몸을 담으려 하는지 의문이오. 경력으로 보나 능력으로 보나 유명 출판사 쪽으로 가야 옳은 거 아닌가?"

"어느 곳이나 장단점은 있습니다. 그러나 제 능력을 맘껏 발휘할 수 있는 곳, 발전 가능성이 무한한 명인출판사를 택하고 싶습니다."

얼굴에 다족류의 벌레가 스멀스멀 기어다니는 느낌이었다. 예전이라면 결코 입 밖으로 내지 않았을 말이었다. 그러나 그는 미심쩍은 눈초리의 홍 사장에게 확신에 찬 말을 거듭했다.

"그럼 잘해봅시다, 우리."

홍 사장이 손을 내밀었고, 그는 고개를 숙이며 악수를 받았다. 그러나 결정짓기엔 성급했으므로 그는 조심스레 말을 꺼냈다.

"월급에 대해 드릴 말씀이……."

"지난번 편집장이 백이십을 받았소. 정 선생 능력을 믿고 백오십으로 책정하리다."

2백만 원을 제시한 출판사가 있었다. 하지만 그로선 돌아나올 수밖에 없었다. 홍 사장의 목소리가 이어졌다.

"현재 우리 사정이 녹록치 않으니 당분간 그리했으면 좋겠소만, 정 선생의 생각이 다르다면 참작해볼 수는 있소이다."

"과분하신 처사입니다. 다만 어려운 부탁을 드릴 게 있습니다."

가능하다면 침묵하고 싶은 순간이었다. 그러나 달리 홍 사장을 설득할 방법이 없었다. 그는 아이의 상황을 설명한 후 덧붙였다.

"저의 능력과 몸을 사장님께 저당잡히고 싶습니다. 기획, 편집, 영업까지 어떤 일이든 가리지 않고 최선을 다하겠습니다. 대신 삼년치 월급을 일시불로 주셨으면 합니다."

홍 사장은 자다가 뺨맞은 낯을 하고 있다가 고개를 흔들며 말했다.

"정 선생 사정은 알겠소. 그러나 나로선 감당하기 어려운 제의로군. 아니, 다른 어느 곳도 마찬가지일 거요. 목돈을 마련하는 것도 그렇고, 사람의 일이란 당장 내일을 알 수 없는 거 아니겠소."

반드시 무리한 요구라 단정할 수는 없었다. 출판계가 호황일 적에는 별도의 스카우트비로 그만한 액수를 제시하곤 했다.

나 역시 목돈으로 받고 싶지는 않다. 월급 없이 3년을 지낼 생각을 하면 암담하다. 하지만 아이의 치료비를 할부로 지불할 수는 없는 노릇이 아닌가. 각서라도 쓰라면 쓰겠다. 나를 믿어달라. 반드시 출판사를 일으켜 세우겠다.

그는 같은 말을 반복해 늘어놓았다. 홍 사장에게는 허망하기 짝이 없는 메아리였을까. 종내 고개를 흔든 홍 사장이었다.

일시불 조건이 수락되지 않는다면 취직 자체가 무의미했다. 협상은 결렬되었다. 자신의 무능을 재삼 확인한 셈이었으며, 희망의 한 조각이 또다시 뜯겨나갔다.

그가 자리에서 일어서자 홍 사장이 말했다.

"정 선생, 취직보다는 지난번 이야기했던 시집에 신경쓰는 편이 낫지 않겠소?"

홍 사장은 예의 그 시집을 말하고 싶은 모양이었다. 전략적으로 스무 편쯤의 간질간질한 시를 써서 전면에 배치하고, 꽃 한 송이 얹어놓은 표지의 시집.

그는 엉거주춤 다시 앉으며 말했다.

"시를 쓸 수는 있습니다만 과연 돈이 될지 의문입니다."

"정 선생이 얼마나 감칠맛나게 쓰느냐, 우리 쪽에서 어떻게 기술적으로 포장하느냐에 달렸소. 일단은 정 선생이 어렵지 않게, 쉽게 쉽게 읽힐 수 있는 시를 쓰는 것이 중요하오. 일테면……."

일테면 감상적이고 소녀 취향에 합당한 시를 말하고 싶은 것이리라. 그러나 홍 사장은 전혀 뜻밖의 제의를 해왔다.

"시한부 삶의 아들, 그 아들을 살리기 위해 몸부림치는 애틋한 부정…… 정 선생의 심정을 곧바로 시로 형상화하는 거요. 수기를 쓰듯 말이오. 이거 감이 오는데? 왠지 대박이 터질 느낌이오."

그까짓 간질간질한 시 몇 편 정도는 쓸 수 있었다.

정호연이 돈을 위해 세상의 발가락을 핥기로 작정을 한 거야. 결국 그럴 거면서 고고한 척은 혼자 다 했군. 그래, 마음껏 비난하라. 몸을 팔 수 있다면 영혼 역시 그리한다고 뭐 대수랴. 그러나 그 속에 아이를 끼워넣으라는 건 참기 힘든 모욕이었다.

그는 팔짱을 끼고 소파 깊숙이 허리를 묻었다. 마음속에선 분노가 들끓었지만, 끝까지 지켜보자는 오기 또한 발동했다.

"정 선생 입장에선 선뜻 내키지 않겠지만서도, 진정한 감동이란 삶의 체험에서 우러나온 진솔함에 기초하는 것 아니겠소? 굳이 시의 품격을 떨어뜨리는 일도 아닐 테구. 내 말대로 합시다. 출판에 뛰어든 지 십수년 만에 이런 확실한 감은 처음이오. 날 믿어봐요."

홍 사장은 침을 튀어가며 열을 올렸다. 어쩌면 분주히 머리를 굴려 광고의 문구까지 떠올리고 있을지도 모를 일이었다. 그가 편집자로서 원고를 대하는 순간, 분명한 카피를 끄집어낼 수 있느냐 없느냐의 문제를 두고 출판의 가부를 고민했듯이.

그러거나 말거나 그는 시종 입을 다물고 있었다. 하지만 홍 사장의 물음에 맥없이 무너져 내렸다.

"우선 아들을 살리고 봐야 할 거 아니오?"

그는 질끈 눈을 감았다. 모욕이든 분노든 오기든, 그 모두 감정의 사치였고 한가한 넋두리였다. 현실은 분명하고 엄격했다. 아이를 살리는 일이었다. 아이를 살릴 수 있다면 목숨마저 내놓으리라 줄곧 다짐해오지 않았던가.

"선인세를 넉넉히 내리다."

"얼마나⋯⋯?"

"오백까지는 마련해보겠소."

그가 고개를 돌리자 홍 사장의 목소리가 다급하게 이어졌다.

"정 선생도 출판계 사정이야 빠꼼할 테지만 시집에 선인세 오백이면 굉장한 액수 아니겠소? 요즘엔 세 권짜리 소설도 그만한 선인세 받기는 힘들지. 시집이야 오죽하겠소. 자비로라도 출판하겠다는 원고들이 지금도 캐비닛 가득 쌓여 있소."

그는 인세를 포기하고 일시불로 받는 매절에 대해 물었다. 필자로선 가능한 피해야 할 선택이었다.

홍 사장은 한동안 생각에 잠겼다가 대답했다.

"오백에 오백을 더 내겠소. 그 이상의 모험은 절대 무리라는 사실은 정 선생이 더 잘 알 거요."

1천만 원과 4천만 원의 거리는 어느 정도일까. 산모퉁이를 돌아 바라다보이는 외딴집의 가물거리는 불빛까지의 거리, 혹은 지구에서 태양계의 마지막 혹성까지의 거리⋯⋯.

조만간 답을 주겠다는 말을 마지막으로 그는 일어섰다.

4

난 잘하고 있답니다.

어제 골수 검사를 받을 때도 그랬고, 오늘 히크만 도관도 잘 참아냈죠. 히크만 도관은 겁이 났어요. 골수 주사야 수없이 맞아봤지만 히크만 도관은 처음이었거든요. 오른쪽 가슴 위에 구멍을 뻥 뚫는다고 생각해봐요. 겁을 내는 건 당연하지 않겠어요.

뻥 뚫린 구멍을 통해 내 몸 깊숙이 있는 큰 핏줄에 고무 대롱을 연결하는 것이 히크만 도관이랍니다. 고무 대롱은 퇴원할 때까지 빨랫줄처럼 내 가슴에 매달려 있을 거예요. 이제부터는 고무 대롱을 통해 약들이 내 몸으로 흘러들어 가요. 지긋지긋한 정맥주사는 더 이상 맞을 필요가 없대요. 그리고 잊지 말아야 할 것은, 일본 누나의 골수가 이 대롱을 통해 들어가 날 살리게 된다는 거지요.

난 잘 참아냈고, 내 자신이 아주 자랑스러워요.

하지만 너무너무 힘들어요. 고무 대롱이 박힌 가슴 위로 펄펄 끓는 물을 계속해서 부어대는 것 같아요. 자꾸만 구역질이 나고, 머릿속 가득 개구리들이 들어 있는 것처럼 시끌벅적 골치가 아파요. 오늘 아침부터는 머리카락이 빠지기 시작했어요. 자고 일어나 보니 베개가 새까맣게 변해 있었죠.

내 손에는 아빠 모습을 새긴 조각이 들려 있습니다.

힘들고 아프고 속이 상하고 울음이 터져나오려 할 적마다 조각을 들여다봅니다. 그래요, 난 지금 내 자신을 마구마구 응원하고 싶은 거예요. 나한테는 세상에서 제일 사랑하는 아빠가 있잖아, 하면서요.

아빠와의 약속을 지키기 위해서 열심히 노력하고 있어요. 그렇지만 내 곁에 꼼짝 않고 있겠다던 아빠는 요즘 걸핏하면 나를 혼자 놔둔답니다. 엄마가 대신 있긴 하지만, 따지고 보면 혼자인 거나 마찬가지예요.

엄마는 창가에 서서 등을 보인 채 코털 아저씨와 이야기를 하고 있습니다. 무슨 할말이 그리 많은지 소곤소곤 쑥덕쑥덕, 끝날 줄을 몰라요. 상관할 것 없잖아요. 그런데 발이라도 달린 것처럼 내 귀는 자꾸만 엄마 쪽으로 달려가려고 해요.

이따금씩 엄마는 고개를 돌려 나에게 생긋 눈웃음을 짓습니다. 엄마는 웃고 싶은가봐요. 마음대로 하라죠. 엄마는 이제 나랑은 땡땡땡, 완전히 끝났으니까요.

조금 전 드디어 코털 아저씨의 정체에 대해 물어봤답니다. 나로선 굉장히 망설이다 물은 건데 엄마는 너무나 간단히 대답했어요.

"아저씨랑 결혼했어."

"아빠는요?"

"니 아빠가 말해주지 않았나보구나. 엄마는 니 아빠랑 오래전에 헤어졌단다."

"왜요?"

엄마는 아무 말 없이 웃기만 했어요.

"아빠는요……."

엄마를 사랑하고 있어요, 라는 말을 하려고 했습니다. 하지만 그 말을 하는 순간 내 자신이 바보 천치가 되고 말 것 같은 기분이 들었어요. 아뇨, 너무 슬픈 말이라서, 나를 위해서나 아빠를 위해서나 입다물고 있는 편이 좋겠다고 생각했지요.

나는 겨우 이렇게 말했답니다.

"아빠는 엄마를 미워하지 않아요."

"엄마도 니 아빠를 미워하지 않는다. 엄마와 아빠는 서로 생각이 맞지 않아. 그래서 헤어진 거야."

사람은 누구나 자신의 생각을 갖고 있죠. 자기 생각이 없는 사람이 어디 있겠어요. 그러니까 사람마다 서로의 생각이 맞지 않는 건 당연하잖아요. 나도 그래요. 성호와 내 생각은 서로 달랐고, 은미랑도 그렇고, 하다 못해 아빠와도 다를 때가 많은 걸요. 생각이 맞지 않아서 헤어져야 한다면 사람은 아무하고도 친해질 수 없을 거예요.

"아저씨는, 우리나라는 물론이고 프랑스에서도 유명한 화가란다."

흥, 좋겠군요. 난 더 이상 엄마 이야기는 듣고 싶지 않았어요. 엄마는 내 속도 모르고 계속 말했죠.

"아저씨가 엄마를 많이 도와주고 있지."

엄마는 코틸 아저씨가 유명한 화가이기 때문에 결혼한 건지도 몰라요. 아빠와 생각이 달라서 헤어졌다는 건 새빨간 거짓말이구요.

아빠랑 헤어졌으면서 뭐하러 나한테 자꾸만 오는 거죠?

난 눈을 똑바로 뜨고 물으려 했습니다. 엄마가 어떻게 대답할지는 관심없었어요. 아빠와 내가, 엄마와는 다르다는 걸 분명히 보여주고 싶었을 뿐예요. 그런데 불쑥 코틸 아저씨가 문을 열고 들어왔답니다.

엄마가 내 쪽으로 다가오는 게 느껴집니다. 코틸 아저씨도요.

"그게 뭐길래 아까부터 보고 있는 거니?"

엄마가 허리를 굽혀 조각을 쳐다보았고, 난 재빨리 시트 속으로 손을 집어넣습니다.

"이리 줘봐."

안돼요, 싫어요. 소리지르고 신경질을 내고 싶었지만 바보처럼 엄마한테 조각을 넘겨주고 맙니다. 난요, 옛날부터 엄마가 무서웠어요. 엄마가 명령하는 건 꼭 해야 되는 걸로 알았어요. 그 버릇이 아직까지 남아 있는 모양예요.

엄마가 조각을 요리조리 살펴보다 묻습니다.

"어디서 난 거니?"

"내가 만든 거예요."

"이걸 네가 직접 조각했단 말이야?"

엄마의 입이 딱 벌어집니다.

거짓말예요. 사실은 길에서 주웠어요. 그렇게 말해야 한다는 생각이 나를 마구 몰아붙입니다. 이유는 모르겠어요. 왠지 느낌이 좋지 않아요. 하지만 다른 생각도 있습니다. 엄마가 오랫동안 나를, 그리고 아빠를 무시해왔다는 생각이죠.

난 결국 엄마한테 말하고 맙니다.

"그까짓 게 뭐 힘든 일인가요?"

엄마는 고개를 흔들더니 조각을 코털 아저씨한테 건네줍니다. 내 허락도 받지 않구요. 코털 아저씨는 조각과 나와 엄마를 번갈아 쳐다보더니 입을 엽니다.

"정말 다움이 솜씨가 맞니?"

한번 말해줘서 믿지 않는다면 백번 천번 말해도 입만 아플 테죠. 난 잠자코 손을 뻗습니다. 조각을 돌려달라는 뜻이에요.

"조각을 배웠니?"

코털 아저씨가 돌려줄 생각은 하지 않고 다시 물었고, 난 고개를 젓습니다.

"배우지도 않았다? 아저씨로선 도무지 믿을 수가 없구나."

"나무를 보고 만지고 냄새 맡다보면 그 속에 들어 있는 모양이 느껴져요. 난 그냥 그걸 밖으로 꺼내주는 거예요."

정말 그래요. 아빠를 생각하면 아빠가, 은미를 생각하면 은미가 나무 속에 들어 있어요. 조각칼로 나머지 부분을 베어내면 아빠와 은미가 툭 튀어나오죠. 어려운 일도, 칭찬받을 일도 아니랍니다.

코털 아저씨가 엄마를 바라보며 말합니다.

"나무를 보고 그 속의 형상을 읽어낼 수 있다? 사실이라면 놀라운 천재성이군."

엄마는 내 머리를 쓰다듬으면서도 눈은 코털 아저씨를 향해 있습니다. 머리털이 빠지기 시작할 때는 절대로 머리를 쓰다듬는 짓은 하지 않죠, 아빠라면요.

"그림 그리는 걸 좋아하니?"

코털 아저씨의 물음에 나는 아니라고 대답합니다.

"그림을 배워본 적이 있니?"

"없어요."

"그럼 배워볼 생각은 있니?"

"아뇨."

"아저씨가 보기엔 다움이는 엄마를 닮은 것 같다. 대단히 소질이 있어. 아저씨가 도와주고 싶구나."

나는 코털 아저씨의 손에서 조각을 빼앗습니다. 그리고 마음속으로 말합니다.

엄마처럼 도와주겠다구요? 난 엄마랑은 달라요.

5

아내는 긴히 할말이 있다며 그를 병원 앞 일식집으로 이끌었다. 박인석이 동행하였다. 일식집 내실에 자리를 잡고 식사를 주문한 후 아내가 입을 열었다.

"미리 말해두겠어요. 서로 언성을 높이거나 낯을 붉히는 일이 없었으면 해요."

"나 역시 그래. 그럴 만한 일도 없을 테구."

"조만간 프랑스로 돌아가야 해요. 그 전에 분명히 해두고 싶은 게 있어요."

아내는 박인석에게 눈길을 돌렸다. 박인석은 파이프에 꼼꼼히 담뱃잎을 다져넣고 있었고, 선뜻 다음 말을 잇지 못하는 아내였다.

"다움이 때문이라면 걱정하지 말고 돌아가. 다움이는 잘해낼 거야."

그의 말에 아내의 시선이 더디게 돌아왔다.

"당신이 잘해낼 것 같지 않아서 탈이죠."

"……."

"오후에 원무과에서 당신을 찾았어요. 무슨 일인가 해서 가봤죠. 망신스럽게도 치료비가 밀렸더군요. 생각 같아선 당장 해결하고 싶었어요. 하지만 꾹 참았죠. 당신 입장을 생각해서요."

"망신스러웠다면 미안해. 그리고 꾹 참은 건 썩 잘한 일이야. 정산할 날짜를 깜빡했을 뿐이니까."

"깜빡했다구요? 좀더 솔직해질 수는 없나요?"

박인석이 뿜어내는 담배 연기가 코끝을 간지럽혔다. 담배 생각이 간절했다. 그러나 아이를 서울로 옮기면서 끊어버린 담배였다. 담배 피우는 걸 싫어하는 아이였고, 어렵사리 투병을 시작한 아이에게 공연한 걱정거리를 안겨주고 싶지 않았다.

"당신에 대해 알아볼 만큼은 알아봤어요. 딴맘이 있어 뒷조사를 한 건 아녜요. 다만 아이를 책임질 수 있을까, 그게 궁금했을 뿐예요. 아파트를 날리셨더군요. 어디다 어떻게 날렸는지는 묻지 않겠어요. 하여간 지금은 집도 절도 없는 상태고, 직장도 없고, 가진 건 더더욱 없으면서 아이의 치료비는 어쩔 셈이죠?"

"내가 알아서 해. 당신이 상관할 바가 아냐."

"상관할 바 없다? 참 쉽게 말하는군요. 다움이는 내 아이기도 해요. 내 속으로 고생 고생해가며 낳은 아이란 말예요."

"맞는 말이야. 늘 고맙게 생각하고 있지. 그렇지만 당신은 당신의 삶이 있잖아?"

그는 박인석을 흘낏 보았다. 박인석이 한 손으로 턱을 괸 채 허공에 시선을 고정시키고 있었다.

현재의 남편을 옆에 두고 아내가 전 남편과 옛일을 이야기하고 있다. 박인석은 어떤 심정일까. 자신이 박인석의 입장이라면 어떻게 행동했을까. 박인석처럼 굳세게 자리를 지키고 있을지 의문이었다. 아니, 진작에 떠나고 말았으리라. 어쨌거나 우스꽝스럽고 어처구니없는 상황임에는 분명했다.

"그래요, 나는 내 삶이 있어요. 하지만 아이도 내 삶의 한 부분이에요."

아내가 긴 한숨을 몰아쉰 뒤 덧붙였다.

"이제 와서 새삼스레 엄마 노릇에 안달이 난 건 아녜요. 그렇지만 저 꼴로 누워 있는 아이를 그냥 둘 수는 없어요. 그리고 이런 말까지는 하지 않으려 했지만, 다움이는 당신보다 날 더 많이 닮았어요."

"아이가 누구를 닮았느냐는 중요하지 않아. 요점만 말해, 빙빙 돌리지 말구."

"…… 당신한테는 더 이상 아이를 맡길 수 없다고 생각해요."

"무슨 근거로?"

"이미 말했잖아요. 알고 있겠지만, 예치금을 내지 않으면 병원에선 이식센터로 옮기는 것을 허락하지 않을 거예요. 당신은 현재 이천만 원을 감당할 수 없는 빈털터리구요. 이대로 있다간 아이는 이식은커녕 치료조차 제대로 받지 못할 거고, 당신은 예전처럼 아이를 산골짜기로 끌고 가겠죠.”

“그런 일은 없어, 절대로.”

“장담하지 말아요. 사람이 돈을 속이나요, 돈이 사람을 속이지.
당신이 아이를 위해 애쓴 건 알고 있어요. 그 점에 대해선 충분히
보상할 용의가 있어요. 그렇다고 아이를 놓고 흥정하자는 뜻으로
오해하진 말아요. 다만 현실적인 선택을 하자는 이야기예요. 아이
를 위해서나 당신을 위해서나.”

보상? 흥정? 현실적 선택? 그는 소리내어 웃었고, 웃을 도리밖에
없었다. 그러나 지독히 쓸쓸했다. 가을걷이가 끝난 황량한 들판에
서서 저무는 서녘을 망연자실 바라보는 심정이라고나 할까.

“어쨌든 당장은 아이부터 살려놓고 봐야 되는 거 아니겠어요?
그러기 위해선 무능한, 미안해요, 당신보다 내가 아이를 책임지는
편이 당연하겠구요.”

“당신 생각처럼 내가 무능한 아버지일 수는 있겠지. 그래, 맞아.
난 늘 부족한 아버지였어. 하지만 아이를 허망하게 죽도록 방치할,
그런 나쁜 아버지는 아냐.”

아내의 목소리가 억눌린 용수철처럼 튀어올랐다.

“그래서 어쩌자는 거죠? 결국 아이를 포기하지 않겠다는 뜻예요,
뭐예요?”

“포기? 아이를 두고 사용할 수 있는 말이 아니야.”

“말꼬리 잡고 늘어지지 말아요, 치사하게.”

“…… 다움이와 나, 우리에겐 우리의 삶이 있어. 당신에게 당신
의 삶이 있듯이 말이야. 난 당신이 현재의 삶에 만족하고 있다고
생각해. 당신의 미래 역시 그러길 진심으로 바라고 있어. 당신도 우
리를 그런 식으로 이해해줬으면 좋겠군. 힘든 건 사실이야. 하지만

장차도 그럴 거라고 지레 단정짓지 마."

아내가 아랫입술을 깨물고는 쏘아보았다. 그는 아내의 시선을 맞받았으며, 부질없는 대화를 서둘러 끝내고 싶었다.

"궁금한 게 있어. 당신이 느닷없이 아이에 대해 집착하는 이유를 모르겠군, 나로선."

"아이를 떠나 있으면서 잠시도 마음 편한 적이 없었어요. 그 동안 내가 얼마나 가위에 눌려 악쓰며 깨어났는지 알기나 해요?"

"당신 마음이 편하자고, 다시는 가위에 눌리지 않으려고 아이를 책임지겠다는 건가? 그럼 나는 어찌되든 상관없다는 뜻인가? 우습군, 몹시."

아내가 자리를 박차고 일어섰다.

"제발 아이가 당신의 전유물인 것처럼 말하지 마요. 역겨워요."

"나와는 상관없이 당신은 분명 다움이에게 하나뿐인 엄마야. 예전이나 지금이나, 먼 훗날까지도. 난 당신과 다움이가 언제나 서로 아끼고 걱정하는 다정한 사이길 바라왔어. 이 생각은 앞으로도 변함이 없을 거야. 아이가 엄마를 찾는 것처럼 당신이 아이를 그리워하고 염려하는 것은 엄마로선 당연한 권리겠지. 그러나 한 가지는 분명히 말해두고 싶군. 당신이 나에게서 아이를 데려갈 권리는 없어. 지금이나, 앞으로도 영원히."

"그 잘난 각서 한 장 갖고 있다고 득의양양한 모양인데, 과연 뜻대로 되어줄지 모르겠네요. 끝까지 포기하지 않겠다면 최후의 방법을 생각하지 않을 수 없어요. 다시 말해 법으로 해결하겠다는 뜻에요. 당신은 전과가 있는 사람이에요."

"전과라니?"

"그렇지 않구요. 병원의 만류를 뿌리치고 치료를 중단해 아이를 죽음 직전까지 몰고 갔으니까요. 게다가 당신은 현재 무능력자니, 법원은 아이의 양육권을 당연히 나한테 되돌려주겠죠."

아내가 소리치는 것으로 자신의 다짐을 내보이고는 문을 열고 나갔다.

* * *

아내가 떠났음에도 삼인분의 식사는 어김없이 날라져 왔다.

아이의 양육 문제로까지 비약될 일이 아니었다. 설령 아내가 처음부터 작심하고 이야기를 꺼냈다 해도 진작에 결정난 바였다. 굳이 아내의 자격을 따지고 싶지는 않았다. 어쩌면 아내의 지적대로 치사한 짓거리에 불과하리라.

그러나 양육권 포기각서를 들먹인 아내의 태도는 이해하기 힘들었다. 각서를 요구한 적이 없을 뿐더러 막상 아내 편에서 각서를 보내왔을 때조차, 과연 이따위 종이 쪽지가 무슨 의미일까, 씁쓸히 미소짓고 만 그였다. 그러나 법으로 해결하겠다는 아내의 말은 비수가 되어 그의 가슴 깊이 꽂혀 있었다.

아내를 미워하고 싶진 않았다. 결국 헤어질 사이였다면, 채 미움을 익히기 전에 헤어진 점을 오히려 다행으로 여겨왔다. 그러나 뒤늦게 아내를 미워하게 될지도 모른다는 생각이 그를 턱없이 심란하게 만들었다.

아내 몫의 복지리탕을 물끄러미 건너다보고 있을 때, 박인석이 파이프를 재떨이에 내려놓으며 입을 열었다.

"밥은 그렇고, 술이나 한잔 하겠소?"

"드십시오. 난 식사를 하겠습니다."

그러나 그는 몇 차례 해작거리다 수저를 내려놓고 말았다. 박인석이 자작을 거듭하다 그에게 잔을 내밀었다.

"받기만 해요. 정 선생한테 한잔 건네고 싶어서 그렇소."

박인석이 술병을 기울여 잔을 채우는 동안, 그는 한 여자를 두고 두 남자가 다투다 종국에는 술잔을 주고받고 있는 듯한 기묘한 착각에 잠시 빠져들었다. 당치도 않았다. 그렇다고 적개감이나 분노 따위의 감정으로 박인석을 대할 이유도 없었다. 아내를 단념한 그 순간부터 박인석은 그저 익명의 낯선 사내였다. 다만 박인석과 마주칠 때마다 짙은 안개 속을 한량없이 떠돌고 있는 듯한 난감한 느낌이 들곤 했다.

박인석이 아내 몫의 잔을 끌어다 술을 채우고는 말했다.

"과정이야 어찌되었든 나로 인해 정 선생이 피해를 입었다면, 그 점을 먼저 진심으로 사과하고 싶소. 이야기를 주욱 듣고 있자니 이상하게도 집사람보다 정 선생 입장을 더 많이 생각하게 되더이다. 내 나이가 내일 모레면 오십이오. 부끄럽게도 이 나이 먹도록 아버지가 되어보지 못했소. 따라서 정 선생의 심정을 제대로 이해할 수는 없을 거요. 그러나 말이오, 다움이가 정 선생에게 어떤 의미인지 짐작할 듯하오."

달리 대꾸할 말이 없기에 그는 멋쩍게 웃었다. 박인석이 베레모를 슬쩍 들어올려 손바닥으로 이마를 문지르며 말을 이었다.

"정 선생도 겪어봐서 알겠소만, 집사람은 원래 뒤끝이 없는 사람이오. 재판이니 뭐니 했던 것 역시 감정이 격해진 나머지 해본 소리일 거요. 혹시 그럴 결심을 했대도 내가 책임지고 막겠소."

"다움이 엄마한테 전해주십시오. 단순히 치료비 때문이라면 괜한 염려할 것 없다구요."

"반드시 치료비 때문일 리야 있겠소. 그 뭐랄까, 잠들었던 모성이 아이를 다시 만나는 순간 깨어났다고나 할까······."

잠들었던 모성? 사실이라면 반가운 노릇이었다, 진심으로. 그 깨어난 모성으로 아이의 지난날의 상처를 치유할 수 있다면 말이다.

어머니를 원망하면서도 한편 한없이 그리워했던 유년의 기억. 그는 자신이 어렵사리 통과해온 유년의 상처를 아이에게 고스란히 대물림하고 있는 듯했고, 그게 늘 마음에 걸렸다.

"하여튼 치료비 문제를 몹시 걱정하고 있는 건 명백한 사실이오."

박인석이 그를 빤히 쳐다보다 덧붙였다.

"나 역시 옛날에는 지독한 가난뱅이였소. 지금은 그림으로 그럭저럭 돈푼깨나 손에 쥐고 있소. 오해하진 말길 바라오. 정 선생을 돕고 싶소."

"고마운 말씀이군요. 하지만 사양하겠습니다."

"순수한 뜻으로 돕겠다는 것이오. 그리고 집사람의 소생인데 모른 척하기가 힘들군요."

순간적으로 그는 강렬한 유혹에 휩싸였다.

이 사내의 제의를 순수하게, 또한 단순하게 받아들일 수도 있다. 뾰족한 방법이 있는 것도 아니지 않은가. 자존심 때문이라면, 알량한 자존심일랑 개나 먹으라고 던져줘라. 억지를 부릴 필요는 없다. 당장이 문제다. 따라서 빚으로 간주하고 차후에 갚으면 될 것이다. 그러나······ 평생 회한의 가슴을 보듬고 살아가야 하리라. 그리고······ 어떠한 희생을 치르더라도 자신의 힘으로 지켜내야 할 아이였다.

그는 고개를 단호하게 저었다.

"아이의 생명이 걸린 일입니다. 박 화백께서 내 경우라면 남의 도움으로 아이를 살리고 싶을까요, 과연?"

"집사람은 남이 아니지 않소? 집사람의 입장을 생각해주길 바라오. 집사람도 아이를 위해 무엇인가 해야 옳지 않겠소?"

"구태여 치료비일 까닭은 없다고 생각합니다. 그것 말고도 엄마 노릇은 얼마든지 있으니까요."

박인석이 낭패한 낯으로 파이프를 집어들어 불을 붙였다. 한숨처럼 길게 담배 연기를 내뱉고는 물었다.

"정 선생 뜻을 충분히 잘 알겠소. 집사람을 설득해보겠소이다. 한데 치료비를 마련할 방도는 찾아낸 거요?"

"일일이 설명해야 합니까?"

"궁금하오. 알아야 집사람을 설득하기도 쉬울 것이구."

"시집을 출간하기로 했습니다. 좋은 조건이니 치료비는 쉽게 해결될 겁니다."

결정된 바가 아니었다. 시집 출판으로 치료비 전부를 충당할 수도 없었다. 하지만 어딘가에 찾아내지 못한 방법이 반드시 있으리라 믿으며, 한편 스스로를 위로하고 격려하고 싶은 까닭이었다.

무겁고 답답한 침묵이 한동안 이어졌다. 어디쯤에서 일어서야 할지를 궁리할 때, 박인석이 입을 열었다.

"다움이가 조각에 놀라운 재능을 지녔더군요. 완치가 되거든 정식으로 재능을 살려줄 방도를 찾아야 할 성싶소이다."

"굳이 필요성을 느끼지 않습니다. 중요한 건 본인의 선택이라고 생각합니다. 아이 스스로 선택할 능력이 생기기 전까지는 한낱 강요에 불과할 겁니다. 부모의 욕심을 앞세워 아이를 괴롭히고 싶지 않습니다."

"다움이의 재능은 천재성에 가깝소. 그러나 천재성도 개발시켜 주지 않으면 그 상태에서 정지하고, 끝내는 묻혀버리게 마련이죠."

삶을 고단하게 만드는 이유의 대부분이 지나친 욕망에서 비롯되듯, 부모의 과도한 기대가 자식의 삶을 엉망으로 만들어놓기 십상이었다. 설혹 천재성을 발휘한다손, 그것이 강요에 의한 선택이라면 먼 훗날 아이는 결국 후회의 눈초리로 자신의 삶을 돌아보게 될 것이었다.

박인석이 슬금슬금 그의 눈치를 살피다가 말했다.

"솔직히 말하자면 다움이의 재능에 욕심이 생기오. 아내 역시 나와 비슷한 생각을 하고 있소. 그래서 더더욱 아이의 문제에 집착하는 것일 테구."

아이가 자신을 더 많이 닮았다고 말한 아내의 저의를 비로소 짐작할 만했다. 그러나 어처구니없는 논리였고, 불순한 의도였다. 아이의 재능이 아니라면 딱히 관심을 기울일 까닭이 없다는 뜻인가. 박인석이야 그렇다고 치자. 그러나 아내마저 그런 생각을 갖고 있다면 참으로 서글픈 노릇이었다.

"완치된다면 나한테 다움이의 장래를 맡겨볼 의향은 없소?"

박인석의 손에 들린 파이프에서 가느다란 실처럼 피어오르는 연기를 쳐다보다 그는 마침내 물었다.

"왜 다움이 엄마와의 사이에 자식을 두지 않습니까?"

"갖고 싶어도 그럴 처지가 못되오."

박인석은 앞에 놓인 술잔을 비운 뒤 씁쓸한 어조로 덧붙였다.

"이십여 년 전 이혼을 했소. 그 곧바로 정관수술을 받았다오. 다시는 결혼하지 않겠다는, 오직 그림에만 전념하겠다는 결단의 표시였다고나 할까. 지금 집사람을 만나고 나서, 나이를 더해가면서 그게 얼마나 무모한 치기였는지 실감하고 있소이다."

박인석이 재차 아이의 장래로 화제를 돌렸고, 그는 서둘러 자리에서 일어섰다.

6

'악성 혈액질환에서 사이톡산과 전신 방사선 조사 전처치를 이용한 동종 골수 이식 치료동의서', '악성 혈액질환에서 부썰판과 사이톡산 전처치를 이용한 동종 골수 이식 치료동의서'.

골수 이식에 대한 의학적 배경, 치료 과정, 위험성과 부작용, 주치의 의견, 환자 및 가족의 동의 등이 여러 장에 걸쳐 빼곡이 적혀 있는 두 종류의 동의서였다.

이식에 앞서 본격적인 전 처치 과정의 시작을 의미했다. 전신 방사선 조사와 고용량의 항암제 투여로 악성 세포를 완전히 제거, 새로운 골수 세포가 성장할 수 있는 공간을 확보, 이식 거부반응을 방지하기 위한 조치가 병행될 것이었다.

그는 동의서의 부가적인 위험에 대한 경고를 읽고 또 읽었다.

이식된 골수가 기능을 못할 경우 때로 치명적일 수 있음.
이식 후 거부반응인 이식편대 숙주질환은 경미한 경우에서 심각한 경우로 다양하게 나타날 수 있음.
신장, 간, 폐, 뇌 등의 장기 기능에 악영향을 줄 수 있음.
정맥폐쇄성 질환의 경우 심각한 상태를 초래할 수 있음.
전신 방사선 치료가 불임을 유발할 수 있음.

보호자로서 치료의 결과와 치료 기간중 발생할 수 있는 여하한 합병증에 대해 주치의와 병원에 법률적인 책임을 묻지 않겠다는 동의서에, 그는 떨리는 손으로 서명을 마쳤다.

내일 오전중으로 아이는 소아병동에서 이식센터로 옮겨 전 처치 과정에 들어갈 것이었다. 그러기 위해선 우선 예치금 2천만 원을 완납해야 할 일이 남았다.

그는 한 시간째 원무과 송 계장의 책상 앞에 고개를 조아리고 있었다. 상전의 선처를 바라는 종놈 꼴로 예치금 연기를 애원했다. 그러나 송 계장은 한 시간의 대부분을 전화를 받거나 자리를 비우거나 동료들과 잡담으로 보내며, 이따금씩 시큰둥한 반응을 보여왔다.

"참 답답하시네. 글쎄, 이런다고 해결될 문제가 아니라니깐요."

스스로 생각해도 참으로 답답한 노릇이었다. 이제 겨우 시작인데, 출발부터 헛딛고 비틀거리고 헉헉대고 엉뚱한 방향으로 내달리고 있었다.

그는 결국 홍 사장의 기획 의도에 맞춘 시를 썼다.

시상을 떠올리고 그걸 언어라는 도구로 토해낼 때마다, 발가벗고 군중 속으로 걸어 들어가는 듯한 모멸감으로 영혼은 진저리를 쳤다. 한 편을 완성키 위해 몇 달 동안 끙끙대며 씨름하던 옛날이었다. 그럼에도 열네 편의 시를 단 며칠 만에 쓴답시고 썼다. 아니, 써갈겼다. 게으름을 부릴 여유도 없었고, 스스로의 비참한 모습을 재빨리 잊어버리고 싶은 까닭이기도 했다.

홍 사장은 오전중으로 매절 인세 1천만 원을 지급하겠노라고 약속했다. 그러나 은행 마감 시간까지 입금되지 않았다. 삼십 분 간격으로 출판사에 전화를 했고, 홍 사장은 번번이 부재중이었다.

한동안 자리를 비웠다 돌아온 송 계장이 그를 향해 고개를 좌우

로 흔들더니 수화기를 집어들었다. 종놈이 상전의 처사를 두고 뭐
랄 수는 없으므로 통화가 끝나길 기다렸다. 송 계장은 모임을 알리
는 전화를 걸고 있었고, 군대 동기생들의 모임이었고, 그 군대가 바
로 해병대였다.

그는 송 계장이 수화기를 내려놓기를 기다렸다 물었다.

"몇 기죠?"

눈치 빠른 송 계장이 재빨리 되물었다.

"선생님도 해병대 출신이신가요?"

그가 고개를 끄덕이자, 송 계장은 사뭇 긴장된 목소리로 자신의
해병대 기수를 밝힌 뒤 그의 기수를 물었다. 시쳇말로 서울역에서
앞으로 나란히, 하면 포항 오천 앞바다에 가서 빠져 죽을 만큼 까
마득한 아래의 송 계장이었다.

"어디에서 근무하셨죠?"

그가 백령도라고 대꾸하였고 송 계장의 입에서 어, 하는 신음이
흘러나왔다.

"저는 백령도 수색대에 있었습니다만……."

그 역시 그랬다. 해병, 그것도 가장 고되다는 수색대 출신이라는
인연에 송 계장은 놀랍고 반가운 기색이었다. 그러나 곧이어 난감
한 표정으로 그를 바라보더니 입을 열었다.

"커피나 한잔 하실래요?"

송 계장이 동의를 구하지 않고 출구를 향해 걸어갔다. 그는 지체
없이 송 계장의 뒤를 좇았다. 로비 자판기 앞에 다다르자 송 계장
이 동전을 투입해 커피 두 잔을 뽑았다. 그들은 커피를 나눠 들고
창가로 다가갔다. 그리고 창 밖 어스름이 깔리기 시작한 세상을 바
라보며 커피를 마셨다.

침묵을 밀어낸 쪽은 송 계장이었다.

"선배님인지도 모르고…… 무례를 범했다면 용서하십시오."

"천만에요. 선배로서 떳떳한 모습을 보이지 못해 미안할 뿐입니다."

"말씀 낮추십시오, 선배님."

보호자를 주눅들게 만들던 원무과 직원이 졸지에 공손한 후배로 변하는 순간이었다. 해병 수색대 출신이라는 이유가 서로의 아득한 거리를 훌쩍 줄여놓은 셈이었다. 타인으로선 이해하기 힘들겠지만 그들로선 당연한 친밀감의 표시며 감정의 교류였다.

한 기수만 높아도 곧바로 하나님과 동기동창으로 알아 모시는 해병대. 제대 후 수십 년이 지나도 한번 해병은 영원한 해병임을 이마의 표적처럼 달고 사는 놀라운 결집력. 해병대 출신이라는 사실만으로 첫 대면에서부터 상하가 명확히 구분되는 기이한 추억의 집단.

그들은 한동안 수색대 이야기에 열중했다. 신물나도록 바다를 노려보며 보낸 백령도에서의 3년. 얻어터지지 않고는 불안해서 도저히 잠들 수 없던 쫄따구의 심정, 죽기 아니면 까무러치기로 받았던 혹독한 IBS훈련, 만고강산 할랑할랑 지냈을수록 자랑거리가 되는 고참 시절, 진촌리 쌍과부집에서 군화에 따라 마시던 말술의 기억……

그러다 문득 현실로 돌아왔고, 그는 주저하며 입을 열었다.

"후배라는 사실을 알고 나니 이런 말하기가 더 힘들어. 내일 당장 치료를 시작해야 될 모양이야. 이번 치료가 아이로선 마지막 기회인 셈이지. 송 계장을 곤란하게 만들지 않겠어. 날 좀 도와줘."

"제가 단독으로 결정할 사안이 아니긴 하지만, 어쨌든 내일 계획대로 이식센터에 입원할 수 있도록 노력해보겠습니다."

"고마워, 진심으로. 당장 예치금 전부를 마련할 수는 없어. 절반쯤은 내일이나 모레까지 해결할 수 있을 거야."

"원무과 직원으로 선배님을 만나왔습니다만, 내심 참 괜찮은 분이라고 생각했습니다. 원무과에 있다 보니 별별 사람을 다 만납니다. 몇 차례씩이나 정산 기일을 넘기고도 오히려 당당하게 큰소리치는 사람, 무조건 봐달라며 울고불고 하소연하는 사람, 우리에게 방법을 마련해달라고 떼를 쓰는 사람이 부지기수죠…… 어쨌든 선배님을 믿고 제가 대신 보증을 서는 겁니다."

그는 예치금을 마련하지 못한 이유에 대해 솔직히 밝혔다. 그의 이야기를 끝까지 묵묵히 듣고 난 후 송 계장이 물었다.

"아이가 병원에 드나든 지 얼마나 됐죠?"

"이 년이 넘었어."

"백혈병으로 이 년 넘게 투병했다…… 돈을 다발로 싸놓고 사는 부자가 아닌 이상 경제적으로 감당키 어려운 일이죠."

송 계장이 길게 한숨을 토해내고는 덧붙여 물었다.

"이식 날짜가 얼마나 남았습니까?"

"치료가 순조롭게 진행된다면 삼주 뒤가 될 거라고 하더군."

"삼주라, 삼주라…… 젠장, 예치금도 예치금이지만 앞으로가 더 걱정이군요. 방법은 마련해두셨나요?"

그는 빙그레 웃고 말았다. 즉시로 송 계장이 그의 웃음에 담긴 뜻을 알아차렸다.

"저를 원무과 직원이 아니라 후배로 생각하고, 있는 대로만 말씀해주세요."

"아직은 없어. 하지만 걱정 마. 이 년을 버텨왔는데 설마 삼주 정도 못 견디겠어? 무슨 방법이 있겠지."

그는 송 계장에게 손을 내밀었다.

"퇴근해야지. 만나서 반가웠어. 여러 모로 마음써줘서 고맙구."

* * *

이식센터 입원 첫날, 아내는 떠났다.

이식센터 입원을 예치금 완납으로 이해한 탓일까. 아침까지도 출국의 기미를 보이지 않더니 홀연히, 그리고 단호하게 자신의 터전인 프랑스로 날아갔다. 놀기에 정신 팔렸던 아이가 밤이 된 사실을 뒤늦게 깨닫고 허겁지겁 집으로 줄달음을 치듯.

예치금 마련으로 진종일 헤매다 돌아온 그에게 아이가 쪽지를 건넸다. 전화번호와 마음이 변하면 연락하라는 메모였다. 아내는 작별의 인사조차 생략하고픈 모양이었다. 아이 문제로 언성을 높인 이후 눈조차 마주치지 않으려던 아내였다.

그는 담담한 심정으로 아내의 떠남을 받아들였다. 아내와 세월이 그를 단련시킨 결과였다. 문제는 아이였다. 아이가 엄마로 인해 또다시 상처받았다면, 그래서 행여 투병 의지가 꺾였다면 그건 큰일이었다.

"엄마가 갑자기 떠나서 많이 섭섭하겠구나?"

"아뇨. 엄마는 원래 그렇잖아요."

"엄마 없어도 힘낼 수 있겠어?"

"당연하죠. 아빠가 있는데 뭐가 걱정이에요."

아이는 태연하게 대꾸하며 밝게 웃어 보였다. 그러나 아이의 태연함을 마냥 다행으로 여길 수 없었다. 어쨌든 아내는 아이의 엄마였고, 삶의 고단한 순간 눈감고 떠올려보는 것만으로도 넉넉한 위로가 되는 것이 어머니의 존재였다.

그는 잠든 아이를 뒤로 하고 병실을 빠져나와 원무과로 향했다.

이식센터에서의 치료가 시작된 지 사흘이 흘러갔다. 내일부터 방사선 치료를 시작할 예정이었다. 예치금을 문제 삼아 치료를 중단하지 않는다면 그랬다.

결국 송 계장과의 약속을 지키지 못했다. 홍 사장은 차일피일 인세 지급을 미루고 있었다. 맥놓고 처분만을 기다릴 수 없기에 이곳저곳 기웃거렸지만 결과는 매번 허망했고, 자신의 무능함을 거듭 확인할 뿐이었다.

문득문득 예치금을 끝내 마련하지 못하리라는 불길한 예감에 시달렸다. 마음이 변하면 연락하라던 아내의 메모를 떠올리는 횟수가 잦아지면서, 아이에 대한 사랑을 앞세워 자신이 터무니없는 억지를 부리고 있다는 느낌마저 들었다. 차라리 아이의 양육을 아내에게 맡기는 편이 옳을지도 몰랐다. 아이를 영영 잃지는 않을 테니까.

그러나 아내의 의도 자체가 불순했다. 아이의 재능에 따라 어머니의 사랑이 부풀어오르거나 축소될 수는 없었다. 아내는 여전히 어머니로서의 준비가 덜 돼 있었다. 잠에서 깨어난 모정은 잠시일 뿐 예전의 모습으로 되돌아갈 터였다. 아이를 부담스럽게 여기고, 자신의 일에만 몰두해 있는 냉정한 어머니의 모습으로.

아이가 머나먼 이국 땅에서 기댈 곳 없이 홀로 울게 되리라는 생각을 떠올릴 때마다 그는 어금니를 물었다. 물러설 수 없었다. 설혹 그 지경에 도달한대도 아직은 맞서 싸워야 할 현실이었다.

그는 원무과 주위를 서성이다 마침 문을 밀고 나오는 송 계장을 불러세웠다.

"바쁘지 않다면 우리 차 한잔 할까?"

송 계장은 고개를 주억거리더니, 이왕이면 좋은 데 가서 마시자며 병원 밖으로 그를 이끌었다.

전망 좋은 창가에 앉아 신변 이야기를 주고받다가 마침내 그는 입을 열었다.

"약속한 날이 어제인데 아직 돈을 구하지 못했어. 나 때문에 많이 곤란하지?"

"조금은요."

"받기로 약속한 돈이 자꾸만 미뤄지네. 어쨌든 면목이 없어. 며칠만 시간을 더 줄 수 없을까?"

"할 수 없죠, 뭐. 하지만 제가 보기엔 선배님은 남한테 절대로 아쉬운 소리 할 사람이 못됩니다. 틀렸나요?"

"이제까지 송 계장한테 아쉬운 소리를 해왔잖아."

"받기로 한 돈이 천만 원이라고 하셨는데, 나머지 천만 원은 어쩔 셈인가요?"

"이리저리 융통해봐야지."

주문한 커피가 도달하자 송 계장은 창 밖으로 시선을 고정시킨 채 커피를 마셨다.

진종일 추적추적 내린 어제의 비로 하늘은 말갛게 씻겨 있었고, 가을은 부쩍 깊어졌다.

선배님, 불러놓고 머뭇대던 송 계장이 말했다.

"며칠 정도야 그럭저럭 넘어가게 할 수 있어요. 그러나 서둘러 완납하지 않으면 저도 더 이상 도움을 드릴 수 없습니다. 고액의 치료비가 드는 환자는 저 말고도 예의주시하는 사람이 많아요. 병원도 따지고 보면 장사 아닙니까. 치료비를 건질 수 없다는 판단이 내려지면 결국 치료를 중단할 겁니다."

"그런 일은 없을 거야."

"어떻게요? 없는 돈이 갑자기 하늘에서 떨어지기라도 하나요?"

"……."

"제가 원무과 직원이라서, 선배님 편의를 봐줘 문책이라도 당할까봐 이런 소리를 하는 게 아닙니다. 저도 걱정되고 답답해서 그래요. 차라리 저한테 무슨 방법이 없겠느냐고 솔직히 물으시든지요."

송 계장이 깍지를 껴 턱을 올려놓고 그를 오 초쯤 응시하다가 고개를 흔들었다. 내가 왜 다시 이런 일에 끼어드는지 모르겠어. 송 계장은 혼잣말을 나직이 중얼거리더니 말했다.

"선배님, 지금부터 제가 하는 말 오해 말고 들으세요. 사촌형님 한 분이 있어요. 공작기계 다루는 일을 했는데 그만 손가락이 뭉텅 잘리는 바람에 지금은 상가 경비원으로 겨우겨우 먹고 살아요. 그런데 딸애가 지난해 뇌종양 판정을 받고 우리 병원에 입원했어요. 당장 수술을 받아야겠는데 수술비 마련할 길이 막막한 겁니다. 하루는 형님이 몸뚱이를 팔기로 했다고 말하더군요. 병원 화장실에 쭈그리고 앉아 있다가 장기 알선 스티커를 보고 연락을 했더니 신장을 사겠다고 했다나요. 사기라고 말렸죠. 한데 이 형님이 도대체 내 말을 믿으려 하지 않아요. 지푸라기라도 잡으려는 심정이니 오죽했겠어요. 도리없이 제가 나섰습니다. 여기저기 병원일 보는 친구들한테 연락을 취했어요. 장기 매매가 음성적으로 이뤄지는 건 사실이지만, 그 친구들을 통하면 적어도 사기당할 염려는 없으니까요."

장황한 이야기 속에 담긴 송 계장의 의도를 충분히 이해했다. 그러나 미처 생각해보지 못한 일이라 몹시 당혹스러웠다.

생면부지의 아이에게 자신의 골수를 나눠주겠다는 일본인 처녀의 결심을, 그는 벅찬 감격으로 받아들여왔다. 자신의 몸의 일부로 타인의 꺼져가는 생명을 되살리는 것만큼 숭고한 희생이 있을까. 그러나 돈이 개입되는 순간 숭고한 희생이 아닌, 비도덕적이며 반인류적인 행위가 되고 마는 셈이었다.

비난받아 마땅한 줄 알면서도 그는 차마 외면키 어려웠다. 아이를 구할 수 있다면, 몸뚱이를 내다 파는 것보다 백번 천번 더 심한 짓이라도 해야 할 판이었다.

그는 싸늘하게 식어버린 커피를 단숨에 마시고 물었다.

"그 신장 매매라는 게 얼마나 받을 수 있지?"

"사촌형님은 삼천을 받았습니다."

3천만 원. 그리고 홍 사장에게서 받기로 한 1천만 원.

송 계장이 빤히 쳐다보는 그의 시선을 피하며 말했다.

"마치 브로커가 된 기분입니다. 선배님과의 인연이 아니라면 절대로 이런 말을 하지 않았을 겁니다. 치료비 마련할 길이 정히 없다면, 최후의 방법으로 고려해보시라는 뜻으로 한 말입니다."

돈벼락을 맞지 않는다면, 은행을 털거나 사기를 치지 않는다면, 현재로선 최후이자 최선의 방법이었다. 단순히 생각하자며 그는 스스로를 격려하고 또 격려했다.

콩팥. 하나를 떼어낸대도 정상적인 삶에 전혀 지장을 주지 않는, 창조주가 인간의 몸뚱이에 허락한 유일한 여유분. 그 여유분으로 아이를 살릴 수 있다면…… 고민하고 망설일 까닭이 없었다. 뜻밖에 찾아온 행운이었고, 재빨리 손을 내밀어 붙잡아야 할 기회였다.

7

나는요, 바보가 되어버렸어요.

며칠 전 읽은 동화책 내용을 생각해낼 수 없습니다. 달력을 한참 동안 쳐다봐도 오늘이 무슨 요일인지 모르겠어요. 정삼각형의 면적 구하는 공식, 방정식 푸는 방법도 새까맣게 잊어버렸구요, 은미, 성호와 성호 엄마, 영재 누나, 전도사님, 사락골 할아버지…… 내가 좋아하는 사람들의 얼굴이 가물가물해요.

내가 바보가 된 건 순전히 방사선 탓입니다.

그제와 어제, 그리고 오늘까지 계속해서 방사선 치료를 받았지요. 하루에 두 번씩 모두 여섯 번. 방사선은 내 몸의 나쁜 병균들만 죽인 게 아니라, 내 머릿속 생각 주머니에 뻥 구멍을 뚫어놓아 줄줄줄 생각들을 새어나가게 만든 모양예요.

방사선 치료를 받을래, 골수 주사를 맞을래? 아이들은 하나같이 방사선 치료라고 대답하겠죠.

골수 주사를 맞을 때는 꽁치나 고등어가 된 느낌이에요. 내 몸을 도마 위에 올려놓고 커다란 칼로 허리를 두 동강 내는 것 같아요. 아픈 걸로 따지면 방사선 치료는 아무것도 아니죠. 삼십 분쯤 가만히 있기만 하면 끝나버리니까요.

하지만 나는 방사선 치료가 더 싫어요. 골수 주사를 맞을 때는 아빠가 내 손을 꼭 잡아주지만, 방사선 치료실에선 나 혼자 모두 알아서 해야 되거든요. 아무리 아빠가 날 사랑한대도 거기까진 쫓아올 수 없어요. 방사선 치료실에서 온몸 곳곳이 꽁꽁 묶인 채 가만히 있으면 눈물이 펑펑 쏟아져요. 사람들이 나를 무시무시한 지옥 속으로 밀어넣은 느낌예요.

방사선 치료실에 들어갈 때마다 난 생각한답니다. 내가 다시 밖으로 나갈 수 있을까, 하고요. 그리고 삼십 분, 아니 30년도 더 될 것 같은 긴 시간 동안 계속해서 무서운 생각들만 듭니다. 수천 수만 번, 이대로 죽어버렸으면 좋겠다는 생각도 들구요. 나중에는 머리가 펑 하고 터져버릴 듯 하지요. 너무 세게 불어버린 풍선처럼요.

주일학교 전도사님은 지옥이 불바다와 같다고 말했어요. 하지만 내 생각으론, 지옥은 바로 방사선 치료실이랑 비슷할 거예요. 온 세상에 나 혼자밖에 없다는 생각보다 더 무섭고 끔찍한 건 없을 테니까요.

그래요. 골수 주사는 몸을 아프게 하고, 방사선 치료는 마음을 아프게 하죠. 마음이 아픈 게 훨씬 오랫동안 날 못살게 굴어요. 그리고 바보 천치로 만들어놓구요.

의사 선생님한테 이유를 물어보았습니다. 걱정 말래요. 치료받고 난후에 잠깐 동안 생기는 증상이래요. 영원히 바보 천치가 되진 않을 거라니까 안심이 되긴 해요. 어쨌든 지긋지긋한 방사선 치료도 내일로 끝날 테니까요.

아빠의 노트북이 사라진 것을 조금 전에야 눈치챘습니다. 생각해보니 어제부터 노트북이 보이지 않아요. 이상한 일입니다. 아빠 곁에는 언제나 노트북이 있었거든요. 군인 아저씨가 총을 갖고 있는 것처럼요.

아빠는 매일매일 노트북 앞에서 일을 해요. 깊은 밤 깨어나 보면 그때까지 타닥타닥 노트북 자판을 두드리는 아빠의 모습을 볼 수 있답니다. 쉬지도 잠들지도 않고 그렇게 열심히 일해서 내 치료비를 버는 아빠죠.

내가 소아병동에서 이식센터로 옮겨오기 며칠 전이었을 거예요. 그날 엄마는 아빠가 더 이상 병원비를 댈 수 없다고 말했습니다. 빈털터리 아빠라는 사실은 나도 알고 있었어요. 하지만 엄마가 일부러 그런 말을 할 필요도, 해서도 안된다고 생각했죠.

"이 엄마가 있잖니. 아무 걱정하지 말고 어서 건강해지기나 하렴. 그래서 엄마랑 프랑스로 가자꾸나."

이게 무슨 바퀴벌레가 발라당 뒤집어지는 소린가요?

"이제부터 엄마가 다움이를 돌봐줄 거다."

"아빠는요?"

"말했잖니, 니 아빠는 빈털터리라구."

엄마가 얼마나 부자인지는 모르겠어요. 아니면 코털 아저씨가 부자겠지요. 하지만 아빠가 빈털터리기 때문에 날 돌봐줄 수 없다고 생각한다면, 엄마는 바보예요.

엄마의 속셈은 뻔해졌어요. 엄마는 아빠한테서 나를 빼앗으려는 거예요. 아빠와 내 생각에는 처음부터 관심도 없었겠죠. 엄마에게는 언제나 엄마 생각만 중요하니까요. 난 분명히 말해두어야겠다고 생각했죠.

"프랑스에는 가지 않겠어요. 난요, 아빠가 중요해요. 새아빠는 필요없어요."

엄마도 마찬가지구요. 마지막 말은 꾹 참았죠. 그쯤이면 엄마도 내 생각을 알아차렸을 거예요.

하여튼 이식센터에 입원한 그날 엄마는 프랑스로 돌아갔고, 일주일이 흘렀어요. 엄마는 곧 다시 오게 될 거라고 말했어요. 하지만 전화 한통 없는 엄마예요.

많이 섭섭하지는 않아요. 그럴 줄 미리 알고 있었으니까요.

그나저나 아빠는 노트북을 어떻게 했을까요. 노트북이 없으면 돈도 못 벌고, 그러면 병원비를 댈 수 없을 텐데…… 어쩌자고 아빠는 아까부터 싱글벙글인지 모르겠어요.

마침내 나는 노트북에 대해 물었습니다.

"친구 빌려줬단다."

"아빠는 어떡하구요?"

"좀 쉬기로 했다."

그렇게 쉬다간 다움이를 엄마한테 빼앗기고 말 거예요, 아빠!

아빠는 여전히 싱글벙글 웃고 있어요. 내가 소리치고 울고 싶은지도 모르구요. 엄마의 쪽지에 씌어 있던 것처럼 아, 아빠의 마음이 변해버린 걸까요.

"엄마는 나랑 아빠를 떼어놓으려고 해요."

"엄마가 다움이를 그만큼 사랑하고 있다는 뜻이지. 강제로 떼어놓으려는 건 아니란다."

"아빠도 날 프랑스로 보내고 싶은 거예요?"

"다움이 생각은 어떠니?"

아빠는 아빠 생각만 말하면 될 텐데, 왜 내 생각이 궁금한지 모르겠어요. 난 눈물이 쏟아지려는 걸 간신히 참으며 말합니다.

"프랑스에는 죽어도, 죽어도 안 가요. 난요, 아빠랑 살 거예요."

"아빠도 같은 생각이란다. 아빠도 다움이와 오래오래 함께 살 거다."

"그럼요, 친구한테 빨리 노트북을 돌려달라고 해요."

아빠가 내 어깨 위에 손을 얹어놓고는 날 가만히 바라다봅니다. 난 고개를 돌려 아빠의 손에 내 뺨을 대봅니다.

"병원비 때문에 걱정이 되니?"

"쬐금은요."

"다움이가 해야 할 일을 아빠가 대신 하면 다움이의 기분이 어떨까? 별로일 거야. 아빠도 마찬가지다. 병원비는 아빠가 알아서 해. 다움이는 건강해질 생각만 하면 된다. 그리고 병원비는 이미 다 준비해뒀단다. 그러니까 아빠도 이제는 쉬어야 되지 않겠니?"

"정말예요?"

"그럼. 아빠가 다움이에게 언제 거짓말을 하던?"

나는 얼른 고개를 흔들었습니다. 그래요, 이젠 아빠가 푹 쉴 차례예요. 홀쭉하고 새까만 아빠의 얼굴을 보면서 난 벌써부터 걱정이었거든요.

아빠가 냉장고에서 바닐라 아이스크림을 꺼냅니다. 1인실이니까 참 좋아요. 우리만이 쓸 수 있는 냉장고도 있구요. 1인실은 굉장히 비쌀 거예요. 하지만 내가 알기론 이식센터에는 1인실뿐입니다.

방사선 치료를 받고 나면 입 안에 불이 붙은 것처럼 화끈화끈해요. 그래서 얼음 조각을 물고 있거나 틈틈이 아이스크림을 먹어서 열을 떨어뜨려야 된답니다.

아빠가 아이스크림을 한 숟갈 떠서 내 입에 넣어주고는 말합니다.

"아빠가 며칠 동안 지방에 가야 되거든. 그래서 말인데, 아빠 없는 동안에도 잘할 수 있겠지?"

나는 아이스크림을 삼키다 말고 아빠를 쳐다봅니다. 4년 전 엄마가 떠난 이후 한 번도 나 홀로 잠들게 한 적이 없는 아빠입니다. 중환자실에 입원해 있을 때를 빼놓고는요.

이제까지 잘 참아내고 있습니다. 그렇지만 지금이 얼마나 힘든 때인지 아빠도 잘 알고 있을 거예요. 아빠가 옆에 없으면 난 아무것도 할 수 없어요. 그런데 날 혼자 놔두고 지방에 간다니, 말도 안돼요.

"아빠한테는 아주 중요한 일이란다."

무슨 일인지는 묻지 않을래요. 하지만 다움이보다 더 중요한 일이 있나요?

아빠의 눈을 쳐다보니 그렇게 물어선 안된다는 생각이 들었어요. 아빠는 나한테 어렵게 어렵게 부탁하고 있다는 것을 알았거든요.

"얼마 동안요?"

"짧으면 나흘, 길면 닷새."

아빠에겐 왜 나흘은 짧고 닷새는 길까요? 나한테는 나흘이나 닷새나

길기는 마찬가지죠. 내 입에서 저절로 한숨이 흘러나옵니다.

"언제 지방에 가게 되나요?"

"내일 당장은 아니다. 영재 누나한테 미리 연락해놓을 거고, 마음씨 좋은 간병인 아주머니도 오실 거란다."

"딱 한 번뿐예요, 아빠. 다음부터는 절대로 안돼요."

8

송 계장으로부터 소개받은 유갑수 역시 강남의 신흥 종합병원 원무과 직원이었다. 적어도 사기당할 염려는 없어진 셈이었다.

"송 계장이 간곡히 부탁하는 통에 나섰습니다만 내키는 일은 아닙니다. 하지만 어쩌겠습니까, 선생님 사정이 하도 딱하니…… 어쨌든 먼저 선생님께서 약속해주실 것이 있습니다. 장기 거래가 불법이라는 건 익히 알고 계시겠죠? 병원측에서 알면 그날로 난 모가지입니다. 만약 일이 어긋날 경우……."

이것저것 당부하는 것으로 미뤄 유갑수는 그 일에 사뭇 이력이 붙은 모양이었다.

"신장 기증이라는 게 가족 이외에는 좀처럼 이뤄지기 힘듭니다. 피붙이 말고 누가 냉큼 신장을 내놓겠습니까? 가족 중에서 기증받을 수 없다면 고작 뇌사자의 기증을 기다리는 정도인데, 아예 기대하지 않는 편이 낫죠. 그러다 신부전이 심해지면 그만 세상 하직입니다. 검사 자체는 까다롭지 않습니다. 혈액 검사와 신장 기능 체크 등 간단한 수준입니다."

"이식받을 상대를 찾으려면 얼마나 걸립니까?"

"선생님 다급한 사정은 송 계장한테 충분히 들었습니다. 나한테 맡기십시오. 수요는 많고 공급이 턱없이 부족하니 염려 놓으셔도 될 겁니다. 우리 병원만 해도 대기 환자들이 꽤 됩니다. 다른 병원도 알음알음으로 연결할 수 있구요."

그는 내심 작정해둔, 그러나 낯간지러운 물음을 던졌다.

"얼마나 받을 수 있습니까?"

"밀고 당기면 가격이야 조정할 수 있겠지만 선생님 입장도 환자 못잖게 다급하지 않습니까? 그리고 신장은 일반적으로 삼천쯤 예상하면 될 겁니다."

"다른 장기도 가능하다는 소리로 들리는군요."

"각막 정도죠. 하지만 신장과 달리 각막은 제공하겠다는 사람이 거의 없습니다. 신장이야 하나 떼줘도 지장이 없지만 각막이야 어디 그렇습니까? 그런 만큼 신장보다 두 배 이상의 금액을 받을 수 있긴 하죠."

마지막으로 유갑수는 3천만 원의 10퍼센트를 요구했다. 각오한 바였으므로 그는 선뜻 고개를 끄덕였고, 빠른 시일내에 수술을 받을 수 있게 해달라고 재차 부탁했다.

그는 노트북을 처분해 검사비를 마련했다. 종자 씨앗으로 한 끼의 허기를 달래는 가난한 농부의 심정으로 그렇게.

간단하다는 유갑수의 말과는 달리 꽤 복잡한 검사였다. 혈액과 소변 등의 기초 검사로 시작해 초음파 검사를 거쳤고, 지나치다 싶을 정도의 시티 촬영을 했으며, 종국에는 조직 검사까지 받았다.

이틀 전의 일이었다. 적출 수술을 받고 회복 기간까지 아이를 떠나 있어야 하는 게 마음에 걸렸고, 불법 거래라는 자체가 양심에 찔렸다. 그럼에도 그 이틀 동안 대체로 홀가분한 심정이었다.

오늘 오전, 검사를 담당했던 병원으로부터 연락을 받았다. 연락은 당연히 유갑수의 몫이려니 생각했건만 뜻밖에도 종양내과였다.

그는 서둘러 병원으로 달려갔다. 유갑수는 외근중이었고, 오후에나 돌아온다고 했다. 도리없이 종양내과 외래 창구 앞에서 순서를 기다리고 있었다.

"정호연 씨!"

간호사의 호명을 듣고 그는 진찰실로 들어갔다. 의사가 책상에 팔을 괴고 앉아 그를 쏘아보다가 의자에 앉을 것을 권했다. 그의 이름을 확인한 후 의사가 물었다.

"가족 중 한 분을 대동하라는 연락을 드렸을 텐데요?"

"검사 결과가 나왔다는 이야기만 들었습니다."

"지금이라도 연락을 해서 오라고 하시죠."

무엇인가 가슴 깊은 곳으로 쿵 내려앉는 듯했다. 그는 의사를 똑바로 쳐다본 채 또박또박 말했다.

"가족이 없습니다."

"그래요……."

삼십대 초반으로 보이는 의사는 고개를 갸웃거리며 빤히 쳐다보다 입을 열었다.

"혹시 다른 병원에서 검사를 받은 적이 있습니까?"

"없습니다."

"신장을 기증하려는 뜻은 거두셔야겠습니다."

"무슨 뜻으로 하시는 말씀인지……."

"첫째로는 신장 기능이 약화되어 있습니다."

검지손가락으로 미간을 연신 문지르며 침묵하는 의사였고, 그는 성마르게 물었다.

"둘째로는요?"

"신장 기능의 약화는 간의 이상에서 비롯된 겁니다. 다시 말해 선생님께서는 신장보다 간에 문제가 있다는 뜻입니다."

의사는 다시 침묵에 빠져들었다.

어쩌면 유갑수가 의사에게 모든 것을 실토했을지도 모른다. 그래서 신장을 기증하려는 숨은 의도를 알아버린 의사가, 아이의 치료비를 구할 길이 없어져 버린 한 아버지의 초라한 몰골을 안타까운 눈초리로 마냥 바라보고만 있는 것일까.

"어떤 문제입니까?"

"…… 간에서 종양이 발견됐습니다."

"예? 종양이라고 하셨습니까?"

"악성 종양입니다. 다시 말해 간암……."

거기까지밖에 들리지 않았다. 그 무엇인가 머리통에 부딪혀 강렬한 파열음을 내며 부서졌다. 무서운 속도로 대기권을 뚫고 날아온 유성이 지구의 표면에 충돌하듯 그렇게. 한순간 머릿속이 텅 비어졌다. 빛도 소리도 차단된 무중력 공간으로 두둥실 몸뚱이가 떠오르는 듯했다.

"…… 저로선 도무지 믿기지가 않는군요. 감기 몸살조차 앓아본 적이 언제인지 모르겠습니다."

"간이란 게 워낙 자각 증상이 없는 부분입니다."

"혹시, 혹시 말입니다…… 오진일 가능성은 없습니까?"

묻고 나서 그는 부르르 진저리를 쳤다. 까마득한 옛날로 거슬러 올라간 느낌 때문이었다. 그랬다. 아이가 백혈병을 처음 통보받은 순간에도 그는 오진이 아니냐고 따졌다. 다르다면 백혈병이 간암으로, 아이가 아닌 그 자신이라는 점이었다.

"이리 와보시죠."

의사가 책상 위에서 스케치북 크기의 필름을 집어들고 벽에 붙은 뷰박스로 다가갔다. 뷰박스 옆의 스위치를 올려 불을 밝히고 필름 넉 장을 일렬로 늘어놓았다. 의사는 윗주머니에서 안테나식으로 된 지시봉을 꺼냈다. 지시봉은 필름 위에 크고 작은 원을 그리며 이곳저곳으로 옮겨다녔다.

"십여 개의 종양이 간 전면에 불규칙하게 나타나 있습니다. 조직 검사에서도 원발성 간암세포가 확인됐습니다."

의사가 자신의 자리로 돌아갔고, 그는 못박힌 듯 서서 필름을 노려보았다. 아무리 노려본들 판독해낼 재간이 없는 필름이었다.

그가 다시 의자에 앉자 의사가 말했다.

"당장 입원 수속을 밟으십시오. 내일부터 치료를 시작해야 됩니다."

그는 고개를 젖히고 천장을 올려다보며 속말을 중얼거렸다. 보다시피 난 정상이에요. 마라톤을 완주하래도 하겠어요.

"선생님 심정 이해합니다. 선뜻 믿을 수 없겠죠. 간암은 우연히 드러날 때가 많지만, 그렇다 해도 판명되면 대개 심각한 지경입니다. 정상적으로 활동하던 분임에도 이미 손쓸 길이 없는 경우가 흔히 있습니다. 선생님께서 바로 그렇죠."

손쓸 길이 없는 경우라? 그런데도 입원을 하라니 지독한 아이러니였다. 간암 자체를 인정할 수 없었다. 그는 자리에서 일어나 의사를 향해 꾸벅 인사를 하고 말했다.

"아이가 대학병원에 입원해 있습니다. 치료를 받아도 그곳에서 받아야겠습니다. 이해해주십시오."

* * *

등나무가 소슬바람에 시달리며 잎사귀를 떨구고 있었다, 하염없
이 하염없이.

중학교 시절, 정확히 말해 사춘기라고 해야 할 소년의 한때, 그
는 고아원 뜨락의 등나무를 하염없이 바라보며 한숨짓다 종내 눈물
을 훔치곤 했다. 누군가에게 이유없이 얻어터지고 걷어차인 날이거
나, 유년의 기억이 사무치는 그리움으로 다가오는 날이거나, 내일
에 대한 막막함으로 잠 못 이루는 밤이거나, 그는 버릇처럼 등나무
를 쳐다보면서 남 몰래 눈물을 닦아내며 다짐했다.

나무처럼만 살자.

제 홀로 뿌리 내리고 제 홀로 가지를 뻗고 제 홀로 잎새를 매달
고 때 되어 잎새를 떨구는 나무처럼, 돌보는 이 없어도 앙앙대지
않고 알아줄 자 없다고 악쓰거나 티내지 않은 채 안으로 속살을 키
워내는 나무처럼, 애오라지 그렇게만 살자.

기껏해야 양아치나 될 자식이라며 늘상 악담을 퍼붓던 원장의
예상을 깨고 고아원을 뛰쳐나왔어도 양아치는 되지 않았고, 문제아
들만 모였다는 야간 고등학교에 다니면서도 양아치가 아닌 다른 모
습으로 살아가려 발버둥을 쳤다.

양아치가 되지 않은 것만도 천만다행으로 여긴다면, 그래, 그는
성공적으로 살아온 셈이었다. 과도한 욕망에 애끓이지 않았고, 세
상에서의 득세나 부귀와 영화를 꿈꾼 적도 없었고, 누군가를 턱없
이 미워하거나 증오하지도 않은 채 스스로에게 충실하게 살아왔으
니 그래, 그런 대로 한세상 아름다웠노라 고백할 만했다.

그러나 이게 뭐지?

죽음은 손을 내밀면 잡힐 듯 가까이 있었다. 아이가 투병을 시작한 이래 줄곧 그러했다. 삶과 죽음의 외줄 위를 위태위태 걸어가는 아이를 지켜보며, 그의 삶 역시 위태로웠던 셈이었다.

그러나 지금은 아니다.

희망이 아이를 감싸고 있고, 아이는 희망의 이름으로 소생하고 있었다. 참으로 오랜만에 그 역시 살아야 할 분명한 이유와 마주한 셈이었다. 그런데 아이와 무관하게 죽을 거란다. 아이가 자신을 남겨두고 홀로 가버릴까 서럽고 무서웠는데, 이젠 아이를 남겨두고 그 혼자 가야 한단다.

그는 고개를 떨구고 무릎 위에 올려놓은 사각 봉투를 내려다보았다. 그 속에는 간암을 선고한 넉 장의 필름이 들어 있었다.

필름을 아이의 주치의인 민 과장에게 보였다. 다시금 간암을 확인받았고, 강남의 병원에서보다 더 두렵고 처참한 확인이었다. 필름을 꼼꼼히 살피던 민 과장이 물었다.

"누구의 필름입니까?"

"친굽니다."

"절친한 사이입니까?"

그가 고개를 끄덕이자 민 과장이 곤혹스러운 낯으로 말했다.

"간암입니다. 그것도 말기군요."

아, 얼마나 오진이었기를 갈망했던가. 삼십대 초반의 경험 없는 의사가 섣부르게 간암을 선고한 것이라고 단정한 그였다.

"저어, 말기라면, 그러니까, 달리 방법이……."

말들이 서로 앞다투어 입 밖으로 나오려다 발이 걸려 넘어진 양 그는 계속해서 더듬거리며 물었다.

"무슨 방법이 없겠습니까?"

"간암의 가장 좋은 치료 방법은 근치적 절제 수술입니다. 쉽게 말해 종양이 있는 부분을 수술로 도려내는 겁니다. 간의 조직 중 이십 퍼센트만 남기고 잘라내도 환자의 생명을 유지시킬 수 있어요. 일테면······."

민 과장은 책상 위에 메모지를 펼쳐 그 위에 간의 형태를 그렸다. 탐스럽게 자란 고구마 모양이었고, 네 귀퉁이에 사선을 그어댄 후에 말을 이었다.

"이렇게 잘라내도 중심부만 남는다면, 간은 놀라운 재생 능력이 있으니까 시도해볼 만합니다. 그러나 애석하게도 친구분은 수술이 불가능할 듯하군요. 암 조직이 중심부는 물론 간 전체에 퍼져 있고, 필름상 이렇다면 실제로 배를 열고 들어가면 그 이상이라고 봐야죠. 중기쯤으로 예상하고 수술에 들어갔다가도 개복 후 건드려보지도 못하고 그냥 닫는 일이 종종 있죠. 일반적으로 수술 대상이 될 수 있는 경우는 전체 간암 환자의 십 퍼센트에 불과합니다."

"전혀 희망이 없다는 말로 들리는군요."

"일단은 방사선과 항암 치료를 받아야죠. 그렇지만······ 혹시 친구분이 자신의 병을 알고 있습니까?"

"······ 어느 정도는 짐작하고 있을지도 모릅니다."

"간암은 모든 암 중에서도 예후가 가장 불량한 편입니다. 항암 치료를 받는다 해도 마지막 순간은 피할 길이 없을 겁니다."

"하지만 친구는 이제까지 정상으로 살아왔어요. 지금도 마찬가지구요. 간암, 그것도 말기라면 그 동안 무슨 낌새라도 있었어야 하지 않겠습니까?"

"간암이란 게 흉물스럽기 짝이 없습니다. 뭐랄까, 시치미를 뚝 떼고 있다가 최후의 순간에 도달해서야 비로소 본격적으로 마수를 드러낸다고 할까요? 그래서 흔히들 간을 침묵의 장기라고 합니다. 그리고 심하지 않아서 그렇지 증상이야 있었겠죠. 친구분이 미처 자각하지 못했을 테구요. 그러니까 최소한 일 년에 한 번꼴로는 종합검사를 받아야 하는 겁니다."

간혹 오른쪽 옆구리를 바늘로 찔러대는 듯한 뜨끔뜨끔한 통증이 있어왔다. 체중이 줄고 피곤이 좀처럼 사라지지 않았다. 그게 증상이었던 셈인데, 그 정도로 종합검사를 받았어야 옳았다는 말인가.

아이가 투병을 시작한 이후 종합검사의 의미조차 떠올려보지 못했다. 설혹 기억해냈더라도 그건 참으로 낯뜨거운 발상이었으리라. 신음하는 아이를 지켜보고 있노라면 자신의 건강이 도리어 짐스럽게 느껴지곤 했다. 아이가 겪는 고통을 나눠 가질 수만 있다면 그러고 싶은 게 아버지의 심정이었다.

그는 여러 차례 헛기침을 해댄 후 물었다.

"본격적으로 마수를 드러낸다면 어떤 증상을 보입니까?"

"개인별로 차이가 있습니다만, 일반적으로 발열과 구토와 참기 힘든 복통이 올 겁니다. 음식물을 삼킬 수 없을 만큼 쇠약해질 거고, 담도가 막혀 황달이 심해지고, 호흡이 곤란해지고, 복수가 차고, 결국은 간 정맥 혈관이 파열되어 피를 토하고 하혈을 하면서 사망에 이르게 됩니다."

그게 바로 나요. 당신 눈앞에 태연스럽게 앉아 있는 나란 말입니다. 그는 질끈 눈을 감고 말았다. 그립고 애달픈 사람이 감긴 눈을 열며 다가오고 있었다. 아이의 얼굴이었다.

그는 걷잡을 수 없이 떨리는 몸을 진정시키기 위해 두 손을 힘껏 맞잡았다. 그리고 최후의, 그러나 할 수만 있다면 회피하고픈 물음을 던졌다.

"…… 내 절친한 친구는 얼마나 살 수 있습니까?"

"필름으로 미뤄보건대 육개월을 넘기기는 힘들겠군요."

육개월. 아이의 골수 이식과 회복 단계까지의 시간이 삼개월.

최악의 경우는 아니군. 그나마 다행이야. 지금 당장 끝나버리는 건 아니잖아. 그는 속말을 되뇌다 다시 물었다.

"육개월까지는 틀림없이 살 수 있는 겁니까?"

"최선의 치료를 받았을 때를 가정한다면요. 육개월이니 하는 말은 친구분한테 삼가십시오. 알게 된대도 주치의의 입을 통해서 들어야겠지요. 다만 친구분에게 자신의 병을 솔직히 말해주는 것까지는 찬성합니다. 인간은 누구나 자신의 생명을 결정할 권리가 있지 않겠어요? 반대 의견을 가진 의사도 있긴 하지만 내 생각은 다릅니다. 친구분도 자신의 삶을 정리할 수 있는 기회를 가져야 하지 않습니까?"

인간은 누구나 자신의 생명을 결정할 권리가 있다!

오, 멋진 말이군. 죽음에 초연한 척하는 명상가의 에세이 제목으로 쓰면 딱 적격이었다. 그걸 시한부 삶을 막 선고받은 그 자신에게 어떻게 적용할 수 있을지는 의문이었지만.

민 과장이 필름을 봉투에 담아 그에게 건넸고, 그는 자리에서 일어섰다. 따라 일어선 민 과장이 말했다.

"다움이 녀석 참 기특해요. 생각이 보통 깊은 게 아닙니다. 오전에 병실에 들렀다 좋은 소식을 전해줬습니다. 다움이가 당장 묻더군요. 아빠한테 말했느냐구요. 아니라고 했더니, 아빠한테는 비밀로 해달래요. 이유를 물었죠. 아빠가 기뻐하는 모습을 직접 보고 싶다나요. 어서 빨리 가보세요. 다움이가 좋은 소식을 전해줄 겁니다. 다움이 소원대로 마음껏 기뻐해주세요."

그러나 그는 곧바로 아이를 찾지 못했다.

벤치에 앉아 하염없이 떨어지는 등나무 잎새를 바라보고 있었다. 한 시간, 혹은 두 시간이 덧없이 흘러갔는지도 차마 깨닫지 못한 채.

* * *

가만히 어깨를 짚는 손이 있었다. 여진희가 빙긋이 웃더니 어깨를 짚었던 손을 곧게 펴 가리켰다.

"저기서부터 선배를 불렀어요. 선배는 끝끝내 알아차리지 못하더군요. 뭐가 그렇게 심각해요?"

그는 옆자리를 손바닥으로 툭툭 두드려 앉기를 권했다. 여진희가 앉고는 그의 무릎에 올려져 있는 사각 봉투를 바라보며 말했다.

"검사 결과가 좋지 않게 나왔나요?"

"무슨 소리야?"

묻고 나서 그는 사각 봉투를 여진희의 반대편으로 슬그머니 내려놓았다.

"그거 다움이 시티 필름 아닌가요?"

"어, 이거…… 검사 결과는 괜찮아. 좋아지고 있어."

"다움이를 만나고 왔어요. 선배 말대로 좋아 보이던데요. 오늘따라 묻지도 않은 말을 술술술 잘도 했구요. 앞으로는 날 환영하기로 마음먹었나봐요. 선배도 다움이를 닮을 수 없나요?"

여진희가 눈을 흘기며 덧붙였다.

"날 봐도 하나도 반갑지 않은 얼굴이잖아요."

그는 피식 웃으며 날짜를 헤아려보고는 물었다.

"한창 마감 막바지일 텐데, 웬일이야?"

"선배한테 구박을 받지 않았더니 일이 도무지 손에 잡히질 않네요."

여진희는 농담을 하고 싶은 모양이었다. 그는 여진희에게서 눈길을 거둬 발밑에 나뒹구는 잎새를 무연히 바라보았다. 허허로운 농담에라도 매달리고 싶었다. 더는 심각하지 말고, 더는 슬퍼하거나 아파하지 않고, 더는 다가올 날에 대한 암담한 자각 따위는 훌훌 털어버린 채로.

여진희가 그의 무릎 위에 하얀 봉투를 올려놓았다. 이게 뭐지? 그가 눈으로 물었다.

"구박받을 짓을 했어요. 어제 원무과에 전화를 걸어봤어요. 선배한테 물어봤자 대답이 뻔할 테니까요. 예치금 이야기를 하더군요. 주제넘은 짓인 줄 알지만 어쩌겠어요, 내 천성이 원래 그렇게 생겨먹은 걸요. 그건 원무과에서 발행한 영수증이구요."

여진희의 얼굴을 십 초쯤 쳐다보다가 발치에 구르는 잎새를 또 그만큼 내려보다가 등나무의 성근 가지 사이로 하늘을 올려다보며, 마침내 그는 입을 열었다.

"진희 씨가 돈이 어딨다고……."

여진희는 서산 어디선가 농사를 짓고 있다는 집안의 막내딸이었다. 2남 4녀 중 대학물 먹은 건 자신뿐이고, 대학 4년 내내 아르바이트로 공부할 틈이 없었다고 했다. 월급을 받으면 절반을 떼어 집으로 송금하는 처지를 알고 있었기에, 원주에서 빌린 돈을 갚지 못해 내내 마음의 부담으로 남아 있었다. 그런데 다시 2천만 원을 빌린 셈이었다.

그가 난감한 얼굴로 바라보자 여진희가 어깨를 으쓱 들어올렸다.

"결혼 자금으로 모아둔 게 있었어요. 두고두고 갚으세요."

"두고두고…… 결혼 자금이라면서?"

"선배가 날 책임지면 되잖아요?"

"진희 씨!"

"그런 얼굴로 쳐다보지 말아요."

그녀가 그의 손등을 손가락으로 노크하듯 톡톡 건드려보고는 말을 이었다.

"선배의 머릿속에는 여진희가 비집고 들어갈 틈이 없는 줄 잘 알아요. 그렇지만 다움이가 완치되고 나면 선배에게도 여유가 생기겠죠. 그때 생각해줘요. 이 여진희가 여자로서의 매력이 없는지 있는지 말예요."

따뜻한 여자다. 지나간 세월 중 어느 부분을 뚝 분질러 거기부터 다시 시작할 수 있다면, 사랑하고픈 여자다. 아니, 지금 이 순간부터 먼 훗날을 기약할 수만 있다면…….

여진희는 서편 하늘을 반쯤 감긴 눈으로 바라보고 있었다.

"노을이 참 곱네요. 저녁놀이 아름다운 건 동에서 서까지 긴 거리를 지나왔기 때문이래요. 하지만 지나치게 아름다운 저녁놀은 비올 징조죠."

징조? 그 단순한 말이 왜 사무치는 아픔으로 가슴에 박히는 걸까. 그는 사각 봉투를 집어들었다.

"진희 씨, 우리 술 한잔 할까?"

"별일이네요. 선배 입에서 술 마시자는 소리가 다 나오구요. 무슨 일 있어요?"

"아니. 그냥 한잔 하고 싶어. 살다 보면 그런 날이 있잖아."

한때 술에 젖어 살았다. 맨정신으로 반듯하게 걸어갈 자신이 없는 세상이었다. 아내가 떠난 이후 한동안, 아내와 함께 걸었던 길을 가노라면, 함께 들었던 노래가 귓전에 울려퍼지면, 계절과 계절이 바뀌는 절묘한 순간에, 아내에 대한 그리움이 유리 조각 위를 맨발로 걷고 있는 듯 아프게 느껴졌다. 그때마다 그는 술에 기댔다.

이제 더 이상의 그리움은 없었다. 그런데 느닷없이 술 생각이 간절해졌다.

"다움이는 어떡하구요?"

여진희가 물었고, 그는 자리에서 일어서 저녁놀을 향해 나직하게 중얼거렸다.

"나도 때때로는 내 인생을 살고 싶어. 바로 정호연의 인생을 말이야."

그는 저린 다리를 끌며 걸음을 옮기다 쓰레기통에 필름이 든 사각 봉투를 밀어넣었다. 여진희가 놀란 눈으로 그를 바라보다 쓰레기통으로 손을 내밀었고, 그는 재빨리 그 손을 나꿔챘다.

"내버려둬. 이젠 필요없으니까."

9

살그머니 병실 문이 열리는 소리가 들립니다.

가만가만 발자국 소리. 그리고 다시 들릴 듯 말 듯 문을 닫는 소리.

나는 눈을 감고 있습니다. 하지만 아빠가 어떤 모습으로 움직이고 있는지, 또 어떻게 화장실로 들어가는지 훤히 알 수 있어요. 아빠는 내가 잠들었다고 생각하고 있겠지요. 그래서 깨우지 않으려고 조심하고 있는 겁니다.

소용없어요. 난 벌써부터 화가 머리끝까지 나 있답니다.

아빠는 하루 종일 날 혼자 내버려뒀어요. 난 계속 아팠구요. 그건 참을 수 있어요. 아빠가 외출할 때는 다 이유가 있고, 나야 허구헌 날 아프죠. 하지만 어떻게 전화 한통 없을까요. 외출하면 한 시간이 멸다 하고 전화를 걸던 아빠가요.

눈이 빠지게 아빠를 기다렸고, 전화기를 쳐다봤습니다. 좋은 소식이 있거든요. 아빠를 기쁘게 해주고 싶었죠. 그런데 열두 시가 다 되어서 돌아오다니, 정말 너무해요.

화장실에 있는 아빠의 모습이 상상됩니다. 양치질에다 가글을 하고 손톱 밑까지 깨끗이 닦고 있겠죠. 나에게 나쁜 병균이라도 옮겨줄까 봐 걱정이 이만저만 아닌 아빠랍니다. 하여튼 빨리 화장실에서 나오는 게 좋을 거예요. 날 더 화딱지 나게 하면 내일 아침까지는 아들이랑 한마디도 못하게 될 테니까요.

나는 생각하고 또 생각합니다. 어떻게 아빠를 골탕먹일까, 하구요. 내가 속상한 만큼 아빠도 속상하게 만들어야 한다는 바보 같은 생각을요.

그런데 이십 분이 넘도록 아빠는 화장실에 있어요. 이런 적은 없었습니다. 수돗물 소리는 끊이지 않고 들려요. 혹시 울고 있는 건 아닐까요? 옛날 언제처럼 나한테 들킬까봐 수돗물을 콸콸 틀어놓고 말예요. 아닐 거예요. 며칠 동안 아빠는 아주 기분이 좋았거든요.

그렇다면 수도꼭지를 붙잡은 채 잠이 든 걸까요? 며칠 전에 아빠가 내 다리를 주물러줄 때였죠. 아빠가 같은 곳만 계속해서 주무르기에 봤더니, 글쎄 졸고 있지 않겠어요.

사실 아빠만큼 힘들고 피곤한 사람도 세상에 없을 거예요. 난 약 때문에 잠을 자지 못하고, 아빠는 나 때문에 뜬눈으로 밤을 새우기 일쑤죠. 잠을 자지도 않고 새끼를 돌보는 아빠 가시고기처럼요.

결국 아빠한테 지고 맙니다. 아빠는 날 초조하게 만드는 데 천재라니까요.

"아빠, 아빠!"

아빠가 종이수건으로 손을 닦으며 화장실에서 나옵니다. 침대에 걸터앉은 아빠는 늦어진 이유를 말하죠. 중요하고 급한 일이 있었대요.

어, 아빠의 입에서 술 냄새가 풀풀 납니다. 가슴이 철렁합니다. 아빠가 술을 마셨다는 것은 아빠한테 무지무지 슬픈 일이 생겼다는 뜻이죠.

엄마가 우리를 떠난 후로는 매일매일 마셨어요. 엄마도 미웠지만 술 취해 돌아오는 아빠도 싫었죠. 내가 아프면서부터 술 마신 걸 한 번도 보지 못했어요. 아빠는 나를 돌보느라 슬퍼하고 술 마실 틈조차 없었을 테니까요. 그런데 웬일일까요?

"조금, 아주 조금 마셨다. 오늘 이 아빠한테 대단히 좋은 일이 있었거든."

"무슨 일요?"

"다움이가 치료를 너무 잘 받고 있고, 이번 치료만 끝나면 다시는 재발하지 않을 거라는 말을 들었지. 아빠한테 이보다 더 좋은 일이 있겠니?"

"과장 선생님한테 들었어요?"

아빠가 고개를 끄덕입니다. 나는 재빨리 묻습니다.

"다른 말은요?"

"못 들었는 걸."

휴우, 안심입니다. 과장 선생님이 약속을 어긴 줄만 알았거든요. 나중에 나중에 얘기하려던 좋은 소식을 당장 말해야겠어요.

"과장 선생님이 일본 누나한테 전화를 걸어봤는데, 누나가 한 달 전부터 고기는 입에도 안 대고 과일이랑 채소만 먹는대요. 순전히 나한테 깨끗하고 좋은 골수를 주기 위해서래요, 글쎄."

"야아, 정말?"

"과장 선생님은요, 골수가 깨끗해야 내 몸 안에서 쑥쑥 자라나는 거래요."

아빠가 내 손을 꼬옥 잡고 악수를 하듯 아래위로 흔듭니다.

"굉장히 좋은 소식이구나. 아무래도 한잔 더 마셔야겠는 걸."

아빠는 엄청나게 기뻐하고 있어요. 내 생각대로예요. 아빠가 기뻐하는 모습을 보면 막 힘이 생겨요. 아픈 것도 몽땅 날아가 버릴 것 같답니다. 아빠와 나랑은 보이지 않는 끈이 연결되어 있나봐요. 아빠가 기쁘면 나도 그렇고, 내가 슬프면 아빠도 슬퍼지구요.

"다움이가 치료를 잘 받고 있고, 일본 누나까지 다움이를 위해 애써주고…… 아빠는 앞으로 아무 걱정 없다."

아빠가 침대 시트를 잘 펴서 목까지 폭 덮어주고 나서 침대 밑에서 보조 침대를 꺼냅니다. 나는 옆으로 몸을 돌려 보조 침대에 누운 아빠를 쳐다봅니다.

오늘 같은 날만 자꾸자꾸 있으면 얼마나 좋을까요? 일본 누나의 골수만 받으면 다신 재발하지 않는댔어요. 그러면 아빠는 매일매일 아무 걱정 없이 지낼 수 있구요. 우리는 너무나 행복한 아빠와 아들이 되겠죠. 그래요, 하나님이 드디어 내 기도를 들어주시기로 했나봐요.

"다움아!"

내가 대답한 한참 뒤에 아빠의 목소리가 들립니다.

"아빠를 사랑하니?"

당연하죠. 세상에서 제일 넓은 바다가 태평양이고, 제일 높은 산이 에베레스트인 것처럼요. 나는 손을 뻗어 아빠의 귀를 잡는 것으로 대답을 대신합니다.

"이 아빠한테 사랑한다고 말해주지 않으련?"

창피하게, 아빠는 왜 이러는 걸까요. 아마 술 때문이겠죠. 나는 아빠의 귀를 만지작대다 말합니다.

"아빠, 사랑해요."

아빠의 귀를 잡고 있는 내 손에 따듯한 물방울이 떨어집니다. 아빠가 하품을 한 모양이에요. 하품을 하면 저절로 눈물이 나오잖아요. 어젯밤에 한잠도 못 자서 아빠는 지금 몹시 졸린 거예요.

아빠가 푹 잘 수 있도록 아빠의 귀를 놓고, 안녕히 주무세요, 라고 인사를 했어요. 벌써 잠이 들었는지 아빠에게선 대답이 없습니다.

밖에서 앰뷸런스의 사이렌 소리가 들리더니 뚝 끊어진 뒤입니다.

"다움아, 엄마 보고 싶지 않니?"

아빠는 왜 내 기분을 잡쳐놓는 걸까요. 쿨쿨 잠든 척 끝까지 대답하지 않을 거예요.

제6장 가시고기

1

연이틀 비 뿌리고 바람 부는 을씨년스런 날씨가 계속되었다. 낙엽들과 더러는 푸른 빛을 간직한 채 가지를 떠난 은행잎새들이 풀칠해놓은 듯 길바닥에 달라붙어 있었고, 설악산 정상에는 올해의 첫눈이 내렸다.

그 이틀 동안, 그는 잠시도 아이의 곁을 떠나지 않았다.

여느 때처럼 아이의 고통을 덜어내기 위해 팔다리를 주무르거나 체스를 두거나 꾸며낸 동화를 들려주거나, 문득문득 희망을 속삭였다. 그렇다고 줄곧 아이만을 마음에 담아둔 것은 아니었다. 가라앉는 난파선의 뱃머리에 매달려 버둥대는 자신의 모습을 보고 또 보았다.

막막하고 두렵고 억울해 하면서, 잠깐씩 생각했다. 무엇이 자신에게 남아 있을까. 무엇을 위해 안타까이 손 흔들어야 하는가. 스스로를 위해 준비해둘 희망의 말은 무엇인가.

을씨년스러운 이틀이 지나고 날이 밝자 다시 청명한 가을이었다. 그 동안 누군가는 속울음을 삼켰을 테지만 희희낙락 박장대소한 사람이 분명히 존재했겠고, 누군가는 속절없이 죽어가는 중이거나 쓸쓸히 땅에 묻혔겠지만 또 어딘가에서는 어김없이 새로운 생명이 탄생했고 자라났을 것이었다.

그렇다고 변한 것은 없었다. 세상은 끄떡하지 않았다. 세상은 엄격하고 냉정한 것. 여전히 자신의 궤도를 따라 앞으로 돌진해 나갈 뿐이었다. 그리고…….

죽음을 선고받은 것은 사실이었다. 여전히 한 아이의 아버지임도 분명한 진실이었다. 아버지로서의 책무 역시 고스란히 어깨를 짓누르는 현실이었다.

망설이고 애끓이고만 있을 수는 없었다. 할일이 남아 있는 사람에게는 절망이 찾아들 틈조차 없는 법. 그 믿음만을 간직한 채, 미처 덜어내지 못한 감정의 찌꺼기와, 여전히 애착의 눈길로 넘겨다보려는 먼 훗날까지 서둘러 매듭지어야 했다.

송 계장을 만났다. 일전의 전망 좋은 찻집이었다.

송 계장은 유갑수로부터 연락을 받았노라고 고백했다. 한숨을 푹푹 내쉬다가 고개를 절레절레 흔들며 내뱉었다.

"세상이 왜 이따위인지 모르겠어요."

세상 탓은 아니었다. 세상과의 불화는 그 홀로 앞장서 겪는 바가 아니었다. 분개하는 쪽만 바보였다. 억울하다고 악을 써봤자 무익한 하소연에 불과했다. 간단히 생각하면 되는 거였다. 무심코 던진 돌멩이에 개구리가 맞아 죽듯, 그렇게 어디서 날아왔는지도 모를 불행에게 뒤통수를 얻어맞노라고.

두 잔의 커피가 테이블에 올려졌다. 그는 송 계장이 잡기 편하도록 컵의 손잡이를 돌려놓으며 말했다.

"상의할 게 있어. 치료비를 마련해야 할 텐데……."

"예치금은 해결됐으니까 차차 생각하시죠. 아니, 저한테 맡기세요. 병원에서 극빈자를 대상으로 하는 자선 치료가 있어요. 혜택을 받는 사람이 손으로 꼽을 정도지만 어쨌거나 해보겠습니다. 일단 선배님은 동사무소에 가서 생활보호대상자 신청을 하세요. 우리 병원에서는 다움이 진단서를, 저쪽 병원에서는 선배님 진단서를 발급받아 첨부하면 제가 알아서 하죠."

"그렇게까지 하고 싶지 않아."

"자존심을 따질 때가 아니지 않습니까? 제 말대로 하세요."

"자존심은 아무래도 좋아. 정말이야. 하지만 아이의 치료비만큼은 내 손으로 마련하고 싶어. 그래서 하는 말인데, 유갑수 씨를 다시 한번 연결해줘. 알아봤는데, 암으로 사망한 사람도 다른 장기와는 달리 각막은 기증할 수 있대. 그래서 유갑수 씨에게 각막 매매를 부탁하려고……."

송 계장이 손을 내저으며 말을 가로챘다.

"무슨 말씀을 그렇게 하세요? 각막과 신장은 다른 거라구요. 못 들은 걸로 하겠습니다."

"다르지 않아. 각막이든 신장이든, 적어도 내게는 동일해. 나에게 남은 시간은 길면 육개월이야. 생각해봐, 육개월을 한 눈으로 살든 두 눈으로 살든 그게 뭐 대수겠어. 별일 아니라구. 그 동안 계속 생각했어. 내게 남은 건 무엇일까, 하고. 예전이나 지금이나 나에겐 아이밖에 없었어. 병을 안 이후 더 절실해졌을 뿐이야."

그는 천천히 식어가는 커피를 한 모금 삼켰다.

"이제 와서 아이에게 무엇을 해줄 수 있을까. 내가 아이와 함께 지낼 날들이 많다면 굳이 서둘 필요는 없을 거야. 각막을 파는 짓 따위는 더더욱 하지 않을 테고. 하지만 남은 시간이 너무 짧아. 간 암이라는 사실을 부정하고 분노하고 갈등할 시간조차 없어. 중요한 건…… 그러니까 아이는 살 수 있다는 것이고, 나는 죽는다는 사실이지. 아이는 겨우 열 살이야. 머지않아 아버지 없이 세상을 살아가야 돼. 아비 없는 자식. 나도 겪어봤지만, 아이에게 오랫동안 깊은 상처가 되겠지. 게다가 난 한푼의 유산도 남겨줄 게 없어. 그러니 아이를 위해 아버지로서 마지막으로 무엇인가를 하고 죽어야, 그래야 덜 억울하지 않겠어? 이게 내 마음의 전부야."

그는 정말 그랬다. 그게 마음의 전부였다. 그래도 다행이었다. 아이를 위해 할 수 있는 게 남아 있어서. 그 외 무엇을 더 소망하겠으며, 무엇에 더 연연하며 애달퍼하겠는가.

"이제까지 송 계장에게 많은 신세를 졌어. 달리 갚을 길이 없어서 속상해. 하지만 어쩌겠어, 날 한번 더 도와줘."

* * *

유갑수를 만나고 병원으로 돌아오니 여진희가 기다리고 있었다.

여진희는 인사도 생략한 채 휙 돌아 병실을 나갔다. 부지런히 잰걸음을 옮기던 여진희가 소아병동 뒤 등나무 벤치에 이르러 돌아섰다. 이어 싸늘한 목소리가 들려왔다.

"선배한테 난, 나란 존재는 뭐죠?"

예전에도 비슷한 물음을 던졌었다. 하짓날이었고, 안데스 산맥 어딘가에 있다던 발데미르산을 이야기한 직후였다.

아, 발데미르의 청춘 남녀. 누구는 땅거미가 내리기 전까지 정상에 서겠고, 누군가는 팔부 능선에서 허망한 황혼을 맞고 말리라. 더러는 사랑을 이루고 또 더러는 속절없이 다음 하지를 기다릴 테지만, 그에게는 기다릴 더 이상의 하지란 존재하지 않았다.

시한부 삶이 새삼스레 당혹감과 난처함을 불러일으켰다. 앞으로도 살아 있는 내내 그러한 느낌에 시달릴 것이었다.

기념일을 맞이하거나, 첫눈이 내리는 광경을 보게 되거나, 먼 훗날을 무심코 이야기하거나, 하다 못해 누군가와 이별의 악수를 나누는 순간에도 그는 안타까이 생각하리라. 다시 이 순간을 되풀이할 수 있을까.

그가 벤치에 앉자 여진희는 다시 물었다.

"어쩜 나한테 한마디 말도 안할 수 있죠? 끝까지 비밀로 할 생각이었나요?"

"무슨 말인지 모르겠군. 하여간 일단 앉아. 화를 내더라도 앉아서 내라구."

그러나 여진희는 앉지 않았다. 감색 플레어 치마 옆주머니에 두 손을 찔러넣은 채 서너 발짝 떨어진 곳의 쓰레기통을 턱짓으로 가리켰다.

"필름 말예요, 선배 거였더군요."

"…… 오해야. 절친한 친구가 있는데, 그 녀석 필름이었어. 겁이 많은 친구야. 자기의 병을 나한테 확인해달라고 할 정도니까."

"선배!"

소리쳐 불러놓고 여진희가 그의 옆자리에 무너지듯 주저앉았다. 여진희는 울음을 참으려는 아이처럼 입 주위를 씰룩거리며 말했다.

"다 알아봤어요. 강남의 그 병원에서 정호연 이름 석 자도 확인했다구요."

기자의 직감이 발동한 때문이었으리라. 사각 봉투에서 병원 이름을 보고 쓸데없이 추적을 시작했겠지. 차라리 버리지나 말 걸 그랬다고, 그는 때늦은 후회를 했다.

기어코 여진희는 울음을 터뜨렸다. 한번 시작한 울음은 좀처럼 멈추지 않았고, 그는 몇 번이나 같은 말을 반복했다.

"울지 마, 제발."

등나무 벤치에서 소아병동으로 이어진 길에는 연보랏빛 보도 블록이 깔려 있었고, 비둘기 한 마리가 보도 블록 위의 가을 햇살을 부지런히 쪼아댔다. 언뜻언뜻 바람이 불었다. 하늘에는 가늘고 긴 구름이 서녘을 향해 빠르게 흘러갔다.

흐느낌이 잦아들었다. 여진희가 고개를 들어 눈물이 그렁그렁한 눈으로 바라보았고, 달리 어쩔 도리가 없는 그는 싱긋 웃었다.

"웃음이 나오나요? 정말 웃고 싶나요? 말해봐요, 이 지경이 됐는데 언제까지 웃고만 있을 텐가요?"

그는 뒷주머니에서 손수건을 꺼내 여진희의 손에 쥐어주었다.

"우리가 처음 만났을 때가 생각나. 그때 진희 씨는 말했어. 선배님이랑 친해지고 싶은데 어떻게 해야 되나요? 그러면서 가지런한 이를 드러내며 활짝 웃었지. 질문은 당돌했지만 웃음만큼은 천진난만 그 자체였어. 그 순간 이미 진희 씨하고 친해진 느낌이었어. 하지만 시치미 뚝 떼고 이렇게 말했던 것 같아. 지금처럼만 웃으면 우린 금세 친해질 수 있다구."

비둘기가 날개를 퍼덕이며 날아올라 반원을 그리며 사라졌고, 중년의 여자가 휠체어를 밀며 소아병동을 돌아나왔다. 휠체어에는 마스크에 털모자까지 눌러쓴 아이가 앉아 있었다. 임파구성 백혈병,

골수성 백혈병, 혹은 재생불량성빈혈을 앓고 있는 아이일 터였다.

여진희가 폭 한숨을 쉬더니 말했다.

"최근 독일에서 귀국한 의사가 있어요. 이정호 박사라구요, 간암에 관해선 세계적인 권위자예요. 필름을 보였더니 일단 입원하래요."

이정호 박사. 독일 유명한 대학의 종신 교수였고, 노벨 의학상 후보로까지 거론되던 인물이었다. 특진을 받기 위해 줄을 서고 있을 터인데, 여진희가 용케 그 비좁은 자리를 뚫고 들어간 셈이었다.

그는 조용히 고개를 저었다. 여진희가 그의 손등에 자신의 손을 얹어놓았다.

"돈 때문이라면 아무 걱정 마요."

돈? 그것도 분명 문제지. 하지만 부질없는 치료로 시간을 허비할 수는 없어. 그리고 더 큰 문제는 부질없는 치료에 매달려 아이를 떠나 있어야 한다는 점이야. 솔직히 말하면, 난 모험을 하고 싶지 않아. 두 가지 모두를 잃을 수는 없잖아. 나로선 가장 현실적인 선택을 한 거야.

그는 속엣말을 떠올려본 후 입을 열었다.

"병이 깊어. 이정호 박사도 별수 없을 정도로."

"기적이란 것도 있어요. 그리고 살아야겠다고 생각하는 자만이 살아남을 수 있는 거 아닌가요? 다움이를 생각해봐요. 다움이를 고아로 만들 셈예요?"

"지금이 다움이한테 가장 중요한 시기야. 기적적으로 찾아온 마지막 기회. 하지만 아이의 투병 의지에 따라 성공과 실패가 갈릴 수 있어. 반드시 곁에 있어야 돼. 내가 없으면 아이는 불안해 하거든."

"선배는요? 마지막인 건 선배에게도 마찬가지예요. 다움이한테 아빠로서 할 만큼 했어요. 선배 병이 깊어지는 것도 까맣게 모른 채 말예요. 더 이상 바보같이 굴지 말아요. 이제 다움이는 엄마한테 맡겨요."

그는 잠시 미소짓는 것으로 대꾸를 대신했다.

눈가에 다시 눈물을 매단 여진희가 자리에서 일어섰다.

"다움이는 그토록 살리려 애써왔으면서 정작 선배 자신한테는 왜 그렇게 할 수 없는 거죠? 다움이한테 쏟은 정성 십분의 일, 아니 백분의 일만이라도 선배 자신에게 쏟아봐요, 제발."

그는 여진희를 올려다보며 말했다.

"그 동안 제일 견디기 힘든 일이 뭐였냐면, 우습게도 아이의 손톱을 깎는 일이었어. 아이의 손톱을 깎아줄 때마다 생각하지 않을 수 없었어. 손톱이 자라난 만큼 아이에게 허락된 날들이 줄어들었구나. 이렇게 손톱은 자꾸자꾸 자라나는데 넌 자꾸자꾸 죽어가고 있구나. 나는 될 수 있는 대로 아이의 손톱을 바투 깎았어. 그게 무슨 아이의 생명을 연장시키는 짓이라도 되는 양 말이야. 그런데 이젠 아이의 손톱을 넉넉히 남겨놓고 깎아. 왜냐면 더 이상 손톱에 연연해 할 필요가 없으니까. 아니, 더 자주자주 깎으면서 아이가 살 수 있다는 사실을 자주자주 확인하고 싶은 거야, 난. 그게 얼마나 큰 행복인지 아무도 모를 거야. 그러니까 나는 사실, 아주 행복한 아버지인 셈이야."

그는 웃었다. 그 웃음이 진정 행복한 사내의 웃음이길 소원하며 덧붙였다.

"진희 씨, 이런 말 알아? 사람은 말이야……."

2

아, 드디어 내일이 수술입니다.

어젯밤 일본 누나가 도착해 병원 어딘가에 입원해 있습니다. 하지만 누나를 만나지 못했어요. 누나는 내일 아침 나에게 골수를 나눠주고 하루 더 입원해 있다가 일본으로 돌아갈 겁니다.

원래 골수를 주는 사람을 만나는 법이 아니래요.

이유를 물었지만 의사 선생님은 대답해주지 않았어요. 그런 엉터리 법이 어디 있나요. 내 병을 낫게 해주려는 고마운 사람인데 왜 만나지도 못하죠?

아리가토 고자이마스, 오네상.

아빠한테 배운 일본말입니다. 누나에게 고맙다는 말을 꼭 하고 싶었거든요. 그것도 누나가 직접 알아들을 수 있는 말로요.

지난번에도 누나를 만나게 해달라고 계속 졸랐죠. 하지만 고집불통 아빠는 끝끝내 고개를 흔들다가 말했어요.

"오른손이 하는 일을 왼손이 모르게 하라는 말이 성경에 있지? 남을 진짜로 도우려면 그 사람이 모르게 도와야 한다는 뜻이란다. 일본 누나도 그러고 싶은 거야."

남이 알아주길 바라면서, 잘난 척하면서 돕는 것은 가짜래요. 누나에 대한 고마움을 영원히 잊지 않는 것이 내가 할일이라요. 그리고 어서 튼튼해져서 누나처럼 다른 사람을 진짜로 돕는 다움이가 되래요.

유리문 밖에서 발자국 소리가 들립니다. 난 얼른 고개를 돌립니다. 아빠, 하고 맘속으로 소리치면서요. 그러나 간호사 누나가 슬쩍 나를 쳐다보고는 그냥 지나갑니다.

사흘 전에 무균실로 옮겨왔습니다.

몇 개의 문을 지나자 유리로 된 방이 나타났어요. 유리방 가운데 침대가 있고, 침대 주위는 비닐 커튼으로 빙 둘러싸여져 있지요. 커다란 비닐 봉투 속에 침대가 들어 있는 것과 비슷해요.

무균실은요, 비밀 요새라고 할 수 있어요. 나같이 골수 이식을 받는 환자를 위해서 특별하게 만들어진 방이죠.

백혈구 수치가 거의 빵입니다. 원래 내 핏속에는 좋은 백혈구와 나쁜 백혈구가 있었어요. 날 괴롭히는 건 바로 나쁜 백혈구죠. 나쁜 백혈구를 죽이기 위해 항암제라는 폭탄을 던졌는데, 좋은 백혈구들까지 덩달아 죽은 거랍니다.

좋은 백혈구는 병균들과 싸우는 군인이에요. 군인이 없다면 항복하거나 달아날 수밖에 없잖아요. 난 지금 작전상 비밀 요새로 후퇴를 한 겁니다. 지독한 병균들이라도 여기까지는 침투해 들어올 수 없거든요.

비밀 요새라고 다 좋은 건 아니죠. 아니, 좋은 점은 하나고, 나쁜 점은 백 가지 천 가집니다.

아주 갑갑한 곳이에요. 새장에 갇힌 새처럼요. 뚱뚱한 아줌마가 커다란 궁뎅이로 깔고 앉은 찐빵처럼요. 덥긴 왜 이렇게 더운지 모르겠어요. 다움이를 계란 프라이로 만들 셈인가봐요. 또 하루 종일 천장만 쳐다봐야 된답니다. 어느 땐 혼자 중얼거립니다. 천장에 바퀴벌레라도 한 마리 지나가면 덜 심심할 거야.

내 생각 주머니 속에는 어서 빨리 여기를 나가야 한다는 생각밖에 없어요. 그때가 언제냐고 의사 선생님한테 물어봤어요.

"핏속에는 적혈구, 혈소판, 그리고 다움이도 잘 아는 백혈구가 있지. 이런 것들을 만들어내는 것이 골수란다. 다움이는 골수가 고장이 나서 이상한 백혈구가 생겼어. 일본 누나의 골수가 다움이 몸으로 들어가서 다움이의 것이 된다면, 좋은 백혈구를 만들어낼 수 있지. 그때까지 있어야 한단다.”

의사 선생님은 그러면서 삼주일은 걸린다고 했어요.

삼주일. 21일. 504시간.

수술은 겁먹을 필요가 없다고 했어요. 힘들지도 않고 오래 걸리지도
않구요, 주사 맞는 것보다 간단하대요. 내 가슴에 뻥 뚫어놓은 히크만 도
관으로 골수를 한 방울씩 흘려보내면 끝난다나요.

문제는 수술 다음부터겠죠. 무지무지 아프고 힘들다는 소리를 들었어
요. 아빠도 의사 선생님도 바로 그게 걱정이랍니다.

하지만 난요, 잘해낼 자신이 있어요. 아빠는 매일매일 말하고 있답니
다. 내가 어떤 마음을 갖느냐가 제일 중요하다구요. 결심하고 결심하고
또 결심했어요. 아무리 힘들어도 이번에는 꼭 이기고 말 거라구요. 아빠
를 다시는 슬프게 만들지 않겠어요.

건강해져서 퇴원할 날만 생각하기로 했어요. 다른 생각을 하면 괜히
골치만 더 아프죠.

아빠 손 잡고 사락골에 가는 날, 흰 눈이 펑펑 내렸으면 좋겠습니다.
눈을 밟아본 적이 언제인지 가물가물해요. 사락골에는 눈이 오면 지붕까
지 쌓인대요. 문제없어요. 아빠랑 눈을 치우고 그 눈으로 커다란 눈사람
을 만들면 될 테니까요. 사락골도 곰곰이 생각해보니까 괜찮은 곳이에요.
은미를 못 봐서 탈이지만요.

간호사 누나가 유리문을 열고 들어옵니다. 비닐 커튼 중간에 있는 둥
그런 지퍼를 열고 체온을 잽니다. 한 시간쯤 전에 쟀을 때 38.4도였어요.
이번에도 38도를 넘으면 의사 선생님이 당장 달려올 겁니다. 난 주사 한
방 각오해야겠구요.

간호사 누나가 엄지손가락을 쳐들며 말합니다.

“삼십칠 점 팔. 잘했어.”

잘했으면 상을 줘야 될 텐데 누나는 날 혼자 내버려두고 나갑니다. 난 또 별수없이 천장한테 말을 시켜봐야겠죠.

무균실에선 아빠랑 하루에 삼십 분밖에 이야기를 할 수 없어요. 속이 상하지만 그래도 다행이에요. 중환자실에서처럼 아예 떨어져 있는 건 아니니까요. 아빠는 언제든 유리문 밖에서 날 볼 수 있고, 나도 비닐 커튼과 유리문 너머로 아빠를 볼 수 있지요.

무균실 밖으로는 한 발짝도 나가선 안돼요. 아빠가 날 보러 오기 전에는 아빠를 볼 수가 없지요. 그러니까 당연히 아빠가 날 보러 와야 될 텐데, 아빠는 나타나지 않고 있어요. 어제부터요.

오늘 아침에도 간호사 누나한테 아빠를 불러달라고 부탁했어요. 무균실에서 문 몇 개를 지나면 보호자 휴게실이 있고, 아빠는 항상 거기에 있겠다고 약속했거든요.

이상한 일입니다. 내가 밥 먹을 때면 어느샌가 와서 유리문에 얼굴을 대고 있던 아빠랍니다. 밥 많이 먹고 힘내라고, 그렇게 날 마구마구 응원하기 위해서죠.

무균실에서는 멸균식이라는 이름의 밥을 먹어야 됩니다. 세상에 그렇게 맛없는 밥이 또 있을까요? 그냥 맛없는 정도면 참겠어요. 물 대신 소독약을 붓고 끓였는지 지독한 냄새가 나는 밥을 하루에 여섯 끼씩이나 먹고 있답니다. 조금씩 자주 먹어야 하는 게 무균실의 규칙이거든요.

벌써부터 입 안이 걸레를 물고 있는 것처럼 너덜너덜 헐어 있어요. 구역질은 쉬지 않고 나구요. 멸균식 한 숟갈 먹고 한번 토하고, 눈물 한 방울 흘리고 아빠 한번 쳐다보고, 또 한 숟가락…… 먹지 않으면 병을 이길 수 없으니까 억지로라도 끝까지 먹어치웠죠. 하지만 어제 오늘은 반도 먹지 못했어요. 응원해줄 아빠가 없는 탓입니다.

어디로 간 거예요, 아빠. 지난번 말했던 중요한 일로 지방을 간 걸까요? 짧으면 나흘, 길면 닷새. 안돼요. 그렇게 오랫동안 날 내버려두면요, 백혈병을 이기겠다는 결심이 날아갈지도 몰라요. 아빠가 없으면 난 바보 멍청이가 되잖아요.

* * *

저녁때가 다 돼서야 아빠가 왔답니다.

소독 가운과 모자와 마스크를 뒤집어쓴, 달나라 여행을 떠나는 우주인 모습으로요. 누구든지 나를 만나기 위해선 우주인이 되어야 한답니다. 혹시라도 병균을 묻혀 들어오면 큰일이거든요.

처음엔 헷갈렸어요. 마스크와 모자 때문에 겨우 눈만 보이는데, 그 한쪽 눈마저 붕대로 가려져 있었거든요. 아무리 그래도 아빠를 못 알아보겠어요? 반갑고 화딱지도 났지만, 무척 놀랐습니다. 그래서 떨리는 목소리로 물었어요.

"아빠, 눈이 왜 그래요?"

"으응, 별거 아니다. 아빠가 급한 일 때문에 밖에 나가 있었단다. 미안해…… 어제 오늘 잘 지냈니?"

아빠가 딴청을 부리고 싶어한다는 걸 당장 알아차렸어요. 난 다시 물었죠.

"다쳤어요?"

"다치긴?"

"눈병이 났나요?"

"눈병은 나쁜 병균 때문에 생기는 거니까 다움이한테 올 수 없지. 한쪽 눈이 피곤해서 좀 쉬라고 붕대로 가려놓은 거란다…… 그 동안 밥은 잘 먹었니?"

"금방 괜찮아지는 거예요?"

"그럼, 그렇고 말고."

안심이 됐어요. 하지만 한쪽 눈만 보이니까 반쯤만 아빠 같았죠. 아빠를 진짜 아빠답게 만드는 건 바로 눈이었구나…… 뭐 그런 생각을 하면서, 난 지금 아빠를 쳐다보고 있습니다.

아빠가 하나밖에 없는 눈으로 웃으며 묻습니다.

"아빠 얼굴이 이상하니?"

아빠한테는 미안하지만, 성호의 해적선 레고에 있는 애꾸눈 선장이 자꾸만 생각나요. 아빠의 얼굴에 콧수염을 그려놓는다면…… 히히히, 그 모습을 상상하니 웃음을 참을 수 없어요.

"애꾸눈 선장 같아요."

아빠는 일부러 목소리를 굵게 만들어 대답합니다.

"그으래? 좋은 편이냐 나쁜 편이냐?"

"당연히 나쁜 편이죠. 애꾸눈 선장은 어차피 해적이거든요."

아빠는 또 한쪽 눈으로 웃고는, 비닐 커튼의 지퍼를 열고 손을 내밉니다. 따듯해요. 아빠의 손은 언제나 따듯하지만 오늘 특히 더한 것 같아요.

"일본 누나 온 거 알아요, 아빠?"

"안다."

"만나봤어요?"

"만났지. 다움이 사진을 보여줬더니 아주 잘생겼다고 하더라."

"누나는 어떻게 생겼어요?"

"아주 예뻐. 하지만 마음이 더 예쁜 것 같더라."

예쁜 건 상관없어요. 그렇지만 이왕이면 마음씨 착한 누나의 골수가 내 몸에 들어오길 바랐죠. 착하지 않은 사람이 남한테 골수를 줄 리 없긴 하지만요.

누나를 만나고 싶어요. 아빠는 여전히 안된대요. 하지만 누나가 사진을 갖고 있으면 구해주겠다고 약속했어요. 그게 어디예요? 앞으로는 누나의 사진을 보면서 누나를 위해 기도해야겠어요. 솔직히 누나의 얼굴을 모르니까 기도가 잘 되지 않았거든요.

아빠가 자꾸만 붕대로 가려진 왼쪽 눈 주위를 만집니다. 그때마다 오른쪽 눈을 찡그리고 있어요. 아빠 말대로 피곤해서, 사람도 피곤하면 자야 하는 것처럼, 푹 쉬라는 뜻으로 가려놓은 걸까요? 난 자꾸만 이상한 생각이 들어요.

"눈 말예요, 정말 괜찮아요?"

"조금 거북하구나. 애꾸눈 선장도 처음에는 아빠처럼 이랬을 거야."

아빠는 한쪽 눈을 찡긋 감아 보이고는 윗입술까지 흘러내린 내 마스크를 코 밑으로 올려줍니다. 쓸데없는 걱정일랑 하지 말라는 뜻일 거예요.

"다움아!"

불러놓고 한참 동안 가만히 바라보고만 있다가 아빠가 말합니다.

"내일 수술 자신있지?"

"…… 예."

"큰 소리로 말해봐."

아빠는 정말 애꾸눈 선장처럼 굴고 싶은가봐요. 난 씩씩한 부하 해적의 목소리로 소리칩니다.

"자신있습니다!"

"고맙다…… 고맙다, 다움아."

3

그는 벽에 등을 기댄 채 서서 수술실 입구를 바라보고 있었다.

두 시간째였지만 미동치 않았다. 생면부지의 아이에게 골수를 나눠주기 위해 수술실까지 들어간 미도리에 대한 고마움을, 그런 식으로나마 전하고 싶었다.

수술실 안쪽에는 미도리가 전신마취로 잠들어 있겠고, 이식팀 의사들은 분주히 손을 움직여 미도리의 엉덩이뼈에서 골수를 뽑아내고 있을 것이었다.

윽, 신음을 토해내며 그는 한 손으로 배를 감쌌다. 오른쪽 갈비뼈 아래를 칼로 도려내는 듯한 통증이 엄습해 절로 허리가 굽혀졌다.

돌덩이를 삼킨 듯한 거북함으로 시작된 증상이 그제부터 통증으로 바뀌었다. 발병을 통보받은 지 고작 열하루가 지났을 뿐이었다. 그러나 발각된 이상 암세포들이 총체적 공격에 나선 듯 하루가 다르게 고통이 심해지고 있었다. 민 과장의 예상대로 본격적인 마수를 드러냈는지도 몰랐다.

수술실 문이 열리고 간호사가 나왔다.

그는 허리를 펴고 간호사에게 진행 상황을 물었다. 채취는 끝났어요. 조금 있으면 이식팀이 나올 거예요. 간호사는 빠르게 말하고는 멀어졌다.

수술실로 들어가기 전, 입원실에서 만난 미도리에게 그는 감사의 말을 표했다. 미도리가 해맑게 웃으며 말했다.

"고마운 건 접니다. 진심으로요. 그 동안 망설이고 걱정하면서 많은 것을 깨달았어요. 사실 전 이기적인 편이었거든요. 그런데 이번 기회를 통해 앞으로는 누구든 사랑할 수 있을 것 같아요. 가족과 주위 사람들이 참 소중하구나 하는 생각도, 더 열심히 살아야겠다는 각오도 했답니다."

그리고 미도리는 덧붙였다.

"제가 열 살 때를 생각해봤어요. 그땐 참 욕심꾸러기였어요. 가고 싶은 곳, 먹고 싶은 것, 꿈도 얼마나 많았는지 몰라요. 아이가 제 골수를 받아서 열 살짜리 욕심꾸러기로 건강하게 지냈으면 좋겠어요."

그는 아이가 미도리를 몹시 만나고 싶어한다고 말했다. 미도리는 잠시 망설이다 고개를 저었다.

"우리는 서로의 행운을 빌어주는 것으로 충분하다고 생각해요."

미도리의 말 속에는 아무런 대가도 바라지 않는다는 뜻이 함축되어 있었다. 맑은 영혼의 소유자였다. 미도리의 영혼 앞에서 그는 스스로를 돌아보며 자괴감에 휩싸였다.

이틀 전 각막을 팔았다. 농사 지은 배추를 장에 내다 팔 듯 그렇게. 사십대 초반의 사내는 그의 각막으로 세상을 볼 것이었고, 그는 사내의 돈으로 아이의 병원비를 마련했다. 그러나 과연 그와 사내는 서로의 행운을 빌어줄 수 있을까. 그건 엄연한 거래였고, 게다가 세상이 금지하는 밀매였다.

민 과장이 수술실에서 나왔다. 그는 저린 다리를 끌며 민 과장에게 다가갔고, 그를 알아본 민 과장이 사뭇 흥분된 얼굴로 말했다.

"내 평생 이번처럼 깨끗하고 좋은 골수는 처음입니다. 다음이에게 최고의 골수를 이식할 수 있어 얼마나 다행인지 모르겠습니다."

그는 깊이 고개를 숙였다. 민 과장에게, 수술실에 누워 있는 미도리에게.

그가 수술실 입구를 쳐다보자 민 과장이 덧붙였다.

"필터 작업을 하고 있습니다. 채취 과정에서 섞인 지방, 뼈 조각, 세포 덩어리를 필터로 걸러내는 거죠. 끝나는 대로 곧바로 이식에 들어갈 겁니다. 도너 준비는 차질없겠죠?"

아이에게 혈소판을 공급해줄 헌혈자를 일컫는 것이었다. 이식된 골수가 생착해 혈액세포를 만들어낼 때까지 자주 혈소판을 공급해 주어야 했다. 이식 전 동일한 혈액형의 건강한 헌혈자 20명을 구해 놓는 것은 보호자의 몫이었다.

혈소판 헌혈자 구하는 것이 만만치 않음을 익히 알고 있는 송 계장이 나섰다. 제가 도울 일이 달리 뭐가 있겠어요. 송 계장은 인근 전투경찰 부대를 방문해 흔쾌히 헌혈을 약속받아두었다.

그가 고개를 끄덕이자 민 과장이 말했다.

"이러고 있을 게 아니라 우린 먼저 다움이한테로 가죠."

민 과장이 앞장섰고 그가 뒤따랐다. 잰걸음의 민 과장 뒤를 좇는 게 쉽지 않았다. 자꾸 발을 헛딛는 느낌이었다. 이틀이나 지났건만 외눈에 아직 익숙지 못한 탓이었다.

그는 유리벽에 이마를 대고 무균실의 아이를 바라보았다. 아이는 눈을 감고 있었다. 언제 이식을 받느냐고 성화를 부리더니 정작 중요한 시간에 잠이 든 모양이었다.

민 과장이 그와 나란히 서며 말했다.

"정 선생님 안색이 좋지 않아요. 이식이 끝나면 시간 내서 검사를 받아보세요. 다움이야 돌봐주는 아빠가 있지만, 선생님 건강은 본인 스스로 챙겨야죠."

그는 고개를 주억거렸다. 민 과장이 말을 더 하려는 순간 이식팀이 우르르 다가왔다.

"잘될 겁니다. 안심해도 좋습니다."

민 과장이 툭툭 어깨를 두드리며 그를 격려했다.

민 과장을 비롯한 이식팀이 무균실 안으로 들어가자 아이가 눈을 떴다. 아이는 휘둥그런 눈으로 주위를 둘러보다 유리벽 너머 그와 눈길이 마주치자 옅은 미소를 지었다.

골수가 담긴 수혈백이 링거 거치대에 매달리고 히크만 도관에 연결됐다. 수혈백에서 골수가 한 방울 똑 떨어졌다. 시작이었다. 아이를 죽음의 어두운 그림자로부터 삶의 따뜻한 양지로 이끌어낼 마지막 시도였다.

이 순간에 도달하길 얼마나 소원했던가. 오, 한 방울의 골수여, 아이의 쇠잔한 몸을 일으켜세우라.

살아오는 동안 그 무엇인가를 이토록 열렬히 갈망한 적이 있었을까. 한 방울 또 한 방울의 골수가 아이의 몸으로 흘러드는 것을 유리벽에 이마를 대고 외눈으로 바라보면서, 덜덜덜 두 다리를 떨면서, 예리한 칼날이 옆구리에 파고드는 듯한 통증을 이 악물고 참아가며, 그는 거세게 타오르는 갈망의 불길에 휩싸여 있었다.

아직은 살아 있는 아버지였다. 이 순간 육신과 영혼의 마지막 한 조각까지 소멸해버린대도 후회를 남길 수 없기에, 그는 갈망하고 갈망하기를 멈추지 않았다.

민 과장이 그를 향해 엄지손가락을 들어 보였다. 확신을 불어넣으려는 의도겠고, 불안에 떨 것 없다는 뜻이리라.

민 과장의 몸짓이 아니더라도 불안은 없었다. 마지막 기회였고, 실패로 돌아가면 끝인 줄 알았다. 아이에게나 그에게나, 모두. 그러나 그는 이상하리만큼 불안하지 않았다. 긴장하고 있었지만 불안함에서 비롯된 바는 아니었다.

외길을 걷는 사람은 달리 택해야 할 길이 없는 거였다. 불안한
얼굴로 뒤돌아보는 짓마저 무익했다. 오로지 확신으로 그 길을 뚜
벅뚜벅 걸어가면 되는 거였다.

이식팀이 아이의 침대가에 둘러서 있었고, 그들의 옆구리 틈새로
아이의 얼굴이 보였다. 그도 아이도 서로에게서 한시도 눈을 떼지
않았다. 이식팀이 움직여 시야를 가릴 때면 그도 아이도 이쪽과 저
쪽에서 서로를 찾아헤맸다.

아이는 간간이 그를 향해 입가에 옅은 미소를 띄었다. 그때마다
그는 활짝 웃어야 한다고 다짐했건만 희미한 미소조차 선뜻 짓지
못했다. 아니, 외눈에선 끊임없이 뜨거운 눈물이 흘러넘쳤다.

감격의 눈물이었다. 아이가 달려온 기나긴 사투의 과정을 떠올린
탓이었다. 골수 이식이 아이를 살리리라. 그 믿음이 가져다 준 가슴
벅참이었다. 하지만 눈물을 들키기 싫은 그는 유리벽에 입김을 불
어 브이 자를 아로새겼다.

성공 여부는 예후를 지켜봐야 할 것이었다. 이식된 골수가 아이
의 몸에서 성공적으로 자리를 잡는, 생착의 순간까지 기다리는 일
이 남았다. 빠르면 이주일 후 확인할 수 있었다.

누군가가 거치대 위에 매달렸던 비닐팩을 걷어냈다. 이식은 끝이
났다.

잊었던 통증이 한꺼번에 달려들었다. 그는 배를 감싸며 풀썩 바
닥에 주저앉았다. 곧이어 하나의 생각이 그의 몸을 관통했다. 그건
참으로 서글픈 자각이었다.

이것으로, 내 몫은 끝이 났는지도 몰라. 내가 아이를 위해 마지
막으로 해줄 수 있는 것은 여기까지인지도······.

4

이식 후 15일.

아이는 기나긴 고통의 터널 속을 걸어왔다. 이제 남은 것은 간명해졌다. 터널을 벗어나 빛 가운데로 가느냐, 되돌아 한층 깊어진 어둠을 향해 갈 것이냐.

그 동안 항생제와 진통제와 영양주사와 혈소판 수혈이 숱하게 이루어졌다. 이식 전에 받았던 항암제와 방사선 치료의 영향으로 구토와 설사와 두통과 관절통에 시달렸다. 이틀이 멀다 하고 체온이 올랐고, 감염과 무관하게 광범위한 항생제가 투약되었다. 입 안이 헐고 식도가 유착돼 계속해서 영양주사를 공급받았다.

이식 사흘째부터 기도폐쇄 증상이 나타났다. 방사선 치료의 부작용이었다.

기관지삽관술로 폐에 직접 산소를 공급하는 상태에까지 이르렀다. 말은 물론 소리내어 울 수도 없었다. 그나마 위안은, 골수 이식 환자의 절반 이상이 겪는 정맥폐쇄 질환 합병증이 발생하지 않았다는 점이었다.

아이는 피곤과 무기력 때문에 물에 젖은 자루처럼 축 늘어진 채 초점 잃은 눈으로 허공을 바라보았다. 고통은 아이의 육신을 극한 대까지 몰고 갔고, 아이는 저항할 의욕마저 상실한 듯했다. 동물적 본능으로 하루하루를 견디고 있는지도 몰랐다.

그리고 그는 아이의 동물적 본능에 호소하며 이식 성공을 초조하게 기다렸다.

삼십 분으로 정해져 있는 면회 시간과 무관하게 그는 하루의 대부분을 무균실에서 지냈다. 민 과장의 배려였다. 아이의 투병 의지에 도움이 되리라 판단했거나, 무균실 유리벽에 이마를 대고 한량 없이 아이를 넘겨다보는 그의 처지를 딱하게 여긴 때문일 거였다.

아이가 말을 할 수 없게 된 순간부터 그는 자신의 이야기를 들려주었다.

아버지가 어디서 어떻게 무슨 생각을 하며 살아왔는지, 아이가 알아야 하리라는 생각이 들었다. 이제 곧 아버지 없이 살아가야 할 아이였다. 자신의 뿌리에 혼미해 하며 안타까워했던 그였기에, 훗날 아이가 막연한 기억으로 아버지를 떠올리는 일이 없었으면 했다.

기억이 가닿을 수 있는 어린 시절부터 시작했다. 아이의 팔다리를 주무르고 가벼운 근력 운동을 시켜가면서.

문득문득 그는 머리맡에 앉은 자식에게 유언을 남기는 아버지의 참담한 심정에 빠져들기도 했다. 한편 사랑하는 사람 앞에서 자신의 과거를 들려주는 것으로 사랑의 고백을 대신하는 느낌이 들기도 했다.

어떤 대목에선 목이 메었다. 어떤 기억에 이르러선 슬며시 미소 짓거나 한숨을 토해냈다. 어느 쪽이든 그는 대체로 침착하고 상세하게, 과장하거나 구태여 덜어내는 일 없이 이어갔다.

다행스럽게도 이야기를 듣는 동안 아이의 얼굴에 생기가 돌았다. 퀭한 눈빛이었지만 그에게서 눈을 떼지 않았다.

이식한 지 열흘이 지나면서 아이는 점차 회복의 기미를 보였다. 아이는 조금씩 빛을 향해 나아가고 있었다.

그제 아이를 괴롭히던 기관지삽관을 마침내 제거한 직후였다.

"다움아, 갑갑했지? 이젠 말해도 된대. 아빠한테 무슨 말이든 해 봐. 먹고 싶은 거나 하고 싶은 걸 말하면 아빠 더 좋구."

그러나 아이는 그의 요구와는 달리 뜻밖의 첫말을 토해냈다.

"아빠 눈…… 아직도…… 아…… 파요?"

아이는 붕대로 가려져 있는 왼쪽 눈이 내내 마음에 걸렸던 모양이었다. 그건 정말 아무것도 아닌데, 아이를 위해서라면 나머지 눈마저 뽑아낼 수 있는데, 그게 무슨 대수라고……. 그러나 아이의 그 물음이 가슴 저리도록 고마웠고, 병든 육신을 지탱할 수 있는 힘이 되어주었다.

간암을 통보받은 지 27일.

암세포는 하루가 다르게 기승을 부리고 있었다. 체중은 저울에 올라설 때마다 바람이 빠져나가는 풍선처럼 줄어들었다. 조금만 움직여도 숨이 가빠왔다. 특히 오른쪽 갈비뼈 아래의 통증이 심했고, 진통제를 한 움큼씩 삼켜도 좀처럼 가라앉지 않았다.

남은 삶을 하루라도 더 연장하려면 항암 치료를 받아야 옳았다. 그러나 그 하루의 연장을 위해선 아이와 줄곧 떨어져 있어야 하리라. 또 그럴 만한 경제적 여유도 없었다.

부끄럽게 마련한 돈은 여진희에게 진 빚을 갚고도 절반 이상 남아 있었고, 홍 사장에게서 뒤늦게 1천만 원이 입금되었다. 그러나 언제까지일지 모를 아이의 치료비로 충당해야 할 몫이었다. 단 한 푼도 허투루 쓸 수 없었다.

생착을 확인하는 그때까지만이라도 육체적으로 버텨내길 소원했고, 그는 지금 무균실에서 혈액 검사와 세포유전학 결과를 기다리는 중이었다. 아이는 갈림길에 서 있는 셈이었다. 이쪽 길을 가리키면 삶이고, 저쪽 편으로 가라면 죽음이었다.

그는 비닐 커튼으로 차단된 침대 위의 아이를 바라보았다. 아이는 잠들어 있었다. 잘된 일이었다. 숨막히고 가슴 졸이는 순간은 그 혼자만으로도 족했다.

유리벽을 스쳐지나는 민 과장을 발견하고 그는 벌떡 자리에서 일어났다. 의자가 기우뚱거리더니 바닥에 넘어졌고, 어렵사리 잠든 아이가 반짝 눈을 떴다.

무균실의 문이 소리없이 열렸다. 민 과장이 깨어 있는 아이를 확인하고 돌아선다면 끝이었다. 그러나 민 과장은 아이에게 눈길 한 번 주지 않은 채 그를 향해 걸어왔다.

그는 아랫입술을 힘주어 깨물고는 민 과장의 눈을 쏘아보았다.

"중성백혈구 수치 육백, 혈소판 이만 오천!"

민 과장의 목소리가 깊은 동굴 속에서 울려퍼지는 메아리인 양 들려왔다.

6백과 2만 5천.

그는 두 숫자가 의미하는 바를 알아내기 위해 필사적으로 기억을 더듬었다. 혈액검사 결과 중성백혈구 수 5백과 혈소판 2만을 나타낼 때, 생착을 간접적으로 확인할 수 있다고 했다. 그런데 아이는 그 한계 수치를 뛰어넘고 있었다.

민 과장이 얼굴 가득 미소를 머금으며 덧붙였다.

"성공입니다. 생착된 거라구요. 세포유전학 검사에서도 확인됐습니다."

아, 아이는 죽음의 음침한 그림자로부터 벗어난 거였다.

민 과장을 부둥켜안고 환호성을 지르고 노래하고 춤춰도 좋았다. 정숙과 절대안정을 요하는 무균실이지만 이 순간만큼은 뭐랄 사람이 없었다. 오직 이 순간을 위해서 길고 고단한 길을 걸어온 셈이었다.

천천히, 그는 아이에게로 고개를 돌렸다. 아이가 반쯤 입을 벌린 채 그를 바라보고 있었다.

민 과장의 목소리가 등을 넘어 들려왔다.

"아빠한테 하는 말 다움이도 들었지? 일본 누나의 골수가 다움이 몸에서 잘 자라고 있는 것이 확인됐단다. 이제 다움이는 아무 걱정 없다. 곧 무균실에서도 나갈 수 있을 거란다."

뚝, 아이의 두 눈에서 눈물이 떨어졌다.

그는 비닐 차단막을 열고 아이의 이름을 불렀다.

"…… 다움아, 내 아들아, 널 좀 안아보자."

* * *

민 과장과 구내 식당에서 점심 식사를 마친 게 정오가 막 지났을 때였으니 꼬박 두 시간째 등나무 벤치에 우두커니 앉아 있는 셈이었다.

바람이 불든 말든 낙엽이 지든 말든, 그건 그가 아랑곳할 바가 아니었다. 그저 단순한 남자이길 원했다. 하많은 망설임과 갈등을 접어두고 가야 할 길을 가고 싶었다.

오후 두 시 십 분. 프랑스 시간으로는 오전 여섯 시 십 분.

마지막 순간까지 외면하고픈 시간이, 그러나 거침없이 다가와 있었다. 그는 메모지의 번호를 확인하며 민 과장의 말을 떠올렸다.

"그 동안 프랑스에서 다움이 상태를 묻는 전화가 자주 왔었습니다. 생착에 성공하면 연락해주기로 했습니다만 아무래도 정 선생님께서 직접 하시는 편이 나을 듯합니다…… 소아암을 다루다 보면 이런저런 일을 경험합니다. 아이로 인해 갈등하고 다투는 일도 있지만 아이 때문에 화해하고 재결합하는 경우도 종종 있죠. 선생님의 사정을 제대로 알진 못하지만, 이번 이식 성공이 두 분에게도 좋은 결과가 되었으면 합니다. 다움이의 회복을 위해서도 그렇구요."

화해, 재결합? 이미 무효화되었다는 사실을 구태여 밝힐 필요는 없었다. 설혹 아내가 되돌아와 손 내민다 해도 이젠 받아들일 수 없었다. 감정의 문제가 아니었다. 남은 시간 동안 지나간 과거조차 제대로 정리하고 떠날 수 있을지 의문이었다.

어쨌든 아내가 민 과장에게나마 아이의 상태를 자주 물었다니 여간 다행스럽지 않았다. 아니, 진심으로 고마웠다.

핸드폰의 신호음이 한없이 이어지다가 뚝 그쳤다.

— 알로?

"여보세요?"

그와 아내 사이의 거리만큼 광막한 유라시아 대륙의 이편과 저편이었다.

웬일이죠? 아내가 잠이 덜 깬 목소리로, 그러나 싸늘하게 물었다. 그는 오른쪽에서 왼편으로 핸드폰의 위치를 바꾼 뒤 말했다.

"이른 시간에 미안해. 잘 지냈어?"

— 다움인 어때요?

"이식한 골수가 제 기능을 발휘하기 시작했어. 성공이야."

— 정말예요?

"당신이 기뻐할 줄 알았어. 지금은 회복 치료를 받고 있어."

— 합병증은 없나요?

"없어. 하지만 있어도 대수롭지 않을 거라는군. 그리고 합병증을 한 차례 앓는 편도 괜찮대. 그래야 재발하지 않는다니까."

저편에서 긴 한숨이 흘러나왔다. 안도의 한숨이며 기쁨의 표시라고 그는 이해했다.

"당신이 와줬으면 좋겠어."

오 초쯤 아내의 대답을 기다리다가 그는 다시 입을 열었다.

"다움이가 당신을 보고 싶어해. 그리고……."

떨지 말자, 더듬지 말자, 한숨짓거나 애달퍼하지 말자. 그렇게 스스로를 격려하고 그는 덧붙였다.

"그리고 많이 생각해봤는데, 아이는 역시 당신이 맡는 게 좋겠어."

― 지금 무슨 말을 하는 거죠?

"그편이 아이를 위하는 거 같아. 당신도 아다시피 난 내 몸 하나 추스르는 것도 버거운 빈털터리야. 이런 내 곁에 있어봤자 장차 아이 꼴이 뭐가 되겠어. 당신이 아이의 장래를 맡아줬으면 좋겠어, 전적으로."

― 거짓말이죠? 날 떠보려는 말이죠?

진실은, 그러니까 이거야. 내가 죽는다는 것. 그래서 곧 아이 곁을 떠나야 한다는 것. 아이를 내가 겪었듯 고아원으로는 보낼 수 없다는 것. 엄마인 당신이 아이를 잘 지켜주길 바라는 것. 이 정도가 진실이야.

"부탁을 하고 있다고 생각해줘."

― 갑자기 생각이 변한 이유가 뭐죠?

"당신이 말한 그대로 아이는 나의 전유물이 아니잖아. 따라서 내 욕심만 내세울 수는 없지…… 하여튼 서둘러 와줬으면 좋겠어."

― 한 시간 후에 다시 전화를 하세요. 그 동안 생각을 해봐야겠어요. 우리 그이랑 상의도 해야겠구요. 그러지 말고 내가 연락할 테니 아예 전화번호를 가르쳐줘요.

전화를 끊고, 그는 등나무의 성근 가지를 무연히 바라보다 문득 아버지를 떠올렸다.

아버지를 애타게 찾아헤맨 적이 있었다. 대학에 입학하던 때였다. 아버지에게 항의하고 싶었다. 어떡하든 여기까지 내 힘으로 살아왔어요. 그러나 어디에도 아버지의 존재는 남아 있지 않았다.

아들을 파출소 앞에 남겨놓고 절름거리며 멀어지던 아버지의 심정. 완벽하게 이해할 수는 없어도 용서할 수는 있을 듯했다. 아버지로선 당신의 말대로 어쩔 수 없었으리라. 아이를 남겨두고 멀어져야 하는 지금의 그처럼. 아, 훗날 아이가 지금의 그를 완벽하게 이해할 수는 없어도 용서해줄 수는 있을까.

삼십 분쯤 흘러 전화벨이 울렸다.

― 암만 생각해도 당신의 저의를 모르겠어요. 혹시 여진희와 결혼할 건가요?

여진희는 이틀에 한 번씩 그를 찾아왔다. 때로는 치료받을 것을 설득했고, 그러다 봇물이 터지듯 화를 냈고, 정말 이렇게 죽고 말거냐며 소리내어 울었고, 또 어느 날은 아무 말 없이 그를 바라보다가 돌아갔다.

― 대답이 없는 걸로 봐서 사실인가보죠? 여진희가 아이를 못 맡겠다고 했나요?

"좋을 대로 생각해."

― 어쨌든 좋아요. 아이를 맡겠어요. 대신 조건이 있어요. 아니, 당신한테도 조건이 있을 테니까 먼저 말해봐요.

"당신이 생각하고 있는 게 무엇인지 모르겠어. 하지만 굳이 조건을 말하라면…… 아이를 더 많이 사랑하고, 더 많이 아끼고, 더 많이 이해하는 엄마가 되었으면 해. 그뿐이야."

— 노력하죠. 대신 당신이 먼저 해야 할 일이 있어요. 각서를 준비하세요. 아이를 포기하겠다는 뜻을 분명히 밝힌 각서 말예요.

"꼭 그렇게까지 해야 되나?"

— 이런 일일수록 분명히 해야 한다고 생각해요. 그래야 차후에도 뒷말이 없을 테니까요.

"그런 일은 없을 거야. 그렇지만 그게 필요한 거라면, 그래서 당신이 안심하고 아이를 잘 키울 수 있다면 얼마든지 쓰겠어."

5

그제 무균실에서 일반 병실로 옮겨왔습니다.

일본 누나의 골수가 내 몸 안에서 무럭무럭 자라나고 있다는 뜻이죠. 내 마음속 기쁨도 자크의 콩나무처럼 쑥쑥 커지고 있어요. 아빠도 그럴 테구요.

아빠는 어제부터 나에게 걷는 연습을 시키고 있습니다. 처음엔 한 발짝 움직이기가 너무 힘들었는데, 어느새 병실 한 바퀴를 아빠 도움 없이 돌 수 있답니다. 1인실이라 스무 발짝도 되지 않지만 그게 어디예요?

무균실에 있을 때는 무균실 밖으로 나가는 게 소원이었죠. 하지만 이제 하루라도 빨리 퇴원하고 싶어요. 아빠도 내 마음이랑 같겠죠. 그래서 열심히 날 훈련시키고 있는 겁니다.

아빠가 의자에 앉아 날 가만히 쳐다보고 있습니다.

아빠는 아직도 애꾸눈 선장 신세랍니다. 금방 괜찮아질 거라더니 벌써 한 달이 다 돼가요. 난 정말 걱정됩니다. 붕대를 떼내 아빠의 눈이 얼마나 아픈 건지 확인하고 싶어요. 아빠가 깊이 잠들면 한번 봐야겠어요.

"다움이한테 해줄 이야기가 있다."

아까부터 아빠의 이야기를 기다리고 있었죠. 그런데 아빠는 한참 동안 말이 없습니다. 아마 어젯밤 어디에서 이야기가 끝났는지 까먹은 모양이에요.

"갓난아이인 나를 처음 안아본 이야기까지 했어요, 아빠."

사람들은 모두 아빠를 꼭 빼닮았다고 했지만 아빠는 그냥 신기하고 가슴이 막 떨리기만 했대요. 그렇지만 금방 알게 됐다고 했어요. 그날이 아빠가 살아온 모든 날 중에서 가장 기쁜 날이었다는 것을요.

"다움이는 똑똑하니까 아빠의 말을 잘 알아들을 수 있을 거다. 지금부터 아빠 말대로 해야 한다."

갑자기 아빠의 얼굴이 화난 사람처럼 변합니다. 목소리는 호두 껍질을 뒤집어쓴 것처럼 딱딱하구요.

"엄마가 오늘 저녁에 온다."

"…… 왜요?"

"널 보고 싶어서, 널 사랑하니까 오는 거다."

"아뇨. 엄마는 날 사랑하지 않아요."

"어째서 사랑하지 않는다고 생각하지?"

엄마가 아주 보고 싶지 않았다면 거짓말입니다. 특히 무균실에 있는 동안 저절로 엄마 얼굴이 생각났어요. 무균실에서 얼마나 힘들었는지 몰라요. 너무 힘들어서 그냥 죽어버렸으면 좋겠다는 생각을 백번도 더 했거든요. 그런데 이제서야 나타나겠다구요? 속 보여요.

"엄마는 나빠요. 엄마는요, 날 버렸어요. 아빠한테도 그랬구요."

"그렇지 않아. 엄마는 누구도 버리지 않았다. 엄마를 버린 건 바로 아빠다. 엄마는 처음부터 너와 함께 살고 싶어했지만 아빠가 반대했다."

"아빠, 나 졸려요. 그만 자야겠어요."

난 두 눈을 힘껏 감아버렸어요. 그러면 알 것이지, 아빠는 또다시 말합니다.

"아빠가 왜 다움이를 데리고 사락골 같은 깊은 산속에 들어갔을까. 그때 아빠는 다움이가 살 수 없다고 생각했다. 널 포기했단다. 하지만 엄마가 방법을 찾아냈다. 그래서 넌 엄마 덕분에 다시 살아난 거다."

거짓말입니다. 아빠는 새빨간 거짓말로 날 속이고 있는 거라구요. 좋아요. 날 속일 테면 속여보라죠. 끝까지 안 넘어가면 될 테니까요.

"엄마와 만나면 지난번처럼 엄마를 실망시켜선 절대로 안된다. 엄마한테 친절해야 한다. 엄마가 널 사랑하는 것처럼 너도 엄마를 사랑해라. 그리고…… 앞으로는, 앞으로는 엄마와 살아라."

"아빠!"

하지만 더 이상 아무 말도 할 수 없습니다.

어른들은 자주 기가 막힌다는 말을 하는데, 그게 무슨 뜻인지 이제야 알겠어요. 기가 탁 막히니까 입도 저절로 막혀버렸어요. 아무리 기가 막혀도 눈물은 나오는 모양이죠? 난 팔뚝으로 눈물을 닦아냈고, 아빠는 날 쳐다보지도 않은 채 말합니다.

"엄마는 부자니까 다움이가 해달라는 건 모두 들어줄 거다. 프랑스에 가서 편하게, 하고 싶은 것 맘껏 하면서 살아라."

엄마가 쪽지에 썼던 대로 아빠의 마음이 변했을까요. 그래서 날 엄마한테 보내기로 한 걸까요. 아빠는 날 무슨 장난감으로 착각하고 있는가봐요. 놀다가 싫증이 난 장난감을 남한테 주는 것처럼요.

"아빠 말대로 해라. 아빠랑 사 년 동안 살았으니까, 엄마와도 그만큼은 살아야지. 그래야 공평한 거란다."

난 틀림없이 꿈을 꾸고 있어요. 꿈은요, 현재와는 반대잖아요. 아빠는 나랑 영원히 살고 싶으니까 꿈속에서 반대로 나오는 거예요. 끔찍한 꿈에서 깨어나려면 악을 쓰는 수밖에 없어요.

"싫어요, 싫어!"

"싫어도 해야 한다."

살기 위해선 싫어도 약 먹고 주사 맞아야 하는 것처럼 싫어도 엄마한 테 가야 한다고 생각한다면, 아빤 정말 바보예요. 이제까지 엄마 없이도 우리끼리 잘 지냈는데, 아빠는 왜 자꾸 이상한 말만 골라서 하는 걸까요?

"그냥 팍 죽어버릴 걸 그랬어요. 일본 누나는 뭐하러 나타나서 나한테 골수를 줬는지 모르겠어요."

아무 말도 못하고 있는 아빠입니다. 내 눈은 눈물 범벅이라 아빠가 어 떤 얼굴을 하고 있는지 알 수가 없어요. 하지만 아빠는 가슴이 뜨끔했을 거예요. 쌤통이에요. 난요, 아빠를 놀라게 해줄 방법을 백 개쯤 알고 있답 니다.

아빠가 날 떠보려고 괜히 하는 말인지도 몰라요. 술 취한 날처럼, 나한 테 사랑한다는 말을 듣고 싶어서 일부러 심술을 부리고 있는지도요.

"아빠, 사랑해요. 아주 많이요. 나한테는 아빠만 있으면 돼요."

"…… 아빠는 이제 지쳤다. 그래서 널 돌보는 게 몹시 힘들구나. 너 때 문에 그 동안 아무것도 할 수가 없었다. 아빠도 이젠 아빠의 일을 하고 싶다."

"힘든 건 다 지나갔잖아요. 좋은 일만 생길 거구요. 아빠는 아빠 일을 하면 되잖아요. 앞으로 내 일은 내가 알아서 척척 할 수 있어요. 아빠를 귀찮게 하지 않을게요. 신경질도 안 부리구요, 아프지도 않구요."

아빠가 내 침대를 창 밖으로 날려보낼 것처럼 깊고 깊은 한숨을 내쉽 니다.

"아빠 말대로 지난번처럼 엄마를 실망시키지 않을 거예요. 친절하게 말하구요. 그러니까 날 엄마한테 아주 보내지는 말아요. 약속해요."

나는 아빠한테 새끼손가락을 내밉니다. 아빠가 의자에서 벌떡 일어섭니다.

"이 녀석아! 아빠가 하라면 해야지, 무슨 이유가 그렇게 많아? 아빠는 더 이상 너랑 같이 지낼 수가 없다고 했잖아. 엄마한테 안 가겠다면, 그럼 고아원으로나 갈래? 그래서 아빠처럼 매일 매나 맞고 구박이나 받을래?"

화낼 줄 모르는 아빠가 마구 화를 냅니다.

난 겨우 말합니다.

"아빠, 머리가 너무 아파요. 의사 선생님 좀 불러주세요."

6

"안녕하세요, 엄마. 보고 싶었어요."

아이는 그렇게 말해 아내를 감격시켰다. 그러나 그는 목놓아 통곡을 하고 싶었다.

엄마에게 친절하게 대하는 것으로 아빠의 생각을 바꿔놓으리라는 아이의 믿음을, 도대체 어쩔 것인가. 이별의 이유를 아이에게 어떤 식으로 설명하란 말인가.

살고 싶었다. 어떡하든 살아남아 아이를 바라보고 만지고 얼싸안고 싶었다. 고통과 가슴 저림만으로 한세상 살아가게 되더라도 아이 곁을 지키고 싶었다.

그러나 죽음은 이미 손에 잡힐 듯 가까이 다가와 있었다.

엄마와 살라며 아이의 등을 떼민, 차마 슬픔을 가눌 길 없던 그 아침이었다. 그는 화장실 입구에서 피를 토하며 쓰러졌다. 누군가 응급실로 옮겼고, 문맥압이 올라가 식도정맥에서 출혈을 일으킨 거라고 했다. 다행히 출혈은 멎었지만 한동안 응급실 신세를 졌다. 그러나 유감스럽게도 민 과장에게 발각됐다. 간암에 걸린 절친한 친구가 바로 그 자신이었다는 사실까지.

당장 입원을 지시한 민 과장이었고, 그는 응급실마저 서둘러 벗어났다. 민 과장은 그의 팔을 끌고 자신의 연구실로 데려갔다. 한참 동안 입원 문제를 두고 실랑이를 벌이다가 체념한 듯 민 과장이 말했다.

"그 몸 갖고 어떻게 아이를 돌봤는지 나로선 도무지 짐작조차 할 수 없군요. 고통이 극심하시죠?"

그는 웃고 말았다. 그러나 고통이 엄습할 때마다 이를 악문 탓에 어금니가 주저앉아 있었다. 어쨌든 아이가 아내를 따라 프랑스로 가는 그 순간까지는 견뎌내야 할 몸뚱이였다.

"아이를 살리기 위해 갖은 고생을 다하고 이제 겨우 안심할 만하니까…… 어쩌자고 자신 돌보는 일에는 그렇게 소홀했습니까?"

"아이는 물론이고 아이 엄마한테도 절대 비밀로 해주십시오."

그는 거듭 다짐을 받은 연후에 연구실을 나왔다. 그의 뒤꼭지에 대고 민 과장이 말했다.

"참기 힘들면 오십시오. 모르핀이라도 놔드릴 테니까요."

죽음, 그 자체는 두렵지 않았다. 그러나 막막한 세상 가운데 아이를 두고 떠나야 한다는 사실이 사무치도록 두려웠다. 아이에게 이별의 이유조차 댈 수 없는 게 서럽고 안쓰러웠다.

이제 그에게 남은 건, 부디 아이가 마음 둘 곳을 잃고 허탈해 하지 않길 바랄 뿐이었다. 상처에 새살이 돋듯 아이가 아버지의 존재를 잊고 살아가길 바랄 뿐이었다. 원컨대 아이의 텅 빈 가슴을 아내가 온전히 채워주길……

귀국 직후 아내는 말했다.

"영원히 나와 함께 살 아이예요. 그런데 언제까지 아이가 당신만 쳐다보게 만들 거죠? 생각해봐요, 그게 아이한테 무슨 득이 되겠어요? 어차피 아이를 맡겼으면 분명히 매듭져 줘야 할 부분이 아닌가요?"

"내가 어떻게 해주길 바라는 거지?"

"정을 끊으세요. 특히 아이가 당신에 대해 품고 있는 정을 말예요. 힘든 일인 줄 알아요. 하지만 무엇이 아이를 위하는 길인지 생각해주길 바라요."

아내의 말은 적절했다.

아이는 곧 새로운 세상과 대면할 것이었다. 세상에 없는 아버지에 대한 정 때문에, 아내와 새아버지에게 천덕꾸러기가 되게 할 수는 없었다. 그러기 위해선 걸려 넘어질 돌뿌리인 기억 속의 아버지는 지워버리는 편이 마땅했다. 당장은 상처가 되리라. 하지만 그편이 옳았고, 그편이 작은 상처였다.

아이를 모질게 대해야 한다는 것. 아이의 가슴에 못질을 해대는 말. 엉엉 울어대는 아이를 꾸짖고 옥박지르는 짓거리. 그건 죽음보다 더 가혹한 형벌이었다. 백번을 고쳐 죽는 것보다 더 잔인한 고통이었다. 붙잡고 매달리고 보듬어야 할 아이의 등을 번번이 아내 쪽으로 떼밀었다. 목이 메이도록 사랑의 말을 남겨도 부족할 터인데 냉담함으로밖에 달리 그 사랑의 속내를 표현할 길이 없었다.

마침내 아이는 아빠와 살게 해달라고 애걸하지 않았다. 그저 눈물이 그렁그렁한 눈으로 그를 바라볼 뿐이었다.

아이는 잠들어 있었다. 잠들어야 비로소 마음껏 바라볼 수 있는 아이였다. 잠든 걸 확인하고서도 선뜻 손을 내밀어 아이를 만질 수 없었다. 그리고 잠에서 깨어나면 서둘러 냉정한 얼굴로 돌아서야 할 그였다.

아내가 그를 병실 밖으로 불러냈다.

"일주일 후에는 프랑스로 돌아갈 거예요."

아, 그는 눈먼 자가 낯선 길을 가듯 더듬더듬 말했다.

"그렇게, 그렇게 빨리 서둘 필요까지는 없잖아. 아직 아이가 완전한 것도 아니구."

"주치의와 충분히 상의해서 결정한 문제예요."

아내는 똑똑 끊어지는 말투로 말해놓고 핸드백에서 흰 봉투를 꺼내 그에게 내밀었다.

"이게 뭐지?"

"골수 이식을 받는 동안 들어간 병원비에다 좀더 보탰어요. 아이를 맡은 이상 병원비야 당연히 내 책임이죠."

"이러지 마, 제발."

"다른 뜻은 없어요. 그저 확실하게 해두고 싶어서예요. 그편이 서로에게 좋을 테니까요."

"원하는 대로 각서도 썼고, 원하는 대로 아이한테 냉정하게 굴었어. 그런데 아직도 무엇이 부족해 확실히 하겠다는 거지? 날 더는 비참하게 만들지 마."

"예전이나 지금이나 당신은 생각이 너무 많아서 탈예요. 간단하게 생각해요. 비참해 할 까닭도, 자존심 내세울 일도 아니잖아요?"

아내에게 되묻고 싶었다.

어떻게 마련한 돈인지 알아? 부도덕과 타협했고, 양심을 팔아치웠다구. 순수한 뜻으로 장기를 기증하는 사람들을 욕되게 했어. 하지만 나로선 그 수밖에 없었지. 그게 아이를 위해 할 수 있는, 아버지의 마지막 사랑이었어. 그런데 당신이 이제 와서 무의미한 짓으로 되돌리려 하고 있단 말야.

"받은 걸로 하겠어. 대신 그 돈은 당신이 보관했다가 아이를 위해 써줘."

"아이를 최고로 키울 만큼의 돈은 충분히 있어요."

"아이가 자신이 원하는 삶을 자신의 계획대로 열심히 살았으면 좋겠어. 최고일 필요는 없다고 생각해. 최고의 인생이 반드시 행복한 것도 아닐 테구."

"최고의 위치에 서보지 못한 사람은 최고의 인생에 대해 논할 자격이 없어요. 가난한 사람이 부자를 두고 무턱대고 불행하리라 단정짓는 것처럼요. 그리고 아이는 내가 알아서 키워요. 당신이 간섭할 일이 아니죠. 내가 확실하게 하겠다는 것은, 지금처럼 당신이 간섭하는 일이 없었으면 하는 이유 때문예요."

"앞으로는 간섭하고 싶어도 그러지 못할 거야. 약속할 수 있어. 생각해봐, 당신과 약속해놓고 어긴 적이 있는지. 그리고 이번 치료비까지는 내가 마련하게 해줘. 나 돈 있어, 지나치게 많이. 나도 아이를 위해서 뭔가를 해야 되잖아. 지난번 당신이 했던 말이야. 그때 당신 심정이 바로 지금 내 마음이야. 부탁해."

아내는 잠시 골똘한 낯으로 그를 쳐다보다가 말했다.

"좋아요. 정히 싫다면 할 수 없죠. 하여튼, 지금 이 순간부터 아이 앞에는 나타나지 않았으면 해요."

"아직 일주일이나 남았잖아……."

"그게 무슨 의미가 있겠어요. 이별이야 짧으면 짧을수록 좋은 거 아닌가요?"

"일주일은 짧은 시간이야. 절대 긴 시간이 아니라구."

"어차피 아이를 포기한 건 당신 쪽예요. 당신의 필요에 의해서 결정한 거라구요. 그리고 아이가 당신을 쳐다볼 때마다 고통스러워하고 있어요. 이젠 아이 앞에 나타나지 않는 게 아이를 진정으로 돕는 일이에요."

7

다시 무균실에 갇혔습니다.

그제부터 열이 오르고 계속 기침이 났어요. 감기에 걸린 거죠. 며칠 전 병실이 너무 덥다고 엄마가 히터의 구멍을 막아놓았기 때문이에요. 아빠라면 어림도 없는 일입니다. 아빠는 의사 선생님만큼 내 병에 대해서 척척박사니까요.

감기는 날 죽일 수도 있어요. 내 몸에는 아직 감기를 옮기는 세균과 싸워 이길 수 있는 힘이 부족하거든요.

하지만 겁나지 않아요. 옛날처럼 아픈 것도 아니구요. 이대로 팍 죽어버렸으면 좋겠다는 생각을 주욱 하고 있답니다. 옛날처럼 심하게 아팠으면 해요. 내가 죽을 정도로 아프다면 아빠는 반드시 날 보러 오겠죠. 아빠는 날 죽게 내버려두지 않을 테니까요.

아빠는 가짜 아빠가 되기로 결심을 했나봐요. 아니면 정신이 어떻게 됐거나요. 그래서 소리지르고 화를 냈던 거겠죠. 말을 걸지도, 손을 잡아주지도 않구요. 아빠는 내가 지겹댔어요. 날 보고 있으면 울화통이 터진다고 했어요. 왜 갑자기 내가 지겨운 아들이 되었을까요. 난요, 착한 아들은 아니지만 아빠를 울화통 터지게 만드는 아들도 아니랍니다.

매일매일 기도하고 있어요.

하나님, 어서 빨리 아빠가 정신 차리게 해주세요. 시간이 없어요. 난 곧 프랑스로 가야 돼요. 그땐 아빠도 어쩔 수 없어요.

기도를 하고 있으면 저절로 눈물이 나요. 내 자신이 아주 불쌍한 아이가 된 기분예요. 아빠는 더 많이 그렇구요.

내가 이 세상에서 사랑하는 사람은 아빠뿐이고, 아빠가 사랑하는 사람도 나뿐이죠. 사랑하는 사람끼리는 언제까지나 함께 있어야 한다고 말한 건 바로 아빠예요. 그렇게 중요한 걸 왜 잊어버렸을까요.

내가 없어지면 아빠는 어떻게 될까요. 아빠 말대로 속이 시원할까요.

자꾸만 가시고기가 생각납니다. 돌 틈에 머리를 박고 죽어가는 아빠 가시고기 말예요. 내가 없어지면 아빠는 슬프고 또 슬퍼서, 정말로 아빠 가시고기처럼 될지도 몰라요. 내가 엄마를 따라 프랑스로 가게 된다면요, 아빠가 쬐금만 슬퍼했으면 좋겠어요. 쬐금만 슬퍼하면 우린 언젠가 다시 만날 수 있겠죠.

엄마가 말했어요. 아빠는 진희 고모와 결혼할 거래요. 진희 고모는 아빠랑 둘이서만 살고 싶어하구요. 진희 고모와 사는 데 방해가 되니까 아빠를 위해서도 내가 떠나야 한다나요.

엄마의 말이 전부 다 사실은 아닐 거예요. 지난번 왔을 때도 엄마는 프랑스에 가서 살자고 했어요. 그땐 아빠의 결혼 이야기는 한마디도 하지 않았죠. 아빠가 빈털터리라서 날 돌볼 수 없댔어요. 그리고 날 아주 유명한 화가로 만들고 싶다는 말도 했구요.

진짜로 진희 고모가 날 방해꾼으로 생각하고 있을까요. 그리고 내가 떠나는 게 아빠를 위해서 잘하는 일일까요.

한 가지는 분명해요. 아빠가 꼭 결혼을 해야 된다면 진희 고모를 고른 건 잘한 일예요. 진희 고모는 아빠를 무지무지 사랑하거든요. 아빠도 진희 고모를 사랑하는지는 모르겠어요. 하지만 적어도 진희 고모는 엄마처럼 아빠를 버리는 일은 없겠죠.

어쨌든 진희 고모를 만나볼 생각입니다.

이틀에 한 번씩 찾아오던 진희 고모는 엄마가 온 이후로는 나타나지 않고 있어요. 아빠와 비밀 작전이라도 짠 것처럼요. 난 벌써부터 고민중이랍니다. 어떻게 진희 고모를 만날 수 있을까, 하구요.

먼저 진희 고모한테 엄마 말이 사실인지 확인할래요. 우리 아빠랑 결혼할 건가요? 사실이라면 진희 고모와 살고 싶다고 말해보겠어요. 내가 방해꾼이 아니라는 것도 분명히 말하구요. 그래도 안된다면, 아빠를 많이 사랑해달라고 부탁할 거예요.

하루, 이틀, 사흘……

일주일째 아빠를 만나지 못했어요. 아빠는 아예 꼭꼭 숨어버렸나봐요. 아니, 지금도 아빠는 어디선가 날 보고 있을지도 몰라요. 내가 아빠를 보고 싶은 것처럼 아빠 마음도 같을 거예요.

그래요. 아빠가 날 새까맣게 잊어버린 건 아녜요. 나한테 올 수가 없을 뿐에요. 무슨 이유인지 모르지만요.

그제 아빠는 엄마를 통해 내 물건을 보내왔어요. 사락골에서 쓰던 물건들이죠. 읽지 못했던 '드래곤 볼' 여섯 권, '대항해시대' 시디, 백화점에서 샀던 가을옷, 은미한테 주지 못한 코스모스 꽃핀, 내가 만든 조각들…… 그리고 상자 하나 가득 주목이 들어 있었어요.

아빠는 내가 심심할까봐 그것만 걱정인 모양예요. 진짜로 걱정할 게 뭔지도 모르는 멍텅구리 아빠 때문에 자꾸만 눈물이 납니다.

'드래곤 볼' 38편을 읽을까, 조각을 할까.

하지만 난 계속해서 유리벽 밖을 바라보기로 했어요. 혹시 아빠가 나타나도 알아보지 못하면 큰일이니까요. 그렇지만 간호사 누나와 의사 선생님만 왔다갔다하고 있어요. 엄마도 코털 아저씨도 아침 삼십 분 면회

후로는 보이지 않구요.

아빠는 언제나 유리벽에 얼굴을 대고 날 바라보곤 했어요. 밥을 먹을 때도, 주사를 맞을 때도, 자다가 깨어나도 거기 틀림없이 아빠가 있었죠. 아빠 코가 유리벽 때문에 돼지코처럼 변하는 줄도 모르구요. 나와 눈이 마주치면 애꾸눈 선장처럼 한쪽밖에 없는 눈으로 윙크를 했답니다.

유리벽 밖에 의사 선생님들이 떼거지로 나타납니다. 저녁 회진 시간이에요. 한바탕 시끌벅적합니다. 내가 알아들을 수 없는 말만 잔뜩 늘어놓구요. 오 분도 안되는 회진 시간에 그렇게 많은 의사 선생님들이 있어야 하는지 알 수가 없어요.

그 의사 선생님들 중에서 대장은 과장 선생님이죠. 맨 처음 입원했을 때부터 지금까지 날 돌봐주는 건 과장 선생님뿐예요. 다른 선생님들은 후딱후딱 잘도 바뀌죠.

과장 선생님, 하고 부른 뒤에 나는 죽 다른 선생님들을 쳐다봤어요. 과장 선생님이 자네들 먼저 다음 병실로 가 있지, 라고 한 뒤 말합니다.

"다움이가 나한테 할말이 있나보구나."

"…… 나 많이 아프죠?"

"그렇지 않단다. 다움이 몸속의 백혈구는 거의 정상이야. 그러니까 감기 정도는 곧 물리칠 수 있다. 내일 모레쯤 무균실에서 나가도 된다. 선생님이 약속하마."

"아녜요. 많이 아픈 게 틀림없어요."

"왜 그런 나쁜 생각을 하지?"

"우리 아빠는요, 내가 많이 아픈지도 모르고 있어요."

왜 자꾸만 눈물이 나는 걸까요. 마음이 아프다고 우는 건 남자답지 못하다고 아빠가 가르쳐줬는데도, 난 왜 여자아이들처럼 울기부터 할까요.

"과장 선생님은 우리 아빠랑 친하잖아요. 그러니까 우리 아빠한테 말해주세요. 다움이가 무지무지 아프다구요. 아파서 죽게 됐다구요."

8

세상을 사랑하고,
또 세상으로부터 사랑받는 다움이가 되길 바란다. - 아빠가

그는 막 세상에 나온 시집 내지에 그렇게 썼다.

그게 그의 전부였다. 아버지의 이름으로 적어보는 마지막 기원이
었다. 먼 훗날, 아이가 한 편 두 편 시를 가슴에 담아둘 수 있을 즈
음에야 그 말뜻을 온전히 이해하게 되리라. 그리고 자신을 프랑스
로 보낼 수밖에 없었던 아버지의 심정 또한 짐작하리라.

홍 사장의 의도대로 시집 표지에는 구름국화인지 금불초인지 분
명치 않은 꽃 한 송이가 사뿐 올려져 있었다. 굴욕을 감수해가며
꾸민 시집이었다. 하지만 다행이었다. 떠나는 아이에게 건네줄 것
이 생긴 셈이었다.

민 과장이 확인해준 바로는 아이는 내일 아침 퇴원할 거였다. 그는
매일 민 과장의 방을 찾았다. 모르핀을 맞기 위해서가 아니었다. 아이
의 상태를 민 과장의 입을 통해 듣지 않고선 안심이 되지 않았다.

아이는 감기와 이식 합병증인 피부 발진으로 무균실 신세를 졌
다. 그러나 아이는 잘 견뎌냈고, 닷새 만에 무균실을 벗어났다.

이틀 전, 민 과장은 말했다.

"드디어 백혈구가 정상 수치에 도달했습니다. 완치입니다."

아, 길고 막막하고 두려웠던 2년여의 투병이 끝난 거였다.

장한 아들이었다. 달려가 얼싸안고 등을 두드려주어야 마땅한 아들이었다. 오직 이날을 위해 애끓이며 살아왔건만, 그러나 만날 수조차 없는 아들이었다. 그저 망연히, 민 과장 앞이라는 사실도 잊은 채 어깨를 들썩이며 한참을 울었을 뿐이었다.

아이의 곁을 지키지 못한 날이 이주일이 흘렀다.

그 동안 사락골을 다녀온 것을 제외하고는 아주 떠나 있었던 것은 아니었다. 그럴 수는 없었다. 여관비보다 비싼 주차비를 물어가며 그레이스 안에서, 뼛속까지 파고드는 통증을 참아가며 아이의 병실을 올려다보았다. 행여 아이의 그림자라도 창가에 스쳐지날까 노심초사하면서.

수없이 아이의 병실로 뛰어 올라가고픈 욕망에 시달렸다. 그러나 어차피 아버지 없이 평생을 살아야 할 아이였다. 자신의 욕망을 앞세워, 이주일 동안 단련된 아이의 마음을 처음으로 되돌려 고통을 되풀이하게 만들 수는 없었다.

그리고 무엇보다 아이 앞에 나설 수 없을 지경으로 몸뚱이가 망가져 있었다. 65킬로그램이었던 체중이 40킬로그램으로 줄었다. 복수가 차올라 숨쉬기조차 만만치 않았고, 눈동자까지 노랗게 변할 정도로 황달이 심했다.

민 과장은 만날 때마다 모르핀 맞을 것을 강요했다. 그는 번번이 고개를 저었다. 전신에 경련이 일어나고, 이를 악물어도 저절로 신음이 새어나오고, 정신마저 혼미해졌다. 2년이 넘게 아이가 겪었을 고통을 온몸으로 실감하였고, 단 한 차례의 모르핀도 맞을 수 없는 이유였다.

그랬다. 그는 아이에게 속죄하는 심정으로 고통과 맞섰다.

아들아, 그 동안 네가 이렇게 아팠구나.

아빠는 몰랐다. 네가 아프다면 아픈 줄만 알았지, 그 고통의 깊이가 얼마인지는 알지 못했다. 아들아, 네가 이다지도 크나큰 고통 속에서 그 많은 날들을 보냈구나. 열 살배기 가녀린 몸으로 그 높은 고통의 산들을 어떻게, 무슨 수로 다 넘어왔니.

아들아, 미안하다. 아빠는 미처 몰랐다. 네가 아프면 그냥 대신하고픈 마음이었는데, 그 마음조차 네가 겪었을 고통 앞에서는 덧없는 것이었구나.

그는 길게 한숨을 토해내고 조수석에 놓인 노트를 집어들었다.

아이와 떨어져 있는 동안 정리한 노트였다. 한자 한자 적으며 참 많이도 울게 만든 노트였다. 거기엔 그가 알고 있는 아이의 모든 것이 담겨 있었다. 아이의 성격, 행동, 장점과 단점, 취미, 버릇, 좋아하고 싫어하는 음식……

저녁 무렵 아내를 불러 노트를 건네줄 참이었다. 아내가 노트를 보고 아이를 더 빨리, 더 정확하게 이해했으면 하는 의도였다. 그리고 아내 자신의 뜻보다 아이의 특성에 맞춰 판단하고 가르치고 사랑해주길 바랐다.

그는 허리를 낮춰 차창 밖으로 아이의 병실을 올려다보았다. 정오를 막 지난 햇살이 병실 유리창에 되비춰 눈을 찔러왔다.

오늘 밤, 정확히 말하면 내일 새벽 세 시경, 병실에 갈 작정이었다. 아이는 잠들어 있을 테지만, 잠든 아이나마 마지막으로 보기를 원하고 또 원해왔다. 잠든 아이에게 침묵의 작별 인사라도 건네지 않고선 차마 눈감을 자신이 없었다. 그렇게 한 시간, 아니 삼십 분쯤 아이를 바라보다 머리맡에 시집을 가만히 올려놓고 돌아나오리라.

핸드폰이 울렸다. 여진희려니 하고 받았더니 아내였다.

– 오늘 퇴원해요. 병원에서 곧바로 공항으로 갈 거예요.

"…… 내일 아침이잖아?"

– 퇴원 날짜야 내일로 되어 있죠. 오늘 밤 열 시 비행기예요.

그는 격렬한 두통 때문에 관자놀이를 짚었다. 살아온 모든 날보다 더 소중한 하룻밤이었다. 그런데 아내는 그마저 앗아가고 싶은 모양이었다.

– 문제가 생겼어요. 아이가 울고불고 난리예요. 당신을 만나기 전까지 안 가겠대요. 나로선 도저히 어쩔 수가 없네요.

억지를 부리는 아이가 아니었다. 지나치게 속 깊고 어른스러운 게 탈인 아이였다.

– 지금 병원으로 와줄 수 없어요?

"……."

– 당신에게 힘든 일인지는 알아요, 하지만……

그는 아내의 말허리를 잘랐다.

"몇 시에 병원에서 나가야 하지?"

– 일곱 시쯤요.

병든 몸뚱이를 어둠 속에 묻어두기엔 적당한 시간이었다. 아이에게 각인될 아빠의 마지막 모습이 병든 몰골일 수는 없었다. 그 몰골을 평생 간직하며 애달퍼하게 만들 수는 없었다.

"그럼 정확히 일곱 시에 만나. 소아병동 뒤에 벤치가 있어. 거기에서 기다릴게. 아니, 당신은 올 것 없어. 아이만 보내. 잠깐이면 돼."

* * *

그는 가로등을 등지고 앉아 있었다.

두 손을 무릎 위에 올려놓고 허리를 꼿꼿이 세운 자세로 아이를 기다렸다.

아내와 통화한 뒤 민 과장을 만났다. 모르핀을 맞기 위해서였다. 아이와의 마지막 순간마저 고통으로 신음하며 낭비하고 싶지 않았다. 모르핀으로 병든 몸을 가리진 못하리라. 하지만 숨이 턱턱 막혀 하고픈 말조차 못한 채 허망하게 아이를 떠나보낼 수는 없었다.

한없이 더디 흘러가기를 고대했건만 시간은 계곡을 내려가는 거센 물살처럼 그를 휩쓸고 지나갔다. 한낮의 태양이 맥없이 사라지는 것과, 황혼에 붉게 물든 서편 하늘과, 점령군처럼 쉽사리 몰려드는 어두움을 억울해 하며, 그는 소아병동으로 이어진 오솔길을 애오라지 바라보았다.

오후 한때 바람이 난폭하게 불었던 듯도 했다. 저물 무렵 등나무의 성근 가지에 몇 마리 새들이 날아와 수선을 떨며 날갯짓을 파닥였는지도 모른다. 또 누군가는 그의 맞은편 자리에 앉아 어스름의 하늘을 향해 푸우푸우 담배 연기를 뿜어대다 허적허적 멀어져간 듯도 했다.

소아병동을 돌아나오는 그림자 셋이 보였다. 둘은 멈춰섰고, 하나는 계속 움직였다.

아, 아이였다. 아이가 잰걸음으로 다가오고 있었다.

사무치도록 그리운 아이건만, 그는 일어서지 않았다. 매일 밤 꿈속에서 목이 쉬도록 불러본 아이의 이름이었다. 두 팔을 벌려 얼싸안던 기억에 한숨짓고 눈물 흘리던 그였다. 하지만 그는 아이를 부르지도 손을 내밀지도 않았다. 그래, 너로구나, 내 아들이구나…… 그렇게 낮게 되뇌었을 뿐이었다.

"아빠!"

애타게 듣고 싶었던 아이의 목소리였다. 아빠, 그렇게 단 한 번만이라도 불리워지길 얼마나 소원했던가.

아이는 이제 거의 달려오고 있었다. 냉큼 두 팔을 벌려 품에 안고 볼을 부벼야 마땅한 아이였지만, 그러나 그는 미리 작정해둔 거리에서 냉정하게 말했다.

"거기 서라."

아이가 엉거주춤 멈춰섰다.

"…… 아빠, 보고 싶었어요."

"아빠는 잘 지내고 있다."

"…… 불빛 때문에 아빠가 잘 안 보여요. 아빠 옆에 앉아도 돼요?"

"안된다. 그냥 거기 있어라."

아이가 한 발짝 내딛던 발을 뒤로 슬그머니 거둬들였다.

"…… 나는요, 오늘 밤에 프랑스로 떠나야 한대요."

"알고 있다."

"비행기를 탈 거예요. 아빠도 알잖아요, 내가 미끄럼틀에도 못 올라가는 겁쟁이란 걸요."

가고 싶지 않다고, 가지 않으면 안되냐고, 꼭 가야 하느냐고 아이는 묻지 않았다. 대신 아랫입술을 잘근잘근 깨물며 그를 바라보는 것으로 그 모두를 호소하고 있었다.

"…… 아빠를 만나게 해달라고 떼를 썼어요."

"엄마가 많이 속상했을 거다. 프랑스에 가서는 그러지 마라. 엄마가 시키는 대로, 아니 다움이가 알아서 엄마를 기쁘게 해드려라."

"…… 프랑스에 도착해서 아빠 핸드폰으로 전화해도 되죠?"

"안된다."

"편지는요? 편지는 써도 되죠?"

"아니, 그럴 필요 없다."

아이의 눈에선 기어코 뚝뚝 눈물이 떨어졌다. 아이는 눈물을 감추려는 양 고개를 숙여 발치께를 쳐다보고 있었다. 그러나 잠시뿐이었다.

"그럼 아빠가 날 보러 올 거죠?"

"기다리지 마라."

"그럼 아빠를 만나려면 사 년이 지나야겠네요?"

아빠와 사 년을 살았으니 엄마와도 그만큼 살아야 공평한 것 아니냐고 아이를 달랬었다. 그게 아이에겐 그나마 위안이었던 모양이었다.

"스무 살이 되기 전에는 이 땅에 돌아올 생각조차 하지 말아라."

"그렇지만 아빠, 스무 살이 되려면 십 년이나 남았어요."

"십 년은 긴 세월이 아니다…… 다시는 아프지 말아라. 넌 평생 아파야 할 것을 한꺼번에 다 아팠던 거다. 그러니까 앞으로는 아파선 절대 안된다."

"……."

"할말이 아직 남았나?"

아이는 고개를 끄덕였다. 하지만 연신 소매로 눈물을 훔쳐낼 뿐 선뜻 입을 열지 못했다.

"비행기 시간에 늦겠다. 꼭 필요한 말이 아니면, 그만 엄마한테 가라."

아이가 주머니에서 꽃핀을 꺼냈다. 은미에게 선물하겠다던 그 꽃핀이었다.

"진희 고모를 직접 만나서 주고 싶었어요. 아빠가 전해주세요. 진희 고모한테 잘 어울렸거든요. 진희 고모도 분명 좋아할 거예요."

그리고 아이는 다른 주머니에서 조각을 꺼냈다.

"아빠가 갖다준 주목으로 내 얼굴을 조각했어요. 혹시 아빠가 날 보고 싶어할지도 모른다고 생각했어요. 지금은 아니지만 내일이라도 내가 보고 싶어지면…… 난 아빠 조각이 있어서 힘낼 수 있지만, 아빠는 아무것도 없잖아요."

아이가 한 발짝 앞으로 내디딜 기세였고, 그는 서둘러 말했다.

"거기 벤치에 있는 쇼핑백 보이냐? 그 옆에 놔둬라. 그리고 쇼핑백을 들어라. 노트는 엄마 주고 책은 너 갖거라."

꽃핀과 조각을 내려놓고 쇼핑백을 집어든 후, 아이가 말했다.

"아빠, 부탁이 있어요…… 아빠 귀 말예요, 한 번만 만져보고 싶어요. 한 번만 만지게 해주세요?"

그는 고개를 가로저었다.

"…… 이젠 됐다. 그만 가라."

"…… 아빠!"

"엄마가 기다리고 있다. 돌아서라."

아이가 한 손을 주머니에 찔러넣은 채 고개를 숙이고 뒤꿈치로 바닥을 꾹꾹 눌러댔다. 어서! 그는 단호하게 소리쳤고, 아이는 겁먹은 얼굴로 돌아섰다.

"주머니에서 손을 빼라…… 턱을 들어라…… 어깨를 쭉 펴라!"

언제나 이유를 묻던 아이였다. 자신의 생각과 다르면 납득하기 전까지는 고집을 부리던 아이였다. 그러나 아이는 순순히 그의 명령을 따랐다.

"됐다. 앞으론 그렇게 씩씩한 모습으로 살아라. 넌 이제부터 어른이다. 어른답게 생각하고, 어른답게 행동해라. 아이처럼 굴어선 안된다. 아이처럼 굴어선 살 수 없는 세상이다. 프랑스는 남의 나라다. 남의 나라에서는 더더욱 어른답게 살아야 한다."

그리 말하면서도 아이가 냉큼 돌아서길, 돌아서 자신의 품으로 달려와 안기길 필사적으로 원했다. 그러나 최후의 모진 말을 남기고 만 그였다. 그게 무슨 대단한 일이라고, 그게 얼마나 아이를 위하는 일이라고.

"아빠는 널 잊을 거다. 그러니 너도 아빠를 잊어버려라. 아예 아빠가 없다고 생각하고 살아라. 어서 가라. 절대로 돌아보지 말아라. 그냥 씩씩하게 엄마한테 달려가기만 해라."

아이는 엉엉 소리내어 울었다. 울고 또 울면서, 아이는 조금씩 그에게서 멀어져 갔다.

그는 알고 있었다. 끝이었고, 그러므로 아이가 한번쯤 돌아보아도 된다는 사실을. 그러나 그는 또 알고 있었다. 오랜 갈망과 안타까움과 애착의 띠를 이젠 풀어야 한다는 것을.

아이는 마지막 순간까지 돌아보지 않았다.

아이가 소아병동을 돌아 완전히 사라진 다음, 그때까지 두 손을 무릎 위에 올려놓고 허리를 꼿꼿이 세워두었던 자세를 무너뜨렸다. 그리고 벤치 위를 엉금엉금 기어 조각을 집어들었다. 그는 조각에 얼굴을 묻고 울음을 토해내기 시작했다.

잘 가라, 아들아.

잘 가라. 나의 아들아.

이젠 영영 너를 볼 날이 없겠지. 너의 목소리를 들을 길이 없겠지. 너의 따뜻한 손을 어루만질 수 없겠지. 다시는 너를 가슴 가득 안아볼 수 없겠지.

하지만 아들아. 아아, 나의 전부인 아들아.

아빠는 죽어도 아주 죽는 게 아니란다.

세상에 널 남겨놓은 한 아빠는 네 속에 살아 있는 거란다.

너는 이 아빠를 볼 수도, 들을 수도, 만질 수도 없겠지. 하지만 아빠는 언제까지나 너와 함께 앞으로 앞으로 걸어가는 거란다. 네가 지칠까봐, 네가 쓰러질까봐, 네가 가던 길 멈추고 돌아설까봐 마음 졸이면서 너와 동행하는 거란다.

영원히, 영원히……

에필로그

응급실에 누워 있는 선배를 만났다.

선배는 이미 죽음의 경계선 저쪽으로 발을 내딛고 있었다. 당연한 노릇인지도 몰랐다. 이틀 전 아이는 떠났고, 인내해야 할 선배의 삶도 그렇게 끝난 셈이었다. 그럼에도 같은 말을 되풀이하는 선배였다.

"진희 씨, 우리 다움이가 잘 도착했을까?"

나는 도리없이 프랑스로 전화를 했다. 아이와 통화를 하고 싶었으나 아이의 엄마가 가로막았다.

"잘 도착했대요."

"아무 일 없었대?"

"아무 일 없었대요."

"높은 데를 아주 무서워하는 아이야."

"괜찮았대요."

"멀미는 안했는지 몰라."

"안했대요."

"…… 그럼 됐어. 그럼 된 거야."

선배는 사락골이라는 곳으로 가고 싶어했다. 다움이의 주치의였던 민 과장이 반대했다. 간 조직이 파괴되어 출혈이 내비치고 있다며 사나흘 넘기기가 힘들 거라고 했다. 그러나 선배는 굳이 사락골에 가기를 원했고, 결국 모르핀을 맞고 병원을 떠났다.

나는 선배를 조수석에 앉히고 고속도로와 국도와 산길을 달렸다. 향리에 도착했을 때 분분히 눈발이 날리기 시작했다. 첫눈이었다. 지상에서 마지막으로 맞이하게 될 첫눈이 선배의 머리 위로 처연하게 내리고 있었다.

몇 번이나 돌아갈 것을 말하는 선배였다.

나는 말없이 고개를 저었다. 다만 생각했다. 선배는 죽겠고, 세월의 여울에 씻기면서 내 기억 속 선배는 점차 희미해질 것이다. 하지만 매년 첫눈을 바라볼 때마다 선배를 그리워하리라는 사실을 나는 통렬한 아픔으로 받아들였다.

선배는 곧바로 사락골로 가지 않고, 더디고 힘든 걸음새로 폐교로 들어갔다. 모르핀을 맞은 탓에 그나마 걸을 수 있는 게 다행이었다.

오랫동안 선배는 폐교에 머물렀다. 거기에는 아이와의 즐거웠던 추억이 가득하다고 했다. 그럼에도 선배는 교실 외벽 낙서 중에서 아이의 이름을 찾아내고는 한참을 울었고, 철봉을 어루만지며 또 그렇게 울었고, 교실에 들어가 뽀얗게 먼지가 내려앉은 교탁을 한 손으로 짚고 꺼억꺼억 소리내어 울었다.

아이와 한 달 동안 기거했다는 피 노인 집 방에 선배를 눕혔을 때, 첫눈은 폭설로 변해 내렸다.

"여기 처음 왔을 때, 겨울까지만 다움이가 살 수 있기를 얼마나 바랐는지 몰라."

그렇게 선배는 이야기를 시작했다. 조각을 꼬옥 움켜잡은 채, 아이의 생의 순간순간들을 상세히, 마치 비디오 테이프를 슬로 모션으로 되돌리듯 기억해냈다.

투병만을 빼놓고는 유별난 사연도 아니었다. 그저 세상의 여느 아이 가운데 하나였다. 선배 스스로 다움이가 세상의 여느 아이들과 다를 바 없었다는 사실만을 골라내 기억하고 싶었을까. 어쩌면 세상 아이들이 당연히 누리고 있는 평범함 속에 다움이 역시 끼워넣고 싶어했던, 지난날 선배의 간절한 희망을 그런 식으로 재현하고 있는지도 몰랐다.

이따금 이야기를 멈추고 선배가 물었다.

"아직도 눈이 내려?"

그때마다 나는 들창을 열고 소리없이 내리는 눈을 보여주었다. 고작 그 정도가 선배 자신을 향한 관심일 거라는 생각이 들었다. 한때 주목받던 시인의 감수성으로 잠시나마 첫눈을 바라보고 싶었으리라.

새벽녘이었다. 선배는 가쁜 숨을 몰아쉬며 말했다.

"다움이한테 교회에 나가겠다고 약속해놓고 한 번도 가지 못했어. 지금이라도 기도를 해야겠어. 날 좀 일으켜줘."

선배는 두 손을 모아 방바닥에 대고 그 위에 이마를 포갰다. 그게 뭐 그리 대단한 약속일까. 약속을 확인시켜줄 아이마저 떠나고 없는데……

시간은 천천히 흘러갔고, 첫눈이 하염없이 하염없이 내리고 있었고, 선배는 기도하는 자세로 고요히 죽어갔다.

선배는 그렇게 세상을 버렸다. 그 마지막 길마저 지독히 쓸쓸했다. 나와 피 노인만이 참석한 예식이었다.

죽은 사람의 머리는 동편에 두어야 한다고 했지만, 나는 고집을 부려 선배의 머리를 북서쪽으로 향하게 한 채로 매장을 했다. 선배의 머리가 가리키는 방향에, 마지막 순간까지 그리워하며 눈물지으며 고통을 참아가며 부르던 아이가 있었다.

사흘 뒤, 무릎까지 차오른 눈을 헤치며 사락골을 떠났다. 서두르지 않았다. 아니, 나무 하나 바위 하나마저 찬찬히 마음속에 새겨두었다. 아, 훗날, 먼 훗날 아이와 함께 되짚어 와야 할 길임을 나는 알고 있었다.

사락골이 마지막 산모퉁이에 가려 사라지는 순간이었다. 등뒤에서 메아리인 양 선배의 목소리가 울려퍼졌다. 선배의 발병 사실을 안 그날, 빙긋이 웃으며 들려준 이야기였다.

"진희 씨, 이런 말 알아? 사람은 말이야…… 그 아이를 세상에 남겨놓은 이상은, 죽어도 아주 죽는 게 아니래."

〈끝〉

오래 사귄 친구가 있었습니다. 불치병의 아이를 둔 친구였습니다.

친구는 고통을 호소하거나, 하다 못해 푸념조차 늘어놓지 않았습니다. 아이는 어때? 내 물음에 친구는 빙긋이 웃으며 말하곤 했습니다. 좋아지고 있어. 그러나 쉽사리 좋아질 병이 아니었습니다. 아니, 시간이 지날수록 악화될 뿐이었죠.

이따금씩 만나 소주를 나눠 마시곤 했는데, 어느 날인가 딱 한 번 친구는 말했습니다.

"내 희망이 뭔지 알아? 아이를 위해 그 무엇이라도 대신할 수 있었으면 하는 거야. 하지만 말이다, 아무것도 대신할 수 없어. 그게 참 견디기 힘들다."

그게 참 견디기 힘들다…….

친구의 그 말이 이 소설에 매달리게 만든 이유였습니다. 중간중간 친구가 감당해야 했을 고통을 떠올리며 숱하게 한숨지었고, 한동안 원고를 덮어놓기도 했습니다. 그러나 마지막 순간에 이르기까지 친구의 애절한 희망만은 놓치지 않고 기록하고 싶었습니다.

* * *

어린 시절 아버지를 여의었습니다. 그때가 여섯 살이었습니다.

여섯 살이면 제법 세상살이에 눈뜰 때임에도 아버지에 대한 추억이 전무합니다. 얼굴조차 뵌 기억이 없습니다. 당신은 소슬바람에 가랑잎같이 떠도는 분이셨죠. 바람이 부는 대로, 마음이 가는 대로, 한세상 살다 홀연 떠난 당신이었습니다.

아비 없는 자식이라는 세상의 비난, 혹은 어설픈 동정은 유년 시절부터 익숙한 것이긴 했습니다. 어쩌면 그 비난이나 동정이 아버지에 대한 갈증을 내 가슴으로부터 몰아냈는지도 모릅니다. 아버지를 원망하지도, 그리워하지도 않은 채로 말입니다. 그래서 오랫동안 아버지의 의미를 알 수 없었고, 한편 모른 척하기도 했습니다. 고통이 어느 순간에 이르러 스스로를 보호하려는 이치처럼.

그럼에도 무모하게시리, 봄햇살처럼 따스하다는 부정에 대한 소설을 썼습니다. 한 아이의 아버지라는 사실이 부추긴 바였고, 좋은 아버지가 되고자 하는 맹세의 격문을 책상 위에 붙여놓고 바라보는 심정이었습니다.

소설의 시작에서 마치는 그 순간까지, 변함없는 애정의 눈길로 지켜봐 준 안산 가정의학과 의원 최광원 원장님께 깊은 감사를 드립니다.

겨울 외딴섬에서, 조 창 인

Happy New Year!

Quentin ! I (we) love you!

지난 여름 다녀 가느라고 고생 많았지?
세월이 빠르다더니 벌써 해가
바뀌려고 하네!
새해에도 원하는 일 모두 이뤄지길 바래.
그리고 식구들 건강하긴 바랄께.
이젠 중년의 나이인데 열심히 일하는
모습도 부러워.
하여튼 2001年 다가오는 새해에도
가정에 행복이 가득하길 기도할께!

2000 年 12 月 에   명수.